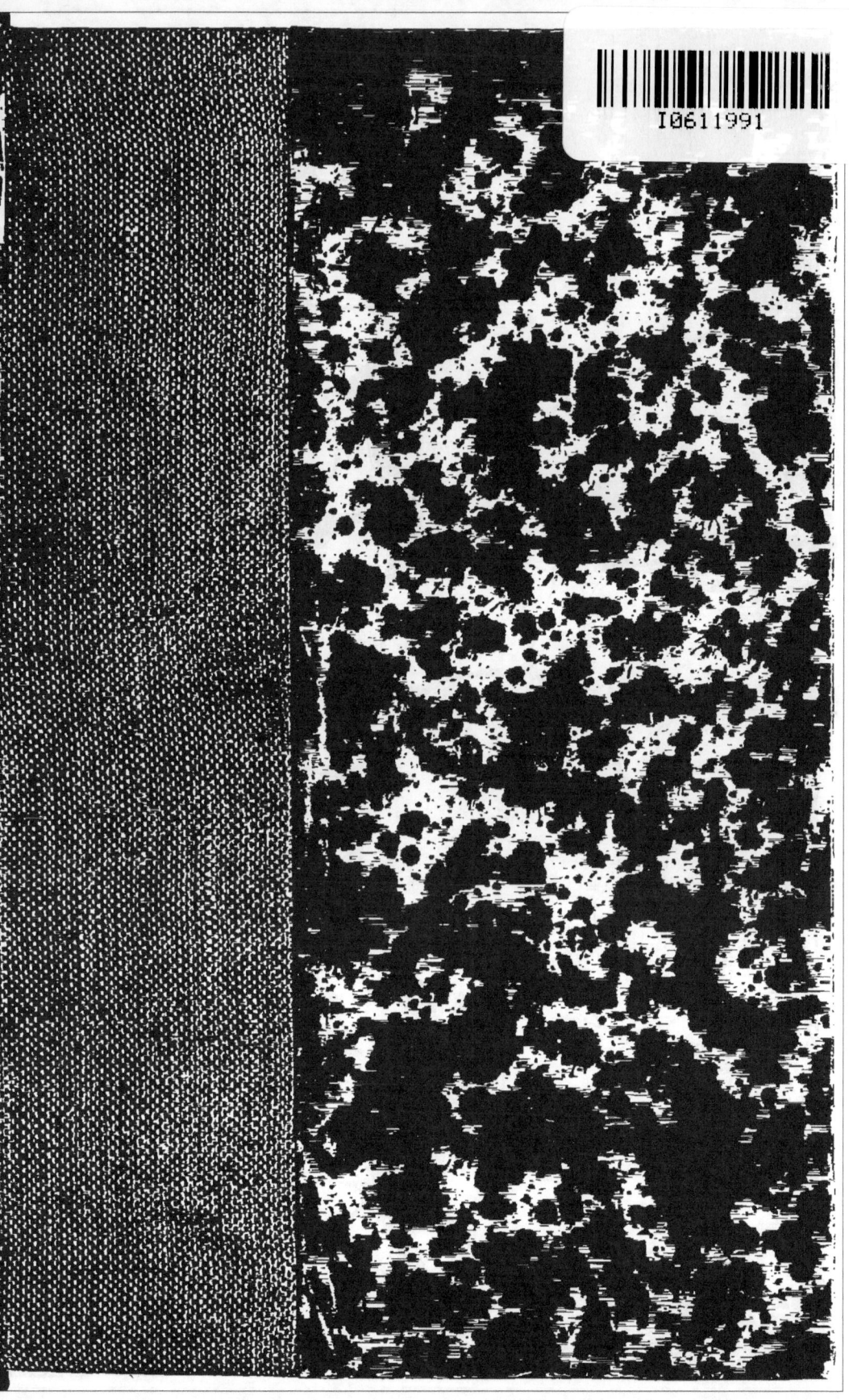

I0611991

# L'HÉRITAGE

# DE LA FOLIE

Coulommiers. — Typ. A. MOUSSIN

# L'HÉRITAGE

DE

# LA FOLIE

PAR

## ARMAND DURANTIN

PARIS

DEGORCE-CADOT, LIBRAIRE-ÉDITEUR

RUE BONAPARTE, 70 BIS

—

1873

# L'HÉRITAGE DE LA FOLIE

## LA FILLE DE LA FOLLE

### I

#### DANS LES FLAMMES

Il y a quelques années, un 6 février, à l'heure où le parisien sort des théâtres, une foule anxieuse suivait des yeux, à la lueur d'un immense incendie, les diverses péripéties du drame le plus émouvant.

La maison 37 de la rue Joubert, l'une des plus calmes de la Chaussée-d'Antin, paraissait en feu, et à l'une des fenêtres du troisième étage, une jeune femme, affolée au milieu des flammes qui jaillissaient de toutes parts, et de la fumée qui, par instants, montait en épais tourbillons vers le ciel, jetait des cris déchirants et appelait à son secours.

Le feu avait envahi les étages inférieurs, les vitres volaient en éclats sous la pression d'une chaleur intense, et de longues langues de feu venaient lécher les murailles jusqu'aux pieds de la jeune femme.

Tout faisait présager une catastrophe imminente et effroyable. A travers les flocons de fumée, on voyait la victime se tordre échevelée, haletante, et ses mains crispées serraient convulsivement le fer du balcon. Elle paraissait prête à se précipiter dans le gouffre de la rue.

La foule avait apporté, avec cette activité fébrile et cette inépuisable humanité qui courent les rues de Paris, la foule avait apporté des matelas et les empilait au-dessous de la fenêtre pour amortir la chute.

Les plus courageux avaient même essayé d'escalader l'escalier; mais ils avaient dû se retirer devant la violence de l'incendie allumé au rez-de-chaussée de la maison, dans la boutique d'un épicier, par l'explosion d'une bonbonne de pétrole.

Le salut était donc impossible par l'escalier ; la fenêtre seule offrait un accès, mais infranchissable, aucune des échelles dressées contre le mur n'ayant pu atteindre à une pareille élévation.

L'incendie s'était développé avec une telle rapidité que les pompiers, toujours si dévoués et si vigilants, n'avaient pu arriver encore ; chacun se demandait s'ils viendraient assez à temps pour soustraire cette victime à la mort affreuse qui la menaçait.

Tout à coup un homme traversa brutalement les groupes, et s'avançant le plus près possible de la maison qui brûlait, il s'écria avec un accent étranger très-prononcé :

— Cette maison n'est-elle pas celle du numéro 37 de la rue Joubert ?

— Oui, répondit le concierge, qui regardait l'immeuble de son propriétaire s'en aller en fumée.

— Sait-on le nom de cette malheureuse ? repartit vivement l'inconnu, en désignant la jeune femme du troisième étage.

— C'est une Américaine, et son mari est au théâtre, dit le concierge.

— Mais son nom ? son nom ? s'écria de nouveau l'étranger avec une émotion croissante ; ne la nomme-t-on pas miss Flavie Smiht?

— Non, répliqua le portier, la pauvre femme s'appelle mistress Dickson.

— C'est bien elle ! murmura l'inconnu.

Sans ajouter un mot, il fendit la foule qui s'ouvrit pour lui livrer passage, et il bondit comme un tigre au milieu de l'escalier en flammes et des décombres fumants.

Presqu'au même moment accourait un jeune homme tête nue, les cheveux en désordre ; lui aussi écarta violemment la multitude et, jetant à la malheureuse femme suspendue au balcon du troisième étage, un cri de désespoir :

— Flavie ! Flavie ! lui cria-t-il.

La victime l'entendit ; car, au milieu du murmure de la foule et du crépitement des flammes, un autre cri répondit à l'appel du jeune homme, cri déchirant d'angoisse et de douleur.

— Francis ! Francis ! dit la pauvre femme.

Aussitôt le jeune homme s'élança dans l'intérieur de la maison, et lui aussi disparut au milieu du bra-

sier comme avait disparu l'homme qui venait de l'y
précéder.

Un passant hocha la tête, et murmura cette prophétie sinistre :

— Absurde! au lieu d'une victime, nous en aurons trois !

## II

### UN DUEL DANS LE FEU

Quelques minutes plus tard, les deux sauveurs,
qui avaient réussi à gravir les ruines de l'escalier,
se rencontraient sur le palier du troisième étage.

La porte était toute grande ouverte, la jeune femme
ayant tenté de s'échapper par cette issue, mais ayant
reculé devant le danger.

Les deux hommes se regardèrent un instant ; la
flamme éclairait leurs visages aussi nettement qu'en
plein jour. Cette double exclamation sortit de leur
bouche :

— Francis !

— William Morris !

Ils parurent hésiter un instant.

Un épouvantable craquement les rappela à la
réalité de leur situation. L'escalier qu'ils venaient
d'escalader s'était écroulé, toute retraite leur était
coupée ; derrière eux, un abîme ; au fond, une fournaise.

Ils s'avancèrent ensemble dans l'appartement.

— Flavie ! Flavie ! crièrent-ils tous deux.

Rien ne répondit.

— Flavie ! répétèrent-ils avec terreur.

Nul ne parut avoir entendu.

Une clameur horrible monta de la rue.

La foule venait de voir disparaître la jeune femme un peu après la chute de l'escalier, et ne la voyant pas revenir, elle jugeait, non sans motifs plausibles, que le parquet de la chambre avait dû s'abîmer sous la puissance du feu, entraînant sa victime dans cet enfer.

Malgré la violence de l'incendie, les poutres tombant autour d'eux, les murailles s'écroulant sous leurs pieds, et la fumée épaisse qui empêchait de se voir à trois pas, les deux sauveurs cherchaient avec une anxiété croissante dans tout l'appartement.

Tout à coup, celui que le jeune homme avait nommé William Morris se heurta contre un corps inanimé.

Il se baissa, et jeta une exclamation de douleur :

— Flavie ! dit-il ; morte sans doute ; asphyxiée par cette horrible fumée !

C'était effectivement l'infortunée jeune femme ; elle avait fui sa chambre envahie par les flammes, et elle était venue tomber à quelques pas de la porte.

L'étranger la saisit dans ses bras pour l'enlever ; mais au même moment une main le repoussa rudement, et l'homme qu'il avait appelé Francis lui dit :

— Tu ne toucheras pas à cette femme.

— Misérable ! cria l'autre, n'est-ce pas assez d'un crime ? Veux-tu encore la tuer ?

— Nul autre que moi ne portera la main sur cette femme, reprit avec violence le jeune homme.

— Cette femme n'appartient ni à toi ni à moi, répliqua William Morris ; mais à son père.

— Qui t'envoie pour me l'arracher, n'est-ce pas ? Eh bien, ose me la disputer !

Le jeune homme tira vivement un poignard, son ennemi en fit autant et, sur le corps même de la femme évanouie, au milieu du craquement des poutres incendiées, au bruit des murs croulants, à la lueur du brasier qui menaçait de les dévorer eut lieu un duel sauvage, féroce, sans merci.

Il était facile de voir que ces deux hommes étaient Américains.

L'un, William Morris, pouvait avoir trente ans.

Ses traits étaient plutôt énergiques que réguliers, ses membres souples et robustes.

L'autre, celui qu'il avait nommé Francis, était un garçon bien découplé, au visage basané et bistré, à la figure sauvage ; la pupille noire de ses yeux brillait d'un feu extraordinaire ; tout en lui décélait une rare énergie, et ses cheveux demi-crépus attestaient son origine de sang mêlé. C'était, en effet, un métis.

La lutte dura peu. Les deux adversaires n'ayant aucun moyen de parer les coups, chaque blessure s'enfonçait profondément . Une minute après le commencement du duel, Morris tomba frappé en pleine poitrine . Son adversaire ne semblait pas avoir été mieux partagé ; le sang ruisselait de deux blessures, l'une au bras gauche, l'autre au sein droit.

William Morris resta sans connaissance sur le parquet à demi consumé.

Sans s'occuper de lui, Francis courut aux rideaux des croisées, les arracha, les noua ensemble avec toute la dextérité d'un singe, puis les fixant solidement aux barreaux du balcon, il s'assura qu'ils descendaient jusqu'au sol de la rue. Il agissait avec cette intelligence, ce sang-froid et cette intrépidité si remarquables parmi les gens de sa race.

La foule saisit avec anxiété le rideau jeté à ses pieds, et le tendit pour que la descente fût moins périlleuse. Nul dans la rue n'osait respirer.

Francis revint alors vers la jeune femme toujours évanouie ; il l'enveloppa dans un des rideaux, comme il eût fait d'un enfant, puis, l'enlevant dans ses bras avec une vigueur extraordinaire, il attacha solidement ce précieux fardeau sur ses épaules d'hercule et il s'avança sur le balcon. La foule attentive suivait des yeux.

Francis franchit rapidement l'appui de la fenêtre, saisit les rideaux flottant au vent, et se lança dans l'espace.

Une minute après, il déposait à terre la jeune femme évanouie, au milieu des acclamations enthousiastes de la multitude.

Il achevait à peine sa périlleuse entreprise qu'une corde à nœuds descendait d'une lucarne placée au-dessus de la fenêtre d'où Francis et Flavie venaient

de s'échapper par une sorte de miracle, et un caporal de pompiers, héroïque comme tous ses braves camarades, se laissait glisser jusqu'à la hauteur du
troisième étage.

Arrivé là, le caporal n'eut pas la peine de briser
les vitres ni la croisée, le feu s'était chargé de la be-
sogne ; il sauta dans la chambre. Flavie n'y était
plus comme nous venons de le voir ; mais William
Morris y était resté frappé par le poignard de son
ennemi.

## III

### LES DEUX POIGNARDS

Cependant la foule faisait cercle dans la rue autour de Francis et de la jeune femme. Le hardi
jeune homme était dans un triste état. Outre les
deux blessures qui lui venaient de Morris, il avait
encore un bras et la figure brûlés, et un éclat de
bois l'avait assez grièvement blessé à la tête. Sa
barbe, ses cheveux, ses sourcils même étaient plus
que roussis ; son chapeau avait disparu dans la ba-
garre, et ses vétements arrachés, à demi consumés,
attestaient que sa victoire sur l'incendie avait été difficilement achetée.

Quant à la jeune personne sauvée par lui, elle
semblait avoir été respectée par le feu, ; seulement
son évanouissement durait toujours.

Les sergents de ville accourus de toutes parts proposèrent de transporter les deux blessés dans la pharmacie voisine ; Francis parut hésiter ; mais après avoir jeté un rapide coup d'œil sur sa compagne, il jugea sans doute que des soins lui étaient nécessaires, et il accepta.

Seulement, il ne voulut laisser à personne le soin de porter son précieux fardeau et, malgré sa propre souffrance, il reprit la jeune femme dans ses bras nerveux, et il la déposa lui-même dans le laboratoire du pharmacien.

Un médecin les y suivit, et s'empressa de prodiguer ses soins à Flavie.

Quant à Francis, il demanda aux élèves en pharmacie différentes eaux, il les mélangea attentivement, en imbiba quelques compresses qu'il plaça sur ses plaies, banda le tout avec de la toile, et, dès que ce pansement rapide fut terminé, il se donna tout entier à la jeune femme dont la syncope n'avait pas encore cessé. On l'eût cru morte, si un léger souffle, à peine perceptible, n'eût prouvé qu'elle existait.

La porte s'ouvrit en ce moment au milieu du murmure confus de la foule qui encombrait les abords de la pharmacie, et quelques sergents de ville apportèrent un homme complétement évanoui et grièvement blessé.

Francis jeta les yeux sur le groupe et tressaillit ; aussitôt il regarda la jeune femme avec une vive inquiétude.

L'homme que l'on venait de déposer auprès de Flavie était William Morris.

1.

Le médecin laissa Flavie aux soins de Francis et du pharmacien, et se hâta de panser l'homme que l'on avait apporté et qui semblait sur le point de mourir.

Le nouveau blessé avait été très-maltraité par l'incendie ; le caporal des pompiers déclara qu'il avait trouvé ce malheureux dans la chambre même où était la jeune femme.

Alors quelques curieux qui avaient suivi et qui étaient entrés dans la pharmacie, affirmèrent qu'ils avaient vu ce même homme essayer de sauver la victime qu'il paraissait connaître.

En présence de ce témoignage, le brigadier des sergents de ville interpella Francis, et lui demanda s'il reconnaissait la personne que l'on venait d'apporter.

Francis parut l'examiner avec attention, peut-être cherchait-t-il quelle réponse il ferait ; enfin il se décida et dit que jamais il n'avait vu ce monsieur.

En ce moment, le médecin, qui avait déshabillé le blessé pour le panser, s'écria tout-à-coup :

— Mais cet homme n'est pas seulement brûlé ; on l'a assassiné.

Un frémissement d'horreur courut parmi les assistants.

Le docteur, un peu fier de son effet, reprit :

— Je crois pouvoir l'affirmer ; voyez.

Et il montra une plaie sanglante sur la poitrine de William Morris. Le sang coulait peu abondamment d'un petit trou dont il n'était possible de deviner ni la forme ni la profondeur.

Les spectateurs de la pharmacie regardèrent avec

stupeur. La nouvelle transpira promptement au dehors et, en deux minutes, la foule doubla en nombre et en curiosité; le bruit circulait déjà de plusieurs personnes assassinées.

Le médecin, après avoir lavé la plaie et l'avoir soigneusement sondée, déclara qu'elle avait dû être faite par un instrument tranchant et pénétrant tel qu'un poignard ou un couteau affectant la forme de cette arme.

Les agents de police, qui n'avaient pas perdu Francis de vue pendant les recherches du docteur, reprirent son interrogatoire. Ils savaient qu'il avait dû se rencontrer avec le blessé dans l'appartement incendié, il leur importait donc de découvrir ce qui s'était passé entre ces deux hommes, et d'où venait la blessure constatée par les soins du docteur.

Le brigadier des sergents de ville, après avoir inutilement visité les papiers du blessé, son portefeuille et sa poche retournés avec une dextérité de voleur à la tire, le brigadier, n'ayant pu rien trouver qui lui indiquât le nom et la qualité de William Morris ni la cause de sa blessure, revint vers Francis qui avait assisté à cette scène avec une indifférence parfaitement simulée.

Il se préparait à l'interroger de nouveau, quand le docteur l'arrêta; le blessé venait de rouvrir les yeux. Le médecin commanda le silence d'un geste impérieux.

William Morris reprit peu à peu connaissance et jeta, avec un étonnement profond, les yeux tout autour de lui. Il semblait chercher à retrouver dans sa mémoire les faits qui l'avaient amené là. Un mouvement qu'il essaya ayant déterminé une douleur assez vive à sa poitrine, William y porta la main, la retira couverte de sang, et sembla dès lors se rappeler les événements passés, car il cessa de s'agiter et d'interroger du regard les personnes et les objets qui l'entouraient. Francis se trouvant placé derrière lui, il n'avait pu l'apercevoir ; quant à Flavie, étendue à terre sur un matelas et à demi cachée par les élèves du pharmacien qui essayaient de lui faire reprendre connaissance, l'Américain ne pouvait non plus la voir.

Un quart d'heure se passa ainsi au milieu d'un profond silence. William Morris se taisait ; le docteur lui avait fait prendre quelques gorgées d'une potion fortifiante et, après lui avoir tâté le pouls, il fit signe au brigadier que le malade était assez fort pour supporter un premier interrogatoire.

L'agent de police, en homme habitué à voir procéder le juge d'instruction et le commissaire, résolut de frapper sur-le-champ un coup décisif et, sans aucune préparation, il prit Francis par la main et l'amena brusquement en face du blessé couché par terre sur un tapis.

William Morris s'attendait-il à cet effet de scène, ou était-il tellement maître de lui-même que rien ne pût ébranler ses nerfs, nous ne saurions le dire ; toujours est-il qu'aucune impression visible ne se manifesta sur son visage ; seulement, un éclair de haine s'échappa de ses yeux ; mais si rapide que le soupçon d'un vieux juge d'instruction n'eût pu le saisir au passage.

— Vous connaissez Monsieur, dit alors le brigadier en homme qui affirme plus qu'il n'interroge.

— Non, je ne connais pas Monsieur, répondit le blessé.

Francis demeurait toujours impassible.

— Votre réponse est inadmissible, répliqua l'homme de la police ; pourquoi auriez-vous essayé de sauver cette dame?

Et il lui montra la jeune femme toujours inanimée.

— Est-elle donc morte ? s'écria Morris d'une voix plus émue qu'il n'eût voulu.

— Non, elle n'est qu'évanouie, s'empressa de répondre Francis.

— Ne parlez que quand je vous interrogerai, Monsieur, se hâta de dire le brigadier mécontent.

— Vous voyez, continua-t-il, que vous connaissez cette dame, puisque vous vous intéressez à son sort.

— Je m'intéresse à cette dame, répondit le blessé qui avait repris son calme, comme je m'intéresse à tout ce qui souffre. J'ai appris, comme je passais ce soir rue Joubert, en sortant de la maison d'un ami, j'ai appris qu'une femme allait périr au milieu des flammes, et je n'ai pas hésité à donner ma vie pour elle.

— Pour une inconnue! répliqua le brigadier incrédule; c'est peu croyable.

— N'auriez-vous donc pas donné la vôtre ? repar-

tit William ; le pompier qui m'a sauvé, d'après ce
que vous avez dit tout-à-l'heure devant moi, ne m'a-
t-il pas arraché à la mort en s'exposant à périr ? Et
cependant, il ne m'avait jamais vu.

Ces deux arguments *ad hominem* touchèrent sans
doute l'agent de police, car il sourit et n'insista plus
sur ce point.

Battu dans sa première passe, le brigadier réfléchit quelques instants, puis il reprit son attaque en
ces termes.

— Vous êtes Américain ? Votre accent l'indique.

— Oui.

— Monsieur aussi ?

Et le policeman français montra Francis.

— Je ne sais, répondit Morris.

— Oui, affirma son ennemi.

— Et cette dame ? demanda le brigadier.

— Américaine également, dit Francis.

— Elle se nomme ?

— Mistress Sam Dickson.

— Vous êtes donc tous trois sujets, Américains ,
continua l'agent ; et vous ne vous connaissez pas !

L'Amérique est grande, répondit Morris souriant
de nouveau devant cette naïveté.

— Connaîtriez - vous tous les habitants de la
France ? demanda Francis d'un ton ironique.

Le brigadier se tut ; il comprit qu'il avait commis une seconde faute. Après un instant de trouble,
il reprit :

— D'où vient qu'en apercevant cette jeune dame à
son balcon, vous vous êtes écrié : — c'est elle !

— J'avais cru reconnaître la femme d'un de mes amis, répondit simplement William, et, je dois vous l'avouer, ce motif a pu avoir plus d'influence que ma philanthropie sur mon action. Seulement j'avais mal vu à travers les flammes et la fumée de l'incendie ; je m'étais trompé.

Ces réponses étaient faites d'un ton si naturel, et tout ceci semblait tellement vraisemblable que les assistants, dont la curiosité avait été d'abord très-excitée, paraissaient tout-à-fait convaincus ; mais l'homme de la police, mieux avisé, flairait évidemment un mystère et un crime. Ne pouvant se décider à déserter son instruction, il reprit :

— Qui donc alors vous a frappé ?

— Personne, répondit William Morris.

— Pour qu'un poignard se plante si gentiment dans la poitrine d'un homme, répartit le brigadier d'un ton à demi-railleur, il faut qu'une main criminelle...

— Ou qu'une chute malheureuse, un accident involontaire ait remplacé le crime, s'empressa de dire le blessé, coupant vivement la parole de son interrogateur.

— Expliquez-vous ?

— Soit, répondis Morris. Je porte toujours un poignard sur moi, habitude américaine. Or, en pénétrant chez cette dame, j'ai dû tirer ce poignard pour faire sauter la serrure d'une porte ; la fumée m'a suffoqué, et je présume qu'en perdant connaissance, je serai tombé sur l'arme que je tenais à la main. Nul ne m'a frappé, car je ne me suis rencontré avec personne; personne n'avait intérêt à ma mort; et je sens ma bourse dans la poche de mon habit.

Le brigadier regarda le docteur et l'interrogea des yeux.

— Ce n'est pas impossible, fit celui-ci; mais c'est peu vraisemblable.

— Où est l'arme? demanda l'agent de police.

— Elle sera restée dans les décombres, répondit Morris.

— La voici, s'écria le caporal des pompiers qui l'avait sauvé, et qui était resté auprès de lui pendant l'interrogatoire.

— Je l'ai ramassée quand je vous ai trouvé évanoui.

— Etait-elle loin du corps de Monsieur? demanda le brigadier.

— Non, répliqua le pompier; ce poignard était entre les mains de Monsieur qui, probablement, l'avait arraché instinctivement de la plaie avant de perdre connaissance.

L'observation du brave caporal était tout-à-fait exacte.

Pendant que le pompier parlait, le sergent de ville examinait le poignard. Il reprit son instruction.

— Reconnaissez-vous cette arme?

— Oui, elle est à moi.

— Il y a des chiffres gravés sur la garde.

— Je le sais.

— Quels sont-ils?

— Un F et un S.

— C'est exact. Quels sont vos noms?

— William Morris.

— D'où vient que ce poignard, qui vous appartient, porte deux chiffres qui ne sauraient être les vôtres?

Il y eut un moment d'hésitation de la part de Morris, et la foule, qui suivait avec intérêt les péripéties de cet interrogatoire, espéra que la vérité allait luire.

Le blessé reprit avec une certaine lenteur :

— Pardon si je vous fais attendre ma réponse, mais je suis un peu faible et mes idées en souffrent. Ce poignard m'a été donné en cadeau par un homme qui fut jadis mon ami. Il se nommait Francis Smith; voilà pourquoi cette arme porte les chiffres que vous voyez.

— Ne pouvez-vous me représenter le fourreau?

— Il sera sans doute tombé dans le feu, répondit Morris; cependant cherchez dans mes habits et voyez s'il y serait.

William Morris parlait avec tant d'assurance et de simplicité que le sergent de ville sentait tous ses doutes se dissiper. Un événement bien léger vint les réveiller.

En cherchant le fourreau comme le blessé l'avait demandé, le docteur rencontra un objet fort dur sous sa main, et s'écria :

— Le voici.

En effet, il tira un fourreau de poignard de la poche de Morris. Le brigadier examina cet étui ; puis il dit à l'Américain :

— Quels sont les chiffres gravés sur cette gaîne?

— Les miens, un W et un M.

— D'où vient que ce ne sont pas les mêmes initiales que sur votre poignard ?

— Parce que j'aurai pris, par mégarde, ce fourreau qui est celui de mon poignard. C'est un échange sans importance, les armes étant à peu près de même dimension.

— Vous aviez donc deux poignards sur vous, demanda l'intrépide questionneur ; car en voici un second trouvé également à côté de vous ?

Et le brigadier montra une deuxième arme que venait de lui remettre un pompier.

— C'est bien possible, répondit William. Je suis quelque peu distrait, et j'aurai pris ce second poignard sans m'apercevoir que j'en avais déjà emporté un.

— Parfaitement, répliqua le policeman ; mais comment se fait-il que ces deux armes aient été toutes deux hors de leur fourreau ? D'où vient surtout que toutes deux sont couvertes de sang ? Vous n'espérez pas nous faire accroire que vous êtes tombé naturellement en même temps sur vos deux poignards ?

— Je n'espère rien, répondit froidement William ; car je n'ai rien à attendre de vous. Si j'avais été blessé, je vous demanderais aide et secours, si j'avais été attaqué je vous donnerais tous les renseignements nécessaires pour vous faciliter la recherche de mes meurtriers, mon intérêt en cela serait plus grand que le vôtre ; mais je n'ai été ni attaqué ni frappé. Il est certaines circonstances de cet accident que je ne puis expliquer, c'est vrai ; mais vous remarquerez que je suis affaibli par ma blessure, par la perte de sang. Si vous voulez me faire transporter à mon domicile, vous me retrouverez demain ou tout autre jour prêt à vous répondre. Du reste, je ne porte aucune plainte, je n'accuse personne, je ne pense pas que vous vouliez me poursuivre pour m'être blessé involontairement, dès lors laissez-moi en repos. J'ai plus besoin de mon lit que de vos questions; aussi n'y répondrai-je plus.

Ces paroles avaient été prononcées avec autant de politesse que de fermeté; elles eurent pour effet de clore l'interrogatoire.

— Où voulez-vous être transporté? demanda le brigadier.

— Chez moi, à deux pas d'ici, rue Boudreau, 6.

Le brigadier donna un ordre à ses agents qui coururent chercher un brancard au prochain poste de police.

Morris en profita pour dire au brigadier.

— Ce gentleman — il indiquait Francis — ce gentleman n'est-il pas Américain comme moi?

— Oui.

— Je voudrais le complimenter, à titre de compatriote, sur le salut de sa pauvre femme ; puis-je lui adresser la parole?

— Faites, répondit le brigadier.

Francis s'était approché. Morris lui dit à voix basse et en anglais :

— Je te rendrai ton poignard bientôt.

— Quand tu le voudras, fit Francis de même.

— Je saurai t'arracher cette malheureuse femme.

— Ce jour-là, je serai mort.

— J'y compte bien. Au revoir !

— Au revoir !

Le brigadier fit transporter Morris à son domicile.
Francis s'adressa à lui et lui dit :

— Ne puis-je sortir aussi? Ne puis-je emmener
ma femme, non chez moi puisque notre appartement
est brûlé; mais dans un hôtel quelconque de ce
quartier ?

— Je vais vous accompagner, répondit l'agent de
police.

Pendant cette longue scène, Flavie avait repris un
peu sa connaissance; seulement elle paraissait insensible à tout ce qui se passait autour d'elle, aussi n'a-
vait-elle fait aucune attention à William Morris.

Tandis qu'on allait chercher une voiture pour
transporter Flavie, le brigadier prit les noms de
Sam Dickson, que lui donna le jeune homme, puis
il lui demanda s'il avait quelques papiers constatant
son identité.

— Aucun maintenant, répondit celui que nous
continuerons d'appeler Francis : l'incendie a dû tout
dévorer.

— Avez-vous quelques personnes qui puissent répondre pour vous ? observa l'homme de la police.

— Personne ne me connaît, et je ne connais personne, répliqua Sam Dickson ; car je viens seulement
de débarquer dans votre Paris où je comptais passer
quelques mois.

— Avez-vous tout perdu dans cet incendie ? continua l'implacable agent.

— Tout, non ; mais beaucoup de valeurs impor-
tantes et, comme le jeune Américain sentait que son
infatigable questionneur allait probablement lui demander s'il lui restait des moyens d'existence, il reprit avec un sourire :

— J'ai de quoi vivre encore. A défaut des bank-
notes brûlées et de l'or disparu, je possède assez de
pierreries pour ne pas tomber à la charge de votre
gouvernement.

Le brigadier n'osa demander à rien voir par lui-
même, il se contenta de consigner toutes les réponses dans son rapport, puis, après avoir aidé à porter
Flavie dans la voiture, il conduisit le jeune couple
vers un hôtel voisin.

En quittant Francis il le prévint qu'il serait demandé prochainement chez le commissaire de police ou à la préfecture ; Francis promit de s'y rendre.


IV


ÉTRANGE MYSTÈRE


Malgré sa promesse, Francis déménageait de l'hôtel le lendemain matin, après avoir généreusement
payé son hôte, et en lui laissant une fausse adresse.

Il se fit conduire au quartier Saint-Germain où il
resta vingt-quatre heures, puis aux Champs-Elysées,
dans le plus fastueux hôtel, où il séjourna également
une journée, enfin au bout d'une semaine, nous le

retrouvons à Passy-Paris, rue de la Tour, dans un charmant hôtel qu'il occupe seul avec Flavie. Durant les derniers huit jours, ils n'ont pas couché une seule fois dans la même maison. Evidemment Francis a intérêt à dépister la poursuite de William Morris, à moins que ce ne soit celle de la police ; laquelle ? L'avenir nous l'apprendra.

Toujours est-il que notre jeune Américain que son ennemi compatriote appelait Francis et qui déclarait au brigadier se nommer Sam Dickson, porte, dans sa nouvelle demeure, le nom de Sir Jonathan Robertson et que Flavie a changé son nom pour celui de Mistriss Robertson.

La maison habitée par le jeune couple est élégante, et plus élégant encore est le mobilier qui la décore. On dirait un nid d'amoureux.

Flavie est à demi couchée sur une chaise longue. Sa figure, admirablement belle mais pâle, porte encore les traces de la souffrance et des terreurs causées par l'incendie.

La jeune Américaine peut avoir seize ans ; elle est de taille petite ; son corps est souple, harmonieux, svelte, et toute sa personne respire une rare distinction. Des cheveux plus noirs que le jais font encore ressortir la blancheur mate du visage : les yeux sont entourés de cette auréole brune qui dénonce la plupart du temps un tempérament ardent. La main et le pied sont d'une exquise pureté et d'une finesse remarquable ; le timbre de la voix est ravissant.

Francis, adossé à la cheminée, contemple avec amour cette merveilleuse créature.

— Te trouves-tu mieux ce matin ? lui demande-
t-il.

— Oui, mon ami, mais faible, abattue, engour-
die ; j'ai de la peine à rassembler mes idées.

Puis, après un moment de silence, elle ajouta :

— Resterons-nous quelques jours ici, où faut-il
encore changer ? toutes ces courses me fatiguent
cruellement.

— J'espère que nous n'avons plus rien à redouter,
du moins pour quelque temps, répondit Francis devenu soucieux. Je t'ai fait souffrir par tant de chan-
gements ; pardonne-le-moi, j'ai tellement peur de te
perdre, et je t'aime tant.

Ces derniers mots furent dits avec un tel accent
de passion que la jeune femme par reconnaissance
et par amour, lui tendit la main, puis son front sur
lequel il déposa un long baiser.

— Si tu ne te crois pas en sûreté ici, reprit-elle,
quittons cette maison ; où tu es je suis toujours bien.

— Merci, répondit Francis ; je ne crois pas nécessaire de fuir encore. Attendons ; nous verrons
plus tard, j'ai changé nos domestiques, nos noms ;
nous ne sortons que le soir, et en voiture fermée ; à
peine si nous posons le pied dans le petit jardin
placé sous nos fenêtres, qui viendrait nous chercher
dans cette oasis ?

— Tu me rassures, murmura-t-elle, et, de sa
main délicate, elle caressait la luxuriante chevelure
noire du jeune homme qui, de temps à autre, écar-
tait cette main pour lui donner un baiser en murmurant doucement ces deux seuls mots :

— Je t'aime !

C'était vraiment un beau couple et la nature, en les créant, semblait les avoir faits l'un pour l'autre. D'un côté, la grâce enfantine, le charme, la douceur ; de l'autre, toutes les passions les plus indomptables réunies sur une même tête, dans un seul cœur.

Le soir où nous avons rencontré Francis pour la première fois, il porta l'habit de monsieur Tout-le-Monde, redingote noire, gilet noir, pantalon noir, cravate noire ; il avait jeté un peu tout cela pêle-mêle, et à la hâte, pour s'élancer au secours de Flavie ; ici, nous le retrouvons chez lui, en élégant négligé du matin. Ses cheveux épais, un peu crépus, couronnent une tête admirablement belle, mais d'une énergie sauvage. Comme nous venons de le dire, les passions les plus violentes, passion de l'amour, passion de haine, passion du jeu, passion de l'orgie, tout cela se résume, s'incarne dans cette nature excentrique.

En ce moment, le jeune mulâtre réfléchissait sans doute à sa situation et son front s'était assombri ; Flavie s'en aperçut et lui en demanda la cause avec inquiétude. N'était-il pas heureux de son amour? Il répondit :

— Je ne serai complétement heureux que le jour où nul n'aura le droit de t'enlever à moi. Ton père conse rve ce pouvoir ; pourquoi refuses-tu toujours de solliciter de lui ton pardon et le mien?

— Parce que ce serait peine perdue, objecta la jeune femme en versant des larmes; parce que j'ai déjà écrit à mon père et qu'il n'a pas même daigné me répondre.

Nous devons dire en peu de mots ce qu'étaient nos deux amants.

Edith a pour père sir James Smith, riche négociant du Mexique, où il habite le *Presidio del Norte*.

Francis est le fils naturel d'une femme de couleur et de sir Jonathan Smith, frère de sir James, et l'un des planteurs les plus puissants des rives du Mississipi, à l'extrémité de l'État du Kentucky, à quelques milles de Columbus.

Francis est donc un mulâtre, un métis. Dans ses veines coule le sang du blanc mêlé au sang ardent du nègre; il a les passions et les vices des deux races.

Son père, qui l'adore, l'a affranchi ainsi que sa mère, et lui a fait recevoir l'éducation la plus libérale.

Pour l'arracher à l'oisiveté, au jeu, aux orgies, il l'a envoyé chez son frère, au Mexique, afin d'y étudier le commerce.

Là, le métis a trouvé deux sœurs jumelles, filles de sir James; l'une, Edith, si frêle, qu'on lui eût à peine donné treize ans, bien qu'elle en comptât plus de quinze; l'autre, Flavie, déjà belle, grande et forte, quoique du même âge que sa sœur. Francis devint éperdûment amoureux de Flavie, et fit bientôt partager son amour à la jeune miss. Il demanda sa main à sir James; mais celui-ci, ayant engagé précédemment sa parole au fils d'un de ses amis, William Morris, refusa le mulâtre.

Le jour même où devait se célébrer l'union de Morris et de Flavie, celle-ci s'enfuyait avec Francis et, grâce à la connivence d'un capitaine de vaisseau, les deux amants se réfugiaient en France où nous venons de les retrouver.

Francis insista vivement pour que Flavie écrivît à son père; il pria, se fâcha, la jeune femme résista, et le métis dut céder, car il connaissait l'opiniâtreté invincible du caractère de sa compagne.

Celle-ci, sans céder, ajouta comme un dernier argument :

— Si j'écrivais à mon père, ce serait lui révéler notre nouvelle demeure, et alors il nous enverrait encore William Morris.

— Ton fiancé !... je l'ai corrigé deux fois déjà.

— Deux fois ? dit-elle avec surprise.

En effet, elle se souvenait que peu de mois auparavant Morris était venu la réclamer au nom de sa famille, qu'un duel avait eu lieu entre Francis et son rival, que tous deux avaient été blessés; mais elle ignorait que Morris avait retrouvé une seconde fois son adresse, et qu'il avait été de nouveau blessé par Francis. Ce dernier lui raconta alors ce qui s'était passé pendant l'incendie.

Chose étrange, à peine Francis eut-il prononcé le mot *incendie* que la jeune femme se dressa devant lui frémissante, les yeux égarés, et le visage couvert d'une horrible pâleur.

Francis, tout entier à sa narration, ne s'aperçut pas de ce changement soudain. Il continua :

— Voilà pourquoi, dit-il, je désire me réconcilier avec ton père. Tu as seize ans; la force et l'amour ne me suffisent pas pour te protéger ni te conserver; un jour, je serai surpris, désarmé, tué, et ton père t'enlèvera. Je t'en supplie, cher ange, écris à ton père. Au nom de mon amour, je t'en prie à genoux ; pas d'entêtement, ma Flavie adorée, veux-tu écrire à ton père?

— Je le veux bien, répondit la jeune fille du ton le plus doux.

Cette obéissance instantanée était si contraire à sa nature, elle était si en dehors des habitudes impérieuses de cette imagination folle et romanesque, que Francis tressaillit et la regarda.

Ce qu'il vit alors l'épouvanta et le glaça de terreur, lui toujours si fort et qui se croyait inaccessible à toutes les émotions.

Les yeux de la jeune femme étaient démesurément ouverts et la prunelle semblait complétement dilatée ; pourtant Flavie ne paraissait rien voir. Elle se tenait droite, raide comme un automate ; il semblait que si quelqu'un osait la toucher, il briserait son corps comme une feuille de verre.

Francis recula avec une sorte d'effroi et de douloureuse anxiété, et de ses lèvres s'échappa cet aveu :

— Mon Dieu !... Comme sa mère !

Il hésita un instant sur ce qu'il devait faire, enfin il parut avoir pris un parti, il s'approcha de Flavie, lui saisit la main, la conduisit devant un petit bu-

reau et, plaçant devant elle tout ce qui était nécessaire pour écrire, il lui dit :

— Ecris sur-le-champ à ton père.

Elle prit la plume, se prépara et parut attendre un
nouvel ordre.

— Ecris, dit de rechef Francis, je vais te dicter.

En effet, il dicta, et la jeune femme 'obéit, puis
elle tomba dans un profond sommeil.

Cette scène se répéta plusieurs jours de suite.

Un matin, Francis sortit ; en montant dans un
remise, il jeta cette adresse au cocher :

A Auteuil, maison du docteur Ragueneau.


V


UNE VILAINE MAISON


A Auteuil, sur l'un des coteaux qui font face à la
Seine, se trouve à mi-côte une charmante villa dont
l'aspect est enchanteur, et devant laquelle personne
ne passe sans un certain serrement de cœur ; cette
villa splendide, c'est celle du célèbre docteur Ragueneau.

L'aspect de cette maison, si connue des Parisiens,
est presque monumental. Une large cour d'honneur,
garnie en été de vieux orangers, de grenadiers sécu-
laires et de lauriers roses, s'ouvre devant un vaste
corps de logis flanqué de deux pavillons ; des escaliers en pierre de taille, surmontés de marquises

légères et ornés de vases de fleurs ou de caisses d'ar-
bustes rares donnent accès dans ce palais moderne.

Derrière l'habitation s'étale un admirable jardin
paysager ombragé par des arbres vénérables, et dessiné avec ce goût délicat qui a présidé aux cons-
tructions des squares de la ville de Paris. Çà et là des
corbeilles de coleus, de cannas et de pélargoniums
attirent les regards par leurs couleurs aussi riches
que variées à côté des massifs de pétunias, de phlox,
de ricins et du wigandia aux feuilles gigantesques.

Sur les pelouses l'abies pinsapo, le pinus excelsa
dont les extrémités pendent comme de longues flo-
ches de soie verte, l'araucaria, les biota nana aux
reflets dorés, les cèdres majestueux et les céphalo-
taxus au feuillage curieux disputent la palme aux
masses de rhododendrons et d'azalées si admirables
que la Hollande elle-même n'a jamais envoyé rien
de plus beau pour nos expositions.

On eût pu écrire sur le fronton de cette demeure
princière : *palais d'Armide.*

Une seule chose gâtait cette merveille ; toutes les
fenêtres étaient garnies de forts barreaux de fer.

Enfermé là dedans, on devait se croire en prison.

Cependant les prisons n'offrent pas à leurs hôtes
de si beaux jardins ; on n'y trouve guère de salle de
billard, de bibliothèques aux livres choisis, et de
bilboquets aux formes diverses et savantes comme
il s'en rencontrait dans les salles de cette singulière
maison.

2.

Dans le parc se promenaient en assez grand nombre des personnes, mais isolément ; rarement par groupes. Tout ce monde semblait grave, sérieux, triste. Il y avait là des hommes âgés et de tout jeunes gens, des femmes dont la toilette respirait le goût le plus pur, et d'autres femmes à la mise plus qu'excentrique.

Parfois, un de ces graves promeneurs se mettait subitement à courir et paraissait poursuivre dans l'espace des papillons... que nul n'apercevait ; parfois aussi l'un d'eux se prenait à faire à ses voisins d'affreuses grimaces ou à leur rire au nez !... et personne ne se fâchait. Quelques-uns chantaient des romances plaintives, d'autres de gais refrains ; aucun ne semblait s'apercevoir qu'il avait des compagnons.

Souvent, au milieu du plus grand silence, d'horribles cris de fureur éclataient dans l'intérieur de l'habitation, puis des têtes apparaissaient à l'une des fenêtres grillées, des mains se cramponnaient d'une façon désespérée aux barreaux et les secouaient à la manière des singes du Jardin des plantes. De là, ces êtres étranges lançaient sur les promeneurs d'ignobles injures, cherchaient à les souiller de leur bave et de leurs excréments, et, déchirant leurs vêtements, se montraient nus ;.. sans que personne dans le jardin s'émût beaucoup de cet odieux spectacle. Trouvait-on donc cela tout naturel ?

Cette villa, je n'ai guère besoin de le dire, était celle du docteur Ragueneau, le plus distingué de nos spécialistes pour le traitement des maladies mentales ; ses pensionnaires, parmi lesquels je compte, hélas! deux amis — je souhaite ne jamais les y rejoindre — ses pensionnaires sont des fous et des folles.

Au moment où nous entrons chez le bon docteur, il fait faire son portrait; en homme habile, il n'a confié cette délicate mission à aucun de ses hôtes.

Le portrait du brave docteur représente un homme d'environ cinquante ans, petit, chauve, gros et gras, porteur d'un triple menton et de lunettes d'or qui ont toutes les peines imaginables à conserver leur équilibre sur une miniature de nez. La science du moderne Esculape n'a pu garantir son corps de l'obésité et son visage de la couperose.

En somme, papa Ragueneau, comme l'appellent ses amis, a toute l'apparence d'un bon vivant; c'est un de ces médecins pantagruéliques qui vous font aimer la vie, — s'ils ne vous la rendent pas.

Cependant, au travers des verres bleus de ses lunettes brillent deux petits yeux qui projettent des lueurs extraordinaires et qui doivent impressionner ses pensionnaires, et leur en imposer, comme chacun l'assure. En somme, la physionomie du docteur accuse deux penchants bien caractérisés : d'abord une grande sensualité, ensuite une puissante énergie. L'énergie, c'est pour le salut du malade; la sensualité, c'est pour sa propre satisfaction.

Quant au jeune peintre placé en face de lui et qui travaille pour l'instant aux mains potelées du médecin, nous parlerons de lui plus tard. Il occupera, dans ce récit, une part trop large pour que nous ne nous occupions pas de cette bizarre figure lorsqu'il en sera temps ; appelons-le seulement Stanislas, puisque le docteur le nomme ainsi dans le dialogue suivant.

— Ainsi, mon petit Stanislas, ton opinion est que j'engraisse de plus en plus?

— Ah! bigre de bigre, oui, une vraie pelote de beurre de Gournay, répond le peintre; si vous continuez, vous allez devenir plus rond que la boule de ce bilboquet.

— Je ne prends pas assez d'exercice, murmura piteusement le médecin, essayant d'apercevoir ses genoux cachés sous son vaste abdomen.

— Pas assez d'exercice, répéta Stanislas en approuvant la réflexion, et trop de beefteaks; juste le contraire de ma manière d'opérer. Aussi voyez.

Et le peintre montra sur-le-champ son torse et ses jambes, modelés sur ceux du maigre Don Quichotte. Puis il reprit :

— Docteur, combien faites-vous de repas chaque jour?

— Trois seulement, cher ami.

— Le menu?... Commençons par le déjeuner?

— Oh! un rien, un atome, quelques rôties beurrées et trempées dans un léger chocolat au salep de Perse pour vaincre la dyspepsie.

— Et vous buvez?

— Un doigt de Malaga ou de Xérès dont l'effet est de combattre victorieusement la mauvaise influence des brumes du matin.

— Bonne médecine! je m'en accommoderais volontiers. Eh bien, moi, docteur, pour combattre le brouillard, j'enfonce héroïquement mes bonnes dents de vingt-cinq ans dans un petit pain d'un sou que j'arrose avec l'eau fraîche de mon pot à beurre. Passons au second repas, docteur.

— Oh! le second! Le premier ne doit vraiment pas compter.

— Nous le supprimerons à l'addition, répliqua Stanislas en riant ; confessez-moi le menu du deuxième déjeuner.

— Cher ami, répondit Ragueneau, à onze heures je prends mon véritable repas ; aussi j'ai horreur que l'on vienne me troubler durant cette opération indispensable pour refaire mes forces.

— Voilà donc le secret de la réponse de vos domestiques à tout étranger qui se présente à votre consultation de onze heures à midi : — Le docteur n'est pas encore rentré de sa visite en ville ; ou bien : Le docteur est en opération.

— Opération très-respectable, mon jeune ami, s'écria le docteur avec son rire le plus épanoui. Tu connais ma table pour l'avoir dégustée plus d'une fois, je ne te cacherai donc pas que depuis septembre jusqu'à la fin d'avril j'ouvre ma campagne culinaire par quelques douzaines d'huîtres apéritives arrosées de Sauterne ou de Châblis pour détruire la gravelle ; je passe ensuite au poisson de mer invariablement, afin de puiser dans ses éléments le phosphate de chaux nécessaire à la santé ; j'ingurgite alors deux œufs sur le plat, l'œuf étant considéré par moi comme la nourriture la plus saine et la plus forti-

fiante après la marée et la viande. Cette viande, je
la choisis parmi les animaux adultes : cuissot de
chevreuil âgé de quatre à cinq ans, ou bœuf rôti,
ou encore mouton de pré salé, béni par les dieux. A
la suite de ceci, mon pauvre Stanislas, je fais encore
entrer des légumes primeurs, une crême quelconque,
la salade de nos pères, le fromage bucolique, des
fruits, *et cætera, et cætera*. Règle essentielle, n'oublie jamais que, pour se bien porter, l'homme doit
varier sa nourriture. J'arrose ce régime de quelques
doigts de Bordeaux, retour de l'Océan. En compo-
sant de cette façon savante mon alimentation, je
n'ai pas en vue la satisfaction grossière de mes appé-
tits matériels, car personne n'est plus sobre que
moi, je reste toujours sur ma faim...

— Hum! fit Stanislas, moi aussi.

Le docteur continua :

— J'apporte des soins éclairés, comme doit le
faire tout être intelligent, à la conservation d'une
créature de Dieu.

— Le sacerdoce de l'estomac! cria le sceptique
portraitiste.

— Tu plaisantes, mauvais rapin, répliqua vivement Esculape d'un ton moitié fâché et moitié ami-
cal; mais le divin créateur n'a pu nous donner des
sens pour que nous les laissions s'atrophier faute
d'exercice suffisant; nous devons, au contraire, pour
répondre à ses desseins, les développer par l'usage.

— Bigre de bigre! s'écria Stanislas, votre régime
réconfortant conviendrait à mon tempérament affamé; par malheur, ma bourse n'y suffirait pas. Pa-

tience! quand les Anglais couvriront mes toiles
d'or, je me paierai à mon tour un petit ordinaire de
votre façon. En attendant ces repas de Lucullus,
comme les marchands ne couvrent mes chefs-d'œuvre que de monnaie de billon, je suis forcé de me
contenter à mon déjeûner de midi d'un saucisson
sans ail — l'ail déplaît aux dames — et d'une demie
de Bourgogne, retour de Bercy, le tout couronné par
cinq centimes de Brie et un excellent appétit.

— Qui me manque souvent, hélas! soupira le
Docteur.

— Et le dîner, papa? demanda Stanislas.

— Je ne dîne jamais chez moi, mon ami. Je vais
où le hasard de mes visites me conduit; car j'ai
mon couvert mis chez mes plus riches clients, ou
bien, parfois, j'entre faire une petite débauche dans
un cabinet de Brébant ou de Péters, il faut bien
venir en aide à madame la mort.

— Vous êtes garçon?

— Heureusement.

— Et le dîner fini, vous terminez votre soirée?

— Aux Variétés, ou aux Bouffes.

— En loge grillée, mauvais sujet?

— De plus en plus garçon, cher ami; je t'emmè-
nerai un jour.

— Ne me séduisez pas, satan; Alix vous arrache-
rait vos bésicles d'or.

— Tu l'aimes donc toujours?

— Plus que jamais! Un ange, docteur, un ange
du ciel égaré dans une mansarde. Mais l'homme
n'est jamais content; je vais quitter Alix.

— Pourquoi?

— Pour voyager. Je vais en Italie.

— Quelle folie! s'écria le Docteur; ne sais-tu pas que la pauvre Alix mourrait de désespoir?

— C'est ce qui m'a retenu jusqu'à ce jour; mais au diable l'amour! je me sens quelque chose là — et il frappa son front — et bigre de bigre, je veux me faire un nom, une position. En Italie, j'étudierai les maîtres.

— Ne peux-tu travailler ici! Loue un atelier.

— Je n'ai pas le sou.

— Je répondrai, je paierai pour toi, paresseux; quand tu auras fait fortune, tu me rembourseras.

— Merci, docteur: ça ne se peut pas. Loin de Paris, je le sens, je pourrai travailler; ici c'est impossible. J'ai mal commencé la vie, je l'ai donnée au plaisir, aux camarades, à l'amour. Les amis me dérangent toute la journée, Alix me prend mes soirées, mes dimanches et mes fêtes; travaillez donc avec une femme sur le dos et des viveurs sur les bras. Si je n'ai pas le courage de rompre avec le passé, avec mes habitudes, il faut crier sur moi : Un homme à la mer!

— Pauvre Alix! dit encore le docteur avec une émotion qui annonçait plus de bon cœur qu'il n'en voulait laisser paraître; que va-t-elle devenir?

— Chut là-dessus si vous m'aimez, ou je n'aurais plus le cœur de partir.

Et Stanislas laissa sa brosse s'échapper de ses mains.

— Sais-tu, reprit le médecin, que je lui ai rendu

un mauvais service en la sauvant l'année dernière d'une affreuse fièvre typhoïde? Mieux valait qu'elle mourût de maladie que de chagrin. Tu as été son premier amour; elle a à peine dix-sept ans. Elle t'aime comme au premier jour.

Deux larmes coulaient silencieusement des yeux de Stanislas; le papa Ragueneau lui-même était de plus en plus ému.

Un valet entra et rompit la conversation en annonçant qu'un monsieur demandait à parler au docteur.

— Son nom?

— Ce monsieur, répondit le domestique, m'a dit qu'il était inutile qu'il envoyât sa carte à Monsieur; il lui est inconnu. Il vient pour une consultation.

— Faites entrer, répondit le médecin.

## VI

### UNE CONSULTATION

Un instant après, Francis était introduit auprès du docteur Ragueneau qui se leva, fit avancer un siége, et attendit.

— Monsieur, lui dit le jeune Américain, je désirerais vous consulter pour une personne malade.

— Je suis à vos ordres, répondit le médecin. Vous est il indifférent que Monsieur — et il montrait Sta-

3

nislas — que Monsieur qui achève en ce moment
mon portrait, assiste à notre entretien?

— Je prie Monsieur de m'excuser, dit Francis en
s'inclinant du côté de l'artiste ; mais la consultation
que je réclame de vous doit rester secrète entre nous
deux.

— Très-bien, Monsieur, répliqua le praticien ;
alors, veuillez me suivre dans mon cabinet.

Tous deux se levèrent, et le docteur fit passer le
jeune homme dans un petit salon meublé avec un
goût raffiné.

Francis s'assit et entama la conversation d'un ton
plein d'hésitation :

— Monsieur, dit-il, j'ai beaucoup entendu parler
de vous comme de l'un de nos spécialistes les plus
distingués.

— Ah! fit le docteur, fronçant le sourcil, un cas
de folie?

— J'espère que non. Je pense qu'il s'agit seulement d'un trouble momentané de la raison. Cependant, j'ai à vous entretenir de phénomènes fort
étranges.

— Si étranges qu'ils puissent vous paraître, répliqua le médecin, ils ne sauraient surprendre un
vieux praticien qui vit au milieu des maladies
mentales depuis plus d'un quart de siècle. Un de
mes bons amis, le savant Alfred Maury, de l'Insti-
tut, a écrit avec raison, dans son curieux ouvrage
*Le sommeil et les rêves :* « Les maladies de l'esprit
sont de formes aussi variées, aussi changeantes que
les conceptions intellectuelles mêmes. »

— Je doute que vous ayiez rencontré des phénomènes aussi bizarres, aussi extraordinaires, docteur.

Ragueneau sourit en homme qui sait le contraire
et il se contenta d'ajouter :

— Veuillez me mettre au courant des symptômes
de la maladie.

Francis se recueillit un instant, puis il reprit la
parole en ces termes :

— Il y a six semaines, un violent incendie dévorait une partie de la maison que j'occupe avec ma
femme. Elle faillit périr, elle perdit connaissance,
et ne fut sauvée que par une sorte de miracle.
Quand elle revint à elle, je ne remarquai aucun
trouble dans son esprit; mais il n'en fut pas de
même quelques jours après.

Le docteur écoutait attentivement sans faire un
mouvement.

Francis continua :

— Ma femme raisonne d'une manière lucide sur
toute espèce de sujet; mais si l'on parle devant elle
d'incendie, de feu, à l'instant même ses traits res-
pirent la plus vive anxiété, et sa raison s'altère.

— De quelle façon?

— Elle cesse d'avoir une volonté à elle; tandis
qu'habituellement son caractère est fort énergique
et même opiniâtre. Alors elle exécute passivement
tout ce qu'on lui demande. En un mot, pendant
ces crises, sa volonté semble paralysée, et elle se
soumet à mes ordres comme un véritable esclave.
Ma volonté se substitue à la sienne. Elle n'est plus
qu'un automate inconscient de ses actions.

— J'ai vu plus d'un cas semblable, murmura le docteur. Quand l'accès est terminé, la malade se souvient-elle de ce qui s'est passé?

— Non. Elle ne se rappelle rien.

— N'est-elle pas prise alors d'un sommeil invincible, d'une sorte de torpeur qui dure plusieurs heures?

— En effet.

— C'est un signe certain de l'engourdissement du cerveau. J'ai souvent rencontré de pareils accidents, et ces phénomènes sont aussi mystérieux que désolants. Les crises durent-elles longtemps?

— Je ne les ai pas vues se prolonger au-delà d'une heure.

— Au réveil, la raison revient-elle complète?

— Oui, complète.

— Alors, répond le docteur, se parlant à lui-même autant qu'il parlait à Francis, alors il doit exister là soit une affection nerveuse ou hystérique, soit une perturbation viscérale, soit encore un désordre cérébral partiel et passager qui donne lieu à une espèce de somnambulisme éveillé et intermittent. J'ai observé cette maladie fréquemment.

— Fréquemment!... s'écria le jeune homme.

— Oui, fréquemment. Ne comptons-nous pas, en France seulement, 30 à 40,000 pauvres êtres hallucinés? N'êtes-vous pas Américain? votre accent me l'indique.

— Vous ne vous trompez pas, docteur.

— Eh bien, chez vous, monsieur, le nombre des

hallucinés dépasse une centaine de mille. C'est un état morbide de l'imagination, un trouble non permanent des sens, de l'intelligence, une altération plus ou moins grande de l'encéphale; mais ce n'est pas la folie.

— En vérité?

— Rien de plus réel. C'est un désordre cérébral qui appartient à la psychologie morbide.

— N'est-ce pas du somnambulisme?

— Pas précisément; c'est plutôt une sorte de somnambulisme éveillé. L'esprit ne cherche pas, ne travaille pas, ne réfléchit pas, a encore écrit quelque part mon ami Alfred Maury; j'ajouterai à cette explication que l'esprit alors préfère, dans son état d'engourdissement, obéir passivement à résister ou agir spontanément. Puis, la science est impuissante à pénétrer au fond de tous ces mystères, continua le docteur avec feu et se promenant à grands pas dans son cabinet; n'est-il pas possible que le malade croie voir, sentir, toucher tout ce dont on lui parle? Ne ressemble-t-il pas, en cet état, à l'automate de Vaucanson? Le ressort monté, la machine marche.

— Alors, il y aurait, selon vous, une paralysie momentanée, ou tout au moins un engourdissement du cerveau et de la volonté?

— J'en suis persuadé. C'est un état pathologique en dehors des hallucinations et des visions ordinaires. La volonté du sujet étant absente, il obéit à toutes les impressions, à tous les ordres qu'il reçoit.

Francis réfléchissait profondément au fur et à me-

sure que le médecin lui expliquait les diverses phases
de cette cruelle maladie.

— Je comprends mieux maintenant, dit-il, les
singuliers phénomènes dont j'ai été le témoin. Es-
pérez-vous pouvoir guérir ma chère malade, docteur?

— Avant de vous répondre, je dois vous demander
un renseignement de la plus grande importance.
Dans la famille de cette jeune dame, comptez-vous
d'autres personnes affectées d'une infirmité semblable à celle dont vous m'avez entretenu?

— Oui, sa mère.

— Ainsi, il y a une cause héréditaire? Le fait
devient beaucoup plus grave. Que savez-vous de la
maladie de la mère?

— Des détails aussi curieux que tristes. La mère
de ma femme habitait l'Amérique du Sud, elle était
sur le point de devenir mère, et elle avait accompagné son mari dans un long voyage entrepris pour
son commerce. Comme ils traversaient un territoire
Indien avec une nombreuse escorte, ils furent attaqués par une tribu de Pawnies et de Shoshones. On
joua du rifle, on se battit en désespéré; car il n'y
avait aucune merci à attendre des Indiens. Les
peaux-rouges durent se retirer devant la résistance
des blancs; mais comme ils lâchent difficilement
leur proie, en s'éloignant ils mirent le feu aux
herbes desséchées du désert. Vous savez, docteur,
avec quelle rapidité l'incendie se propage au milieu
des prairies brûlées par le soleil torride de l'Amérique; c'est une traînée de poudre. En quelques

minutes, la caravane était enveloppée par les flammes; et la petite troupe allait périr dévorée par le feu si l'un des esclaves n'avait découvert un passage à travers des rochers et un cours d'eau caché sous un massif épais.

Les voyageurs s'enfuirent de ce côté, malgré mille obstacles et les plus grands dangers. Il fallut transporter à bras la mère de ma femme, car elle avait perdu complétement connaissance, tant sa terreur avait été vive. Du reste, cette terreur n'était que trop justifiée. Un de ses frères avait été scalpé sous ses yeux, plusieurs de ses serviteurs étaient tombés auprès d'elle frappés par le terrible tomahawk des Indiens, elle-même avait été prisonnière quelques instants, enlevée par un chef Pawnie, et n'avait dû son salut qu'à un effort suprême de son mari grièvement blessé en défendant sa jeune femme. Quand cette malheureuse revint à elle, sa raison avait succombé. On espéra qu'en devenant mère sa folie cesserait; ce fut une vaine espérance. Quinze jours après l'évènement que je viens de vous raconter, elle donnait le jour à deux jumelles, et elle mourait le soir même sans avoir recouvré aucune lucidité d'esprit.

— Ces deux jumelles ont-elles survécu toutes les deux à leur mère?

— Oui, toutes les deux. Elles ont aujourd'hui près de seize ans; jusqu'à ce jour rien n'avait paru présager du trouble dans leur raison; cependant c'est pour l'une d'elles que je viens vous consulter.

Le docteur réfléchit profondément; au bout de quelques minutes il releva la tête et dit :

— Avant de me prononcer, il faut que je voie la malade.

— Je m'y attendais.

— Préférez-vous me l'amener ou désirez-vous que je me rende chez vous ?

— Je vous serai obligé de venir, répondit Francis; car je craindrais d'éveiller ses soupçons en la conduisant ici.

— Venillez me donner votre adresse.

Francis prit une carte dans son agenda et la déposa sur le bureau du médecin.

— Je serai chez vous demain vers deux heures, dit alors le docteur qui se leva pour prendre congé de son client.

Francis salua, et le papa Ragueneau l'accompagna.

Il n'était peut-être pas fâché de promener un peu son visiteur au milieu de son vaste établissement : car il lui était facile de prévoir l'arrivée d'une nouvelle pensionnaire.

A peine quittaient-ils le cabinet du docteur qu'une petite porte placée dans l'angle le plus obscur s'ouvrit lentement, et un homme pâle, aux traits amaigris et maladifs, parut tout-à-coup. Il n'entra pas tout d'abord; il observa, écouta si quelqu'un ne venait pas, puis n'entendant aucun bruit inquiétant, il s'approcha du bureau, chercha des yeux quelques secondes, aperçut la carte laissée par Françis, la lut rapidement, la replaça sur la table, et disparut vivement après avoir fermé soigneusement le passage par lequel il s'était introduit.

Ce visiteur, c'était sir William Morris, l'ennemi acharné de Francis.

La carte de ce dernier portait : — Sir Jonathan Robertson, boulevard Péreire, 14.

— Cette fois, avait murmuré Morris en sortant, cette fois il ne m'échappera plus !

## VII

### RAPIN ET GRISETTE

S'il est une rue sale, étroite et puante dans ce Paris où les ruelles les plus dégoûtantes ne manquent pas, attendant des temps meilleurs pour se transformer en brillants boulevards; s'il est une rue mal éclairée dans la journée par le soleil et par le gaz la nuit, c'est assurément la rue Saint-Paul, qui d'un côté touche au quai Saint-Paul, et de l'autre à la rue Saint-Antoine.

Maintenant, s'il est une maison sale, étroite et puante et mal éclairée dans cette même rue Saint-Paul, c'est certainement la troisième à gauche. Tout y manque, même un concierge.

Enfin s'il est un étage sale, étroit et mal éclairé dans cette puante maison de la vilaine rue Saint-Paul, c'est, je l'affirme, le sixième étage.

Il prend jour sur une cour tellement spacieuse

3.

que deux voisins ivrognes — et il n'en manquait pas dans cette belle habitation — pouvaient choquer leurs verres d'une fenêtre à l'autre fenêtre placée en face. En revanche, s'il manque d'air et de lumière, ce sixième étage, il ne manque pas de portes tout le long de son corridor taillé sur le modèle d'un boyau.

Ces petites portes donnaient accès à autant de chambres d'ouvriers de tous états occupés loin de la maison du lever du soleil à son coucher ; ils venaient là seulement pour dormir. Pendant le jour, le long couloir restait silencieux ; un de ses habitants prétendait qu'on y entendait danser les puces.

Quelques mois après la scène que nous avons racontée dans le chapitre précédent, une fillette de 16 ans sortait mystérieusement de l'une des petites chambres dont nous venons d'esquisser la physionomie et, après avoir regardé autour d'elle avec crainte, après avoir écouté, non sans battement de cœur, tous les bruits qui montaient de la rue, elle refermait silencieusement la porte de la chambre n° 3 qu'elle venait d'ouvrir, et elle allait frapper doucement au n° 9, là où s'étalait majestueusement une pompeuse carte clouée sur l'unique battant. Sur cette carte, très-illustrée, on lisait ces trois mots : — *Stanislas, peintre d'histoire.*

La jeune fille avait à peine gratté à cette porte que celle-ci roulait sans bruit sur ses gonds bien huilés, s'ouvrait et se refermait discrètement derrière la visiteuse, jolie comme Satan permet parfois aux femmes de le devenir, afin de perdre plus sûrement les pauvres hommes, hélas ! toujours si faibles.

Cette belle fillette portait pour toute coiffure une admirable chevelure noire comme de l'ébène, pour toilette une simple robe d'indienne, pour bottines de gros souliers ; cependant malgré ce costume dénué d'élégance et de poésie, toute la personne de cette charmante enfant respirait une grâce enchanteresse.

Elle était de très-petite taille; mais cette taille était souple, fine, élancée. L'œil était vif, plein de malice sans trop de hardiesse ; le sourire se dessinait fin et un peu railleur sur deux lèvres vermeilles comme les cerises en juillet; en un mot, c'était une vraie gamine de Paris.

On la nommait Alix ; ses joues portaient encore le velouté de la pêche et ce coloris délicat qui tombe du fruit et des joues au premier contact de la main des profanes.

Alix était l'unique enfant d'une pauvre femme bien connue dans le quartier sous le nom de la mère Aurélie. La bonne dame faisait des ménages en ville de six heures du matin à quatre heures de l'après-midi, et, le soir, elle se métamorphosait en ouvreuse de loges dans un petit théâtre du boulevard.

Madame Aurélie était une femme de taille imposante et portait bravement ses cinquante ans sonnés; elle avait dû être belle dans sa jeunesse, mais à cette heure ses cheveux argentés et rares cachaient mal les rides précoces de son front. Son air était triste, résigné; on la voyait rarement sourire, si ce n'est à sa fille qu'elle adorait, et pour laquelle son imagination se plaisait à bâtir des châteaux en Espagne.

Il y avait seize ans que madame Aurélie habitait

la rue Saint-Paul; elle venait d'y emménager lorsqu'elle donna le jour à sa fille. Ses voisins l'esti-
maient plus qu'ils ne l'aimaient, car elle parlait rarement et ne se liait avec personne. Jamais elle ne
faisait allusion à son passé, et si quelque indiscret
lui parlait du père d'Alix, elle répondait invariablement qu'il était mort peu de temps après la naissance de l'enfant.

Le père d'Alix ! un problème à résoudre ! un mystère à deviner! Qu'avait été la maman Aurélie dans
sa jeunesse? Peut-être une femme à la mode. Les
cocodès de son époque ne s'étaient-ils pas un peu
entr'égorgés pour ses beaux yeux dans les massifs de
la Porte-Maillot, et les petits soupers du Brébant
du jour ne l'avaient-ils pas eu pour leur reine?
Enigme!

Après avoir tenu des diamants plein le creux de
sa main, elle porte à cette heure le balai et le plu-
meau, elle cire les souliers le matin et distribue les
petits bancs le soir à de jeunes et jolies femmes qui,
en la regardant, peuvent se dire : — Voilà jusqu'où
je descendrai demain, peut-être même plus bas.

Regrettait-elle quelque chose du passé? nous ne
savons; ce dont nous sommes sûr, c'est que l'avenir
lui apparaissait brillant et couleur de rose dans la
personne de sa fille. Elle était fière d'Alix, et Alix
idolâtrait sa mère.

Madame Aurélie avait envoyé sa fille à l'école pri-
maire; car elle voulait qu'elle fût instruite. Tant que
l'enfant fut petite, les privations de la mère furent
faibles; mais quand Alix eut grandi, comme ma-

dame Aurélie entendait perfectionner son éducation, elle dut s'imposer la plus grande gêne dans
son ménage pour payer les pauvres professeurs chargés d'instruire la petite. Par bonheur pour elle, des
artistes au cœur excellent, comme il y en a tant,
s'intéressèrent à l'enfant de leur ouvreuse de loge, et
la firent entrer au Conservatoire.

C'était l'époque où brillaient les professeurs les
plus habiles, Samson, Provost, Régnier, Monrose,
Bressant, et l'inimitable Augustine Brohan dans la
classe de déclamation, Marmontel pour le piano, Bataille pour le chant, Petitpa pour la danse ; aussi,
en peu de temps, la jeune fille, qui montrait une rare
intelligence, fit-elle les progrès les plus surprenants.

Le quartier Saint-Paul se rendait en masse à l'E-
cole lyrique ou à la salle Molière pour voir jouer
*leur enfant*, comme disaient les bonnes gens du voisinage, fières de connaître une *artiste*. Ce sera une
Maria Favart, disaient ceux qui s'étaient glissés
parfois dans la salle du théâtre Français ; ce sera
une Aimée Desclée, criaient les amateurs du Gym-
nase dramatique. Puis, en chœur, on répétait à l'u-
nisson : — C'est un petit prodige ! Et le lendemain
de la représentation, les voisins complimentaient la
mère Aurélie qui, ces jours-là, souriait à tout le
monde et montrait un visage épanoui.

Ce n'était pas seulement dans le quartier Saint-
Paul que l'enfant était aimée, au théâtre de sa mère
elle était choyée par tous les artistes qui l'avaient
vue naître. L'une lui donnait une robe de soie dé-
fraîchie, et Alix s'en faisait une jolie toilette pour

son rôle de la soirée; une autre lui apportait un mantelet de velours démodé; celle-ci de mignonnes bottines; celle-là des fleurs ou des dentelles; si bien qu'au Conservatoire la fillette n'avait pas à rougir de la trop grande simplicité de sa mise à côté des toilettes cocottes que l'administration a le tort de tolérer.

Comme on le voit, le ciel était d'azur, aucun point noir à l'horizon; il en existait un pourtant, il se nommait Stanislas.

Sous le rapport de l'irrégularité de la naissance, Stanislas n'avait rien à envier à sa charmante voisine de mansarde. Il avait eu une mère, c'était incontestable; son père avait existé, c'était non moins certain; mais le nom de l'auteur de ses jours n'avait jamais figuré sur le registre de la déclaration civile. Stanislas avait été élevé par le frère de sa mère, le bonhomme Moyendoux, savetier en vieux, habitant une misérable échoppe dans laquelle il remettait du matin au soir des semelles aux bottes défaillantes et des contre-forts aux souliers éculés. Sa journée finie, Moyendoux buvait au cabaret du coin le gain de ses douze heures de travail : le cuir altère.

Moyendoux, depuis longtemps, avait fait de sa vie deux parts, l'une pour jouer du tranchet et du fil ciré, l'autre pour cultiver le cognac, l'absinthe et le mêlé.

A la mort de sa sœur, force lui fut de recueillir Stanislas ou de le laisser emmener aux Enfants-Trouvés. Le vieux cordonnier avait bon cœur, il conduisit dans sa mansarde le pauvre petit qui n'avait encore que cinq ans, et pour lui faire sucer de bonne heure les meilleurs principes, il l'emmena régulièrement à la barrière fêter saint Lundi. Là, dans le but de le fortifier, il le faisait goûter à ses boissons favorites, et si Stanislas ne devint pas un héros d'ivrognerie, ce ne fut pas la faute de son oncle maternel. Les soins du savetier tombaient sur un mauvais sol ; son neveu, loin de suivre l'exemple de l'oncle, prit horreur de l'état dégradant où il voyait chaque soir le vieillard.

A douze ans, pour fuir ce spectacle abrutissant, Stanislas parvint à entrer dans une imprimerie, et là, à force de lire pendant les heures de repos, il ébaucha quelque peu son éducation. Il avait quinze ans quand un homme de lettres chez qui il portait des épreuves et qui s'amusait à le faire causer, s'attacha à ce gamin spirituel, vif et franc, dont il fit son secrétaire. Ce petit bonhomme, à la mine espiègle, éveillée, intelligente, montrant un goût précoce pour le dessin, le littérateur le fit entrer dans l'atelier d'un peintre de ses amis. On fit une collecte parmi les artistes, et le produit fut destiné à subvenir aux premiers besoins du nouveau rapin. Douze ans se sont passés lorsque nous le retrouvons chez le docteur Ragueneau ; le rapin s'est transformé en peintre de talent, certaines toiles exposées par lui ont été remarquées.

Son oncle, l'ivrogne Moyendoux, dont l'échoppe brillait au coin de la rue Saint-Paul, occupait une mansarde, le numéro 9, à côté de madame Aurélie ; à sa mort, Stanislas était resté propriétaire de ce logement, de deux chaises dépaillées, de deux cou-

chettes sans pieds, et d'une commode de noyer sur-
montée d'un miroir dont le tain était absent depuis
longues années.

Le défaut de Stanislas n'étant ni l'ordre ni l'éco-
nomie, la mère d'Alix, tout en grondant le neveu de
son ancien voisin de mansarde qu'elle avait connu
enfant, rangeait de ci de là son pauvre ménage.
Parfois elle obtenait un billet de spectacle, deux
places au paradis que lui octroyait la munificence
de son directeur les soirs où la canicule chassait le
public des salles de théâtre; alors, comme l'ouvreuse
de loges ne pouvait conduire sa jeune fille, elle la
confiait à Stanislas, fier de cette mission délicate.

Alix avait huit ans, lorsque, pour la première fois,
cette marque de confiance fut donnée à son jeune
voisin par madame Aurélie, et comme les deux enfants adoraient le spectacle, tous deux s'en allèrent
ainsi de compagnie plus d'une fois chaque mois. A
la sortie, ils attendaient l'ouvreuse, et tous trois rentraient au logis tout en se racontant avec animation
les situations les plus pathétiques du drame qu'ils
venaient de voir jouer, et en admirant le jeune premier ou l'ingénue qu'ils avaient applaudis.

Mais l'âge venait et, comme toutes les mères, madame Aurélie ne s'apercevait pas qu'Alix n'avait
plus huit ans, mais quinze, et que l'amour ne pouvait tarder à se saisir de ce jeune cœur. Stanislas le
comprit plus vite, d'autant mieux qu'en grandis-
sant sa jeune voisine était devenue jolie à damner
saint Antoine lui-même, le saint le plus gelé du ca-
lendrier.

Pour remercier madame Aurélie de toutes ses complaisances, le peintre proposa de lui faire le portrait de sa fille, ce qui fut accepté avec empressement et reconnaissance. Les séances commencèrent sur-le-champ et, comme Stanislas n'avait pas d'atelier, on transforma la chambre de l'ouvreuse en salle de peinture. Un rideau vert fut posé sur la partie basse de la fenêtre, ce qui offrit un double résultat, d'empêcher le faux jour, et d'écarter tout regard indiscret.

D'abord Alix ne posa que le dimanche ; sa mère venait s'asseoir auprès d'elle aussitôt que ses petits ménages étaient terminés. Mais comme le portrait menaçait de durer plus longtemps qu'un gouvernement français et que Stanislas se plaignait que sa peinture avait séché, Alix posa bientôt tous les jours en sortant du Conservatoire.

Et cependant le portrait ne marchait guère plus vite ; que faisaient donc ces deux paresseux ?

Eh ! mon Dieu, ils faisaient ce que tous nous avons fait à leur âge, ils parlaient d'amour, ils se juraient de s'aimer éternellement.

Bientôt Alix fut moins exacte à ses leçons du Conservatoire, elle eut de nombreuses distractions et elle apprit moins vite ses rôles. Cependant, chose étonnante, ses professeurs remarquèrent qu'en dépit de ses négligences, sa diction acquérait plus de charme, que son intelligence se développait, et que le feu sacré animait enfin cette Galathée d'hier. La fillette était devenue femme.

Un an se passa ainsi, un an de bonheur, d'ivresse.

amoureuse, d'émotions contenues, mystérieuses ;
madame Aurélie continua d'être aveugle, et la jolie
Alix continua de livrer à son voisin toutes les richesses de son âme comme elle lui avait livré toutes
les richesses de son corps, sans réserve, sans arrière-pensée, comme font les jeunes filles quand elles
aiment. Le calcul n'arrive que plus tard.

Stanislas aussi aimait cette enfant si belle, si
chaste, si dévouée; mais il l'aimait comme aiment
les hommes, même quand ils sont le plus épris,
c'est-à-dire avec une certaine réserve. Il songeait à
l'avenir, à la gloire.

Dans le cœur de la fillette, il n'existait qu'un sentiment, l'amour; dans l'âme de l'homme, on eût pu
en compter deux, l'amour et la soif de renommée,
ce dernier dominant l'autre. N'en est-il pas presque
toujours ainsi ?

Un jour, pendant qu'Alix était venue surprendre
Stanislas dans sa chambre, celui-ci, comme ballon
d'essai, toucha quelques mots d'un voyage en Italie
afin de pouvoir y étudier les grands maîtres ; mais
il s'arrêta devant les larmes et la douleur de sa maîtresse.

Quelque temps après il revint sur ce projet, et
cette fois avec plus d'insistance, de fermeté ; Alix,
pleura, et le peintre ému dut encore se taire.

Trois semaines se passèrent sans que Stanislas ramenât la conversation sur ce sujet, et Alix put espérer que ce funeste projet était abandonné; mais un
soir Stanislas rentra préoccupé, mécontent, il avait
vu, dans la journée, déballer quelques belles copies

envoyées d'Italie par ses anciens camarades, et il avait compris qu'un long séjour au milieu des musées de Rome, de Florence et de Venise lui était indispensable s'il voulait devenir célèbre. Il le dit à sa jeune maîtresse avec une telle netteté que celle-ci comprit que toute lutte serait inutile; elle se tut, résolue à se sacrifier. Ses larmes coulèrent silencieusement, ce fut sa seule protestation.

A partir de cette soirée, le bonheur d'Alix sembla perdu. Plus de rires, plus de jeux, plus de fêtes; une pensée unique absorbait son esprit, celle de sa séparation avec l'homme à qui elle avait livré plus que sa vie, son honneur.

Quand sa mère, inquiète de ce changement d'humeur, l'interrogeait avec anxiété :

— Je n'ai rien, chère maman, lui répondait la pauvre enfant qui couvrait sa mère de tendres caresses comme pour se rattacher à cette unique affection, je n'ai rien, et elle fondait en larmes.

Chacun remarquait qu'elle changeait rapidement. Ses joues si fraîches se décoloraient, ses paupières cerclées de noir rougissaient; car Alix ne dormait plus. Elle ne pouvait se le dissimuler, elle aimait Stanislas plus qu'au premier jour de leur amour, et Stanislas avait cessé de l'aimer.

Pourtant, comme la nature, en créant l'homme, a placé dans un coin de son cœur une éternelle espérance, la pauvre Alix se flattait encore que son amant ne partirait pas.

Le matin du jour où nous l'avons vue se glisser mystérieusement dans la mansarde du peintre, il est neuf heures, elle vient de l'entendre rentrer, et elle se hâte d'accourir auprès de lui.

D'un rapide coup d'œil, elle a deviné qu'il se passe encore quelque chose dans l'esprit de Stanislas. Il est triste, embarrassé ; sa parole est maussade.

Tous deux semblent ne pas oser rompre le silence, Alix s'est assise tristement à l'écart, Stanislas se promène dans la chambre en proie à une préoccupation qu'il ne peut dominer.

Tout à coup il semble avoir pris sa résolution. Il tire à lui une vieille malle de cuir placée sur une planche, et il la porte sur sa table ; puis il ouvre l'un après l'autre les tiroirs de l'antique commode, héritage de l'oncle Moyendoux, et il en sort son linge qu'il range dans la malle avec moins de soins que d'impatience fébrile.

Alix le suit des yeux.

— Veux-tu que je t'aide ? lui demande-t-elle avec une émotion dont elle n'est pas maîtresse.

— Merci, répondit-il, c'est inutile ; ma garderobe n'est pas volumineuse, j'aurai bientôt terminé mes...

Il s'arrête ; la jeune fille complète sa pensée.

— Tes préparatifs, n'est-ce pas ?

— Oui.

— De voyage ?

— Oui.

— Ainsi, tu pars ?

— Mon Dieu, oui.

— Pour longtemps.

— Je ne sais encore.

— Tu vas loin?...

Stanislas évite de répondre.

— En Italie, n'est-il pas vrai? demanda la jeune fille avec une anxiété croissante.

Pour toute réponse, le peintre lui tend une feuille de papier. Alix l'ouvre vivement, c'est un passe-port pour Rome.

— Si je le déchirais? dit-elle.

— Je serais forcé d'en aller chercher un autre demain, répond Stanislas un peu brutalement.

— Alors, tu es bien décidé à me quitter?

— Non, au contraire, s'écrie le jeune homme; j'espère faire fortune là-bas, revenir auprès de ma bien-aimée Alix plus amoureux que jamais et déposer à ses jolis pieds mes richesses, mon cœur et l'offre de ma main.

La pauvre enfant hoche la tête d'un air triste; déjà elle ne croit plus aux serments, Stanislas lui en a tant débité.

— Voici ton passeport, lui dit-elle avec une certaine fermeté; je t'aime trop pour être jamais un obstacle à ton avenir, à ton bonheur. Pars, je ne t'adresse aucun reproche; pars, dès ce jour je ne suis plus pour toi qu'une amie.

Elle fait un pas pour sortir. Stanislas, surpris, s'élance vers elle pour la retenir; tout à coup on entend heurter à la porte.

Les deux amants se taisent. Jamais personne ne vient; qui peut frapper ainsi? Madame Aurélie rentrerait-elle plus tôt que de coutume? Une voix crie du dehors:

— Ouvrez, monsieur Stanislas, c'est moi, Pierre, le domestique de M. Ragueneau.

— Pierre ! s'écrie le peintre rassuré, un instant.

Il fait cacher en toute hâte sa maîtresse derrière le paravent, là où s'habillent les modèles, et il ouvre sa porte au valet de chambre du docteur. Pierre entre.

— Une lettre très-pressée de Monsieur, dit-il, en tendant un papier à Stanislas.

Celui-ci brise le cachet et lit ceci :

— Cher ami, viens vite, apporte tes crayons, tes couleurs et brosses, un portrait à faire en toute hâte ; celui d'une morte. Arme-toi de courage !

— Dites au docteur que je vous suis, Pierre, s'empresse de répondre Stanislas charmé de cette diversion à sa conversation avec Alix, et heureux de pouvoir, en trouvant un motif de sortir, échapper à la scène de reproches et de larmes qu'il entrevoyait.

Le valet de chambre descendit promptement l'escalier, et le peintre rendit la liberté à sa maîtresse, puis il se hâta de préparer sa boîte de peinture portative.

Au moment où il allait sortir, Alix, qui avait gardé le plus absolu silence, lui prit la main et, la tenant serrée dans la sienne :

— Stanislas, lui dit-elle avec émotion, es-tu véritablement décidé à partir?

— Oui, murmura celui-ci.

— Alors, embrasse-moi.

Elle lui tendit son front.

— Adieu, lui dit-elle.

— Au revoir. Je pars seulement demain à dix heures, j'irai embrasser ta mère et toi-même ; à demain.

Adieu, répéta la jeune fille en s'élançant rapidement de la mansarde : oh ! oui, adieu !

Et elle s'enfuit dans sa chambre cacher son désespoir pendant que le peintre fermait sa porte, et se rendait dans la maison du docteur pour y faire le portrait d'une morte.

# VIII

## OU L'AMOUR CONDUIT CELLES QUI SONT RESTÉES HONNÊTES

Rentrée chez sa mère absente encore, Alix crut un instant qu'elle allait devenir folle. Un flot de pensées sinistres envahissait son cerveau troublé. Jamais l'idée d'une séparation éternelle avec Stanislas ne lui était venue, et cette fois ce n'était plus une idée peut-être fausse, c'était la réalité terrible, implacable ; Stanislas la quittait pour toujours.

A l'âge d'Alix, les résolutions se prennent promptement, et les plus violentes semblent les meilleures ; la pauvre délaissée ne se sentit plus la force de vivre. La mort ne l'épouvantait pas, elle qui n'avait pas encore dix-sept ans.

Elle s'assit devant la petite table, et d'une main ferme, sans pouvoir verser une seule larme, car ses yeux brûlants lui paraissaient desséchés, elle écrivit deux lettres.

Voici la première ; elle était adressée à Stanislas :

« En te livrant mon cœur et mon honneur, disait-elle, je n'ai pas réfléchi ; je t'ai aimé, voilà tout, je t'aime encore jusqu'à mourir de ton abandon. Tu étais tout pour moi, je croyais être aussi tout pour toi ; je suis désabusée, cette désillusion me tue. J'ai commis une faute en me donnant à toi ; mais la grandeur de mon amour me semblait effacer mon crime, ou du moins l'excuser. A deux, j'avais le courage de supporter ma honte : isolée, je n'ai plus d'énergie que pour mourir. Sois heureux, Stanislas ; à ma dernière heure, je ne souhaite que cela. Ne m'oublie jamais, car jamais personne ne te sera plus dévoué. N'aie pas de remords ; ma vie tenait si peu de place. Je ne te demande rien, rien qu'un seul service. Ma mère se fait vieille, ma mort va hâter ses jours, tuer ses forces. Je ne serai plus là pour la seconder ; sois son appui. Elle ignorera toujours pour qui je meurs. Adieu ! je ne te dis pas que je te pardonne, je te répète que je t'aime ! oh ! oui, je t'aime ! adieu ! ma dernière pensée pour toi, pour ma mère ! adieu ! — Alix. »

La jeune fille avait écrit rapidement cette lettre sans qu'une larme coulât de ses yeux ; mais à peine eut-elle tracé sur la seconde feuille de papier ces trois mots : A ma mère, qu'elle éclata en sanglots étouffés.

Il se passa quelques minutes avant qu'Alix retrouvât la force nécessaire pour commencer sa lettre dont voici le fragment le plus important :

« Pauvre mère, quand tu trouveras cette lettre, je n'existerai déjà plus. Je meurs, parce que je ne saurais vivre encore. Je t'ai trompée. Tu me crois sage, j'ai cessé de l'être. Je ne veux pas te nommer l'homme à qui j'avais confié ma vie, tu le maudirais, et moi qui vais mourir, je lui pardonne, comme je voudrais être certaine que tu pardonneras à ta fille aussi malheureuse que coupable. Tu m'as donné tous tes soins pendant mon enfance, je t'abandonne au moment de la vieillesse ; je suis une ingrate, je le sens, et pourtant je n'ai pas la force de vivre. Je meurs avec deux amours dans le cœur, le tien et celui de l'homme que j'ai aimé plus que l'honneur. Ne le maudis pas. Adieu, pauvre chère mère, adieu. Ta malheureuse Alix. »

Quand elle eut fini d'écrire, elle essuya ses pleurs qui tombaient sur le papier, puis elle serra les deux lettres dans un tiroir dont elle prit la clef ; alors elle attendit le retour de sa mère. Elle voulait l'embrasser une dernière fois.

Madame Aurélie rentra, comme d'habitude, dans l'après-midi : elle ne remarqua ni la pâleur, ni l'agitation de sa fille. Le dîner terminé, l'ouvreuse de loges se leva, emporta son cabas, et se prépara à se diriger vers son théâtre.

Alix, au moment où sa mère allait disparaître de la chambre, courut à elle, la prit par la tête et lui donna mille baisers. Madame Aurélie étonnée com-

4

mençait à s'inquiéter; mais sa fille se mit à plaisanter et, moitié rieuse, moitié pleurant, rejetant sa feinte gaieté sur la faute de ses nerfs plus délicats, disait-elle en plaisantant, que ceux d'une duchesse, elle finit par rassurer sa mère, et ne la quitta qu'après les plus tendres caresses.

A peine sa mère fut-elle partie, qu'Alix tomba sur une chaise, et les larmes les plus amères coulèrent de ses yeux. Enfin elle reprit un peu courage, elle relut ses deux lettres, déposa sur la table celle destinée à madame Aurélie, puis elle sortit et ferma la porte à double tour.

En passant devant le numéro 9 du couloir, elle glissa sous la porte de Stanislas la lettre à son adresse, et, ceci fait, elle descendit en chancelant cet escalier qu'elle avait si souvent gravi le rire et la chanson joyeuse sur les lèvres, puis, comme il n'y avait pas de portier, elle remit la clef au principal locataire qui était l'épicier du rez-de-chaussée. Alix le pria de la donner à sa mère quand elle rentrerait.

— Vous allez au spectacle, M^{lle} Alix? demanda le marchand de denrées plus ou moins coloniales.

— Oui, murmura la jeune fille qui avait hâte de s'échapper.

— Et vous n'allez pas au théâtre de votre maman?

— Non, pas ce soir.

— C'est-y gai la pièce que vous allez voir?

— Oh! non.

— Tant pis; moi, j'aime seulement les drôleries.

Et l'épicier mit la clef de côté ; tandis qu'Alix franchissait le seuil de la porte.

Une fois dans la rue, elle ne marchait plus, elle courait ; on eût dit qu'elle avait peur de réfléchir et de n'avoir pas le courage d'accomplir son sinistre dessein. Elle arriva sur les bords de la Seine en peu de minutes ; mais, là, elle aperçut tant de monde sur la berge qu'une tentative de suicide n'eût abouti qu'à un sauvetage et au ridicule. Or la pauvre enfant voulait mourir. Elle remonta donc rapidement du côté du pont d'Austerlitz.

A peine avait-elle fait quelques centaines de pas au-delà de ce pont que la nuit commença de se faire plus sombre, les passants devinrent rares, l'heure de la mort allait sonner.

Alix ralentit sa marche, s'arrêta un instant et comprima les battements précipités de son cœur, puis elle adressa une fervente prière au Ciel. Elle pensa aussi à Stanislas pour qui elle allait périr, à sa mère qu'elle abandonnait, à sa propre existence qu'elle brisait à l'âge où elle devient si belle. Enfin elle jeta un dernier coup d'œil autour d'elle, la rive était déserte.

Une larme descendit lentement de sa paupière humide, elle croisa ses bras sur sa poitrine, ferma les yeux pour ne pas voir l'eau, et se lança dans le gouffre. Le flot s'entr'ouvrit sous ce poids léger, se referma tout aussitôt, et l'onde reprit son cours roulant avec elle sa jeune victime.

En ce moment, sept heures sonnaient à l'église Notre-Dame.

## IX

### LE PORTRAIT DE LA MORTE

A cette même heure, Stanislas sortait de la maison du docteur où, comme nous l'avons dit, Ragueneau l'avait appelé pour faire le portrait d'une morte.

Voyons comment le peintre avait employé sa journée.

Arrivé chez le médecin, il avait trouvé le docteur en compagnie d'un jeune homme qu'il avait reconnu sans peine pour celui qui était venu peu de mois auparavant, pendant qu'il terminait le portrait de son ami le papa Ragueneau. C'était, en effet, Francis qui avait pris le faux nom de Jonathan Robertson.

A peine entré, Stanislas vit le docteur venir à lui et lui serrer silencieusement la main avec une émotion inaccoutumée ; quant à Francis, il parut n'avoir pas vu le peintre.

Il se tenait debout, à côté d'un fauteuil sur lequel était couchée une jeune femme admirablement belle ; mais morte. Francis serrait une de ses mains dans la sienne ; on eût dit qu'il s'efforçait de la réchauffer. Du reste, pas un cri, pas un geste, pas une larme ; une douleur sombre et muette.

Stanislas respecta ce morne désespoir, il le prit en pitié, et il laissa Francis auprès de la morte. Il se contenta de modifier un peu la pose de la main restée libre pour qu'elle fût moins raide ; il ne touchа point aux yeux légèrement voilés et à demi fermés comme si la femme sommeillait et regardait à travers ses paupières à demi ouvertes, puis il drapa les plis de la robe de cachemire blanc dans laquelle elle était enveloppée comme dans un suaire. Ceci fait, Stanislas se mit résolûment à travailler au portrait de la morte.

Le domestique lui avait apporté son chevalet et sa boîte de couleurs, il prépara son ébauche, puis sa palette ; le docteur sortit alors et le peintre resta seul avec l'étranger et la morte.

Bientôt Stanislas oublia en compagnie de qui il se trouvait, et se laissa complétement absorber par son œuvre. C'était un vrai artiste, amoureux de la forme et de la couleur, il s'éprit de ce beau modèle, de cette merveilleuse jeune fille venue de si loin s'éteindre dans un pays étranger et trouver un tombeau là où peut-être elle avait cru rencontrer le plaisir.

Pendant qu'il raisonnait ainsi à part lui, Stanislas faisait courir son pinceau rapidement ; car le docteur lui avait annoncé qu'il devait avoir terminé avant la nuit. Il fallait donc faire vite et bien. Aussi ne s'étonnera-t-on pas si le peintre oublia bientôt la pauvre Alix et ses sombres adieux.

Vers midi, le valet de chambre de Ragueneau servit à déjeuner ; Stanislas prit au galop un verre de vin et des biscuits sans cesser son travail. Francis ne parut pas même s'apercevoir qu'on avait préparé un déjeuner ; il en fut de même vers six heures

4.

quand le dîner eut été apporté. Ses yeux et sa pensée ne quittaient pas la morte.

Le jour tombait lorsque Stanislas eut terminé son travail. Le docteur rentra de ses visites, il admira ; c'était, en effet, un véritable chef-d'œuvre. Il y avait, sur cette toile brossée à grands traits, un feu, un éclat, une inspiration extraordinaires. C'était une magnifique improvisation d'une hardiesse inouïe, d'une vérité sublime.

Après avoir contemplé le portrait, le médecin examina silencieusement Francis qui , durant cette longue journée, n'avait pas changé de position, toujours debout à côté de la morte et toujours lui serrant la main ; on l'eût cru mort comme elle si, par instants, un soupir étouffé n'était venu attester sa vie.

Ragueneau hocha tristement la tête, puis il toucha légèrement le bras de Francis , et enfin il l'amena devant la toile.

Jusqu'à ce moment les yeux de l'Américain étaient restés secs ; à peine paraissait-il comprendre. Placé en face du portrait, il jeta un cri douloureux, il tomba à genoux, et des larmes et des sanglots s'échappèrent de sa poitrine et de ses yeux. Une crise effroyable succéda à son atonie.

Toute la journée, Francis avait repassé dans sa mémoire les phases de la terrible maladie qui venait de le priver d'une femme ardemment aimée ; il s'était plu à remonter le courant de sa vie depuis le jour où il l'avait connue jusqu'à l'heure où, il avait lié à son existence agitée la vie calme et pure de la pauvre jeune fille qu'il pleurait. Francis se rappelait encore l'incendie de la rue Joubert, berceau de la première atteinte de la maladie, les crises des jours suivants, l'entrée dans la maison de santé du docteur, et les progrès rapides du mal. En effet, les accès étaient devenus de plus en plus fréquents et violents, et la malade avait succombé la nuit précédente au milieu d'une de ces terribles crises. Francis, se voyant sur le point d'être à tout jamais séparé de Flavie, avait supplié le docteur de confier à un peintre le soin de lui faire le portrait de celle que bientôt il ne devait plus voir.

Quand Francis fut plus calme, il s'approcha de Stanislas qui s'occupait de nettoyer ses brosses dans de l'eau de savon, et il lui dit avec une certaine hésitation :

— Monsieur, j'ai désiré ce portrait comme on désire la vie au moment de la perdre ; je voudrais le faire transporter chez moi, mais...

Il s'arrêta.

— Ce portrait vous appartient, monsieur, répondit l'artiste ; vous avez le droit de le faire enlever quand cela vous plaira.

— Je n'ai ce droit qu'après l'avoir payé, répliqua l'Américain dont le trouble augmentait ; or, cette maladie a épuisé mes ressources, et...

Il s'arrêta de nouveau.

— N'est-ce que cela qui vous tourmente ? s'écria Stanislas ; ne vous mettez pas en peine pour si peu. Vous êtes un brave garçon, votre douleur me fait mal, serrez-moi la main, nous sommes quittes.

Et il secoua franchement la main de Francis ému.

— J'en étais sûr, fit le docteur.

— Vous me comblez, messieurs les Français, s'écria l'Américain les yeux inondés de pleurs.

En effet, le papa Ragueneau avait déjà refusé tout salaire.

— Si vous faites fortune, vous vous acquitterez envers nous, reprit Stanislas désireux de ne pas humilier la fierté de l'étranger ; vous nous enverrez cela d'Amérique. Prenez toujours ce portrait ; car il est bien à vous, puisque vous me permettez de vous l'offrir. Oh ! ne dites pas non. Seulement faites mettre un cadre ; car, foi de Stanislas, je n'ai pas un sou pour l'acheter.

Francis balbutia quelques remerciements ; le peintre continua.

— Emportez-moi ça ; mais prenez garde, ce n'est pas sec. Vous barbouilleriez ma page et, vrai, ce serait malheureux, bigre de brigre ! car ça n'est pas mal brossé.

— Je vais le laisser encore sur ce chevalet, si le docteur le permet, répondit Francis.

Le médecin accorda sur-le-champ ; Francis reprit :

— Je vous supplie de me laisser passer cette dernière nuit auprès de cette pauvre enfant.

Le docteur, profondément touché, ne crut pas devoir refuser.

Comme Stanislas allait sortir avec Ragueneau, Francis détacha du cou de Flavie un petit médaillon en or ; il l'ouvrit, coupa une boucle des longs et magnifiques cheveux de la morte, la plaça dans l'intérieur du médaillon, puis se dirigea vers le peintre.

— Monsieur, lui dit-il, ce n'est pas moi qui vous prie d'accepter ce souvenir, c'est elle.

Et, du geste, il montra Flavie ; puis il ajouta :

— C'est sans valeur, ne nous refusez pas.

Stanislas prit le médaillon, serra la main du jeune homme avec émotion, et sortit en compagnie du médecin.

— Qu'est-ce que ce garçon-là ? demanda l'artiste une fois hors de la chambre.

— Je l'ignore, répliqua le docteur. Il m'a dit se nommer Jonathan Robertson, Américain des États-Unis du Sud ; m'a-t-il confessé la vérité, je ne saurais en répondre. Pas une lettre ne lui a été adressée dans mon établissement. La jeune morte dont tu viens de faire le portrait était-elle sa femme ou sa maîtresse, je ne m'en suis pas occupé. Elle était malade, elle réclamait le secours de ma science, je n'ai vu que cela, de même que toi tu n'as vu, en la peignant, qu'un admirable modèle et non l'image de la destruction. Tu le sais, mon cher, je suis comme toi, je fais de l'art pour l'art, le métier me répugne. Or, j'ai trouvé dans cette belle personne un rare sujet de pathologie et de physiologie, et je suis devenu éperdûment amoureux non de la malade, mais de sa maladie. J'aurais payé ce bonhomme-là pour qu'il laissât sa femme dans ma maison ; je n'ai donc aucun mérite à l'avoir traitée gratuitement. Ça été pour moi une étude fort intéressante, et j'ai déjà préparé les bases d'un mémoire que je présenterai à l'Académie de médecine. J'ai même trouvé mieux; car s'il me tombe désormais une pareille maladie entre les mains , j'ai la certitude de pouvoir la guérir. En attendant, viens souper.

— Souper! s'écria Stanislas, vous pourrez manger? Bigre de bigre! que le diable m'étrangle si je puis faire entrer ce soir un massepain dans mon gosier après de telles émotions. Vous êtes donc de bronze, Ragueneau?

— Non, mon cher, mais si les médecins ne mangeaient que les jours où il ne leur est mort aucun malade, ils crèveraient bientôt de faim. Par bonheur, on prend l'habitude de voir mourir; la seule habitude que l'on ne prenne pas deux fois, c'est de mourir soi-même. Soupons.

Et le docteur, riant de sa mauvaise plaisanterie, voulut entraîner le peintre vers sa salle à manger; mais celui-ci résista.

— Non, non, répondit-il, je n'ai ni faim, ni soif; d'ailleurs, vous le savez, je pars demain pour l'Italie et j'ai quelques préparatifs à terminer.

— Et comment Alix a-t-elle pris cette résolution?

— Pas trop mal. Moins de larmes, moins de reproches que je ne le craignais.

— Alors, son amour se calme.

— Tant mieux, répliqua l'insouciant artiste. Mais, bigre de bigre! laissez-moi donc sortir. Adieu. Vous me reverrez dans quatre ou cinq ans riche et célèbre.

— Ainsi soit-il, fit le docteur en l'embrassant cordialement.

Le papa Ragueneau passa dans sa salle à manger et Stanislas se dirigea vers sa maison.

Comme il arrivait sur le quai Saint-Paul, il aperçut un rassemblement considérable qu'il eut de la peine à traverser.

— Une émeute? demanda-t-il à une curieuse.

— Non, répondit celle-ci, une belle jeune fille qui s'était jetée à l'eau.

— Pauvre petite! fit Stanislas machinalement.

— On a envoyé chercher sa mère, elle va venir, reprit la commère.

— Pauvre femme! dit l'artiste qui continua sa route.

Arrivé devant la porte de sa maison, impossible d'avancer, le rassemblement était devenu infranchissable; ce ne fut qu'après avoir joué des coudes et crié mille fois : bigre de bigre! que le peintre put arriver jusqu'à son escalier. Aussi se hâta-t-il de franchir le premier étage.

Là, il dut s'arrêter; car le palier était assez étroit et il était occupé en partie par deux hommes et une civière. La civière était fermée de rideaux, l'œil des indiscrets ne pouvait y pénétrer.

Tout à coup des cris déchirants retentirent dans la rue, puis au bas de l'escalier. Une femme haletante, à demi échevelée, épuisée par une course rapide, accourait jetant des cris de désespoir. La foule s'entr'ouvrait avec une pitié sympathique, pour la laisser passer.

Stanislas recula épouvanté; il venait de reconnaître madame Aurélie.

## X

### MÈRE, FILLE, AMANT

Madame Aurélie ne demanda rien, ne questionna personne; elle ne vit qu'un objet dans ce lugubre escalier, la civière; elle se jeta dessus, écarta violemment les rideaux, et Stanislas aperçut alors Alix, pâle, les yeux fermés, et étendue sans mouvement sur cette couche plus semblable à un tombeau qu'à un lit.

— Mon enfant! mon enfant! cria la mère en soulevant la tête de sa fille, et en couvrant de baisers ardents cette face inanimée et glacée.

Quant à l'artiste, il semblait pétrifié. Il avait tout compris et, à cette heure, il eût donné son voyage à Rome, sa renommée, sa fortune, son avenir pour racheter de son sang la vie de la pauvre jeune fille qu'il venait de tuer par son abandon.

— Morte! morte! disait la mère pendant ce temps-là, et la malheureuse femme se tordait les mains avec un désespoir si vif, si sincère que la foule émue, groupée dans les escaliers, se sentait remuée jusqu'au fond de ses entrailles.

Cependant un jeune homme avait pu percer les rangs de cette multitude anxieuse; on s'était écarté sur son passage à ce seul mot : — le médecin.

Le jeune homme s'était penché sur le corps de la

noyée, il approcha son oreille du cœur et, après une longue étude, il releva la tête, et prononça ces seules paroles :

— Elle existe encore.

— Ma fille existe? interrogea la malheureuse mère avec une fiévreuse anxiété.

— Oui; mais il m'est impossible de répondre encore de sa vie. Qu'on la transporte sur-le-champ dans sa chambre.

Les porteurs reprirent aussitôt leur léger fardeau, et déposèrent Alix sur son lit; quelques voisines suivirent madame Aurélie, on laissa entrer Stanislas que tout le monde connaissait comme le meilleur ami de la famille si cruellement éprouvée, puis la porte de la rue se ferma devant la foule des curieux désappointés.

Pendant ce temps le jeune docteur prodiguait à la noyée ses soins intelligents et, au bout d'une heure, après de longues frictions sur la poitrine pour rétablir les mouvements d'expiration et d'inspiration, après lui avoir insufflé doucement de l'air dans les poumons, le médecin sentit que le cœur commençait à battre moins faiblement et que le corps reprenait un peu de sa chaleur naturelle.

— Je la sauverai, dit-il simplement.

Madame Aurélie, qui avait suivi tous les mouvements de l'homme de la science avec une émotion qui se comprend et sans oser prononcer un mot, tomba à genoux et, levant ses regards vers le ciel, elle parut lui adresser une suprême prière en même temps qu'un ardent remercîment.

5

Enfin, deux heures après, Alix fit un premier mouvement et dit d'une voix faible:

— Ma mère!

— Mon enfant! mon enfant! répondit la pauvre mère à ce cri, et en fondant en larmes.

Le docteur la calma du geste; ces élans de joie et de tendresse pouvaient être funestes à la malade, trop faible encore pour en supporter les éclats.

— Voyez-vous, docteur, disait à voix basse madame Aurélie qui, ne pouvant comprendre la cause de l'événement, cherchait à l'expliquer, voyez-vous, la pauvre enfant sera allée se promener au bord de l'eau, son pied aura glissé, et elle sera tombée.

— Peut-être bien, répondit le médecin qui, quoique jeune, avait déjà trop vécu pour ne pas savoir qu'il tombe plus de jeunes filles à l'eau par suite de chagrins d'amour que par accident.

Cependant lui non plus ne savait rien. Il demeurait dans le quartier; apercevant un fort rassemblement, il s'était approché, supposant, non sans raison, qu'il pourrait être de quelque utilité; il avait appris qu'un marinier venait de repêcher une jeune fille qui s'était jetée à l'eau, et que cette jeune fille ayant été reconnue par des gens du port, on l'avait placée sur une civière et menée chez sa mère.

Pendant tout le temps que le médecin donna ses soins à la noyée, madame Aurélie ne quitta pas une seconde le lit sur lequel était couchée sa fille; mais dès qu'Alix eut repris un peu sa connaissance, la pauvre mère fut forcée d'aller çà et là dans la chambre pour chercher dans ses armoires divers objets que le docteur demandait. Tout à coup une lettre placée sur sa table à côté d'un flambeau, lui apparut dans la demi-obscurité où se trouvait plongée la mansarde; c'était la lettre d'adieu écrite par Alix à sa mère quelques minutes avant sa tentative de suicide.

Madame Aurélie prit la lettre, la décacheta précipitamment, car elle avait reconnu l'écriture de sa fille et, pour la première fois, un horrible soupçon frappa son esprit. Comme le docteur, elle entrevoyait la vérité.

Madame Aurélie brisa donc le cachet, et ses yeux parcoururent avidement la lettre; mais sa vue troublée par les larmes ne lui permit de rien lire, les caractères dansaient devant elle, et le papier lui échappa des mains.

Elle jeta un regard désespéré autour d'elle; à qui se confier?

Elle aperçut alors Stanislas. Stanislas un ami, un fils pour elle, un frère pour Alix; elle lui tendit la lettre en lui disant d'une voix étouffée :

— Lis!... vite!... vite!... je ne puis lire, moi.

L'artiste prit la lettre d'Alix d'une main tremblante et, dès les premiers mots, l'horrible vérité lui apparut et, avec elle, le remords.

La feuille de vélin lui échappa des mains.

Il était devenu tellement pâle, tellement troublé, qu'un soupçon traversa le cerveau de la mère.

— Si cet homme était celui qui a failli causer la mort de mon enfant? se demanda madame Aurélie.

Elle se jeta sur la lettre et, cette fois, elle domina

si fortement sa douleur qu'elle parvint à tout lire;
mais, nous le savons, Alix n'avait nommé personne.

Qui donc avait déshonoré la pauvre petite ?

La mère porta un long regard autour d'elle et ce
regard, pénétrant comme celui d'un inquisiteur
s'arrêta longtemps sur le peintre, qui, incapable de
le supporter, se laissa glisser aux pieds de madame
Aurélie.

— Grâce! murmura-t-il seulement.

— Misérable! s'écria la mère, et, courant à la
table, elle se saisit d'un couteau, et s'élança sur
Stanislas qui ne bougea pas.

Un cri terrible retentit, un corps vint rouler
entre la mère folle de désespoir et l'amant coupable
c'était celui d'Alix. Elle avait puisé dans son amour
et sa terreur la force nécessaire pour sauver celui
qui l'avait perdue.

Elle répéta le mot de son séducteur :

— Grâce!

Et elle tomba évanouie.

Au même moment le médecin arrachait le couteau
des mains de madame Aurélie et, lui parlant sévèrement :

— Madame, lui dit-il, encore une pareille émotion et vous aurez tué votre fille; vous, monsieur
continua-t-il en s'adressant cette fois à Stanislas
votre place n'est pas ici, sortez!

L'artiste, si fier ordinairement, quitta la chambre
sans que la mère irritée cherchât à le frapper de nouveau. Elle s'occupait de replacer sur le lit sa fille
toujours évanouie.

En ouvrant la porte de sa mansarde, Stanislas aperçut, dans l'ombre, un papier blanc : c'était la lettre glissée par Alix.

Il alluma promptement une chandelle ; car il ne se donnait ni le luxe de la bougie ni celui d'une lampe, et il se hâta de lire la dernière lettre de la pauvre Alix. Si la malheureuse avait pu le voir, elle eût béni sa tentative de suicide. Cette lettre si naïve arracha des larmes sincères à l'artiste ; la passion était revenue au cœur du peintre, et sa résolution fut prise.

## XI

### NON

Le lendemain au petit jour, Stanislas, qui ne s'était pas couché et qui avait été cent fois écouter à la porte de madame Aurélie, Stanislas défit ses paquets, rangea sa vieille malle, et remit dans les armoires son linge et ses habits. Ceci fait, il sortit de sa chambre et s'en fut à la découverte d'un voisin qui voulût bien lui rendre le service de parler pour lui à madame Aurélie et de lui demander deux minutes d'entretien.

Ayant rencontré au bas de l'escalier un marinier :

— Père Joseph, lui dit l'artiste, je vous prie...

Il n'eut pas le temps d'achever sa phrase que

l'homme du port, lui mettant le poing sous le nez, lui répondit carrément :

— J'ai une fille, mauvais rapin, et si jamais tu t'avises de la regarder, je te brise les côtes.

Et ce père prévoyant s'éloigna en agitant un morceau de bois qui était peut-être une canne, mais que l'on pouvait aussi prendre pour le mât d'un canot.

— Bigre de bigre ! pensa le peintre, je suis mal tombé.

Il avisa une voisine assez gentille, assez jeune, à laquelle il avait parfois adressé des œillades qui n'avaient pas été trop mal accueillies.

— Elle sera plus douce et plus humaine, car elle a dû aimer, se dit Stanislas, et, prenant son air le plus respectueux : Chère madame, lui dit-il, vous me rendriez un signalé service...

Il en fut de la voisine comme du voisin ; seulement la voisine ne le menaça pas de lui casser les côtes ; mais elle lui tourna le dos avec la plus grande impertinence en laissant échapper de ses lèvres cette réflexion de vipère :

— Le principal locataire devrait bien ne pas laisser traîner des assassins dans notre escalier.

Et elle continua sa route.

— Bigre de bigre ! murmura Stanislas interdit. Assassin ! moi ! me voilà une jolie réputation dans ma maison. J'ai presque envie d'imiter Alix, et d'aller prendre un bain d'eau de Seine ; par malheur, je nage mieux qu'un terre-neuve.

Comme Stanislas remontait l'escalier, il se croisa avec le jeune docteur.

— Vous l'avez sauvée, n'est-ce pas, Monsieur ?

— Oui, répondit sèchement le médecin, qui voulut passer outre.

— Pardon, un mot seulement, Monsieur, dit Stanislas avec un peu de fermeté. Que diable, j'ai commis une grande faute ; mais pas un crime. Je puis m'écrier aussi : que l'homme qui n'a jamais péché comme moi, me jette le premier pavé.

— Au fait, que voulez-vous de moi ? lui demanda le docteur toujours très-sec.

— Voici. Je voudrais causer avec madame Aurélie.

— Adressez-vous à elle.

— Elle me jettera à la porte.

— Je n'y puis rien, répliqua le médecin qui essaya encore de descendre.

Stanislas le retint de nouveau et ajouta.

— Vous pouvez la prier de m'écouter.

— Je ne fais pas les commissions, dit avec impertinence le médecin.

— Mais vous vous chargez peut-être de demander en mariage les filles séduites et abandonnées ? s'écria le peintre commençant à se fâcher.

— Vous consentez à épouser cette malheureuse enfant ?

— Oui.

— Sérieusement.

— Bigre de bigre ! Ai-je l'air d'un rapin qui plaisante ?

— Que puis-je alors pour vous ? demanda le docteur d'un ton plus doux.

— Vous pouvez dire à la pauvre mère que je suis un gredin, que je me repens, que j'adore sa fille, et que nous publions demain le premier ban ; vous chargez-vous de ces bonnes paroles ?

— Sur-le-champ. Attendez-moi là.

Et le docteur, heureux de ce dénouement, grimpa lestement l'escalier, et entra dans la mansarde de madame Aurélie.

Stanislas trouva le temps long ; car il se passa bien une demi-heure avant que le médecin revînt. Qu'avait-il dit ? Que lui avait répondu la mère irritée ? Alix avait-elle eu connaissance des nouvelles résolutions de son amant ? Voilà ce que se demanda le peintre lorsque le docteur, sortant de la chambre, lui dit à mi-voix :

— Vous pouvez entrer, Monsieur.

Stanislas pénétra dans la mansarde. Alix était toujours couchée ; mais sa pâleur était déjà moins grande. A la vue de son amant, deux larmes coulèrent silencieusement sur ses joues.

Madame Aurélie était assise à côté du lit de sa fille ; elle ne regarda pas le peintre, et elle sembla attendre qu'il parlât.

Malgré son aplomb habituel, l'artiste se sentit intimidé ; il hésitait ; le docteur l'invita, du geste, à s'expliquer sur-le-champ.

— Madame Aurélie, dit alors Stanislas fort ému, voulez-vous me faire l'honneur de m'accorder la main de mademoiselle Alix ? Je l'aime, oh ! oui, je vous le jure, je l'aime de toutes les forces de mon cœur, et vous pouvez être certaine de son bonheur, si vous me le confiez.

— J'accepte, Monsieur, répondit madame Aurélie, j'accepte parce que je n'ai que ce moyen de rendre l'honneur à ma pauvre enfant. Je ne sais si je vous pardonnerai un jour ; mais en ce moment, je vous maudis pour tout le mal que vous nous avez fait.

Stanislas dissimula une légère grimace et, se tournant vers le lit de la jeune fille :

— Alix, lui dit-il d'une voix suppliante, ne m'accorderez-vous pas un pardon complet, et voulez-vous de moi pour votre époux ?

— Je te pardonne, Stanislas, répondit la pauvre enfant avec une fermeté qui étonna tout le monde, je te pardonne sans aucune arrière-pensée, parce que je t'aime. Mais c'est aussi parce que je t'aime que je ne veux plus devenir ta femme.

Un murmure d'étonnement circula parmi les voisines qui garnissaient la chambre.

— C'est impossible ! s'écria Stanislas.

— En effet, reprit madame Aurélie stupéfaite, tu ne peux refuser.

— Je refuse pourtant, ma mère, continua la jeune fille, je ne veux pas être un obstacle à l'avenir de Stanislas.

— Bigre de bigre ! exclama celui-ci ; il ne te vaudra jamais. Guéris-toi et marions-nous.

— Non, fit Alix. J'ai beaucoup réfléchi depuis hier.

5.

Tu crois m'aimer encore, tu n'éprouves plus pour moi que de la pitié.

Stanislas voulut protester, sa maîtresse reprit :

— Je ne puis plus être heureuse par toi. Dans un an, dans deux ans, tu te repentirais ; quant à moi, je douterais toujours, car toujours je craindrais un nouvel abandon. N'insiste pas : rien ne me fera changer. Je veux vivre pour ma mère ; pour toi, je suis morte.

L'artiste tressaillit à cette douloureuse allusion. Alix s'en aperçut, et ajouta :

— Oh ! ne crains pas que je recommence ; non, je ne chercherai plus l'oubli dans un suicide. On n'accomplit ce crime-là que dans un accès de folie et je ne suis plus folle. Adieu, Stanislas, pars et laisse-moi ; adieu !

Elle lui tendit la main ; il la prit en sanglotant, en suppliant, en jurant que jamais il n'avait été plus amoureux ; mais il eut beau protester, prier et pleurer, la jeune fille fut inflexible.

Huit jours se passèrent pendant lesquels Stanislas mit tout en œuvre pour faire revenir Alix sur sa fatale résolution ; il ne put rien obtenir. La voyant rétablie, jugeant que de nouveaux efforts seraient inutiles, l'artiste reprit ses projets de voyage.

Un matin, après avoir déposé le plus chaste des baisers sur le front de son ancienne maîtresse, après avoir tendu à madame Aurélie une main qu'elle refusa de serrer, Stanislas dit un dernier adieu au plus bel amour de sa folle jeunesse, aux ateliers et aux rapins de Paris, puis il monta en chemin de fer et prit la route de cette Italie, patrie vivante des grands artistes.

# XII

## UN DUEL A L'AMÉRICAINE

Nous avons laissé Francis seul avec la morte. Dès que le docteur Ragueneau et Stanislas furent sortis de la chambre, Francis vint s'asseoir vis-à-vis de Flavie, si près d'elle que leurs genoux se touchaient. Un valet plaça une lampe sur la cheminée et se retira ; l'Américain, pour ne pas être troublé de nouveau, alla pousser le verrou, puis revint prendre sa place en face de sa bien-aimée dont il allait être séparé à tout jamais.

Il y avait longtemps déjà que tout bruit avait cessé dans la maison comme au dehors, la nuit devait être assez avancée, lorsqu'une petite porte à demi cachée dans les parois de la boiserie, s'ouvrit si doucement que Francis, absorbé par ses pensées, n'entendit rien, et un homme apparut sur le seuil.

Cet homme, c'était sir William Morris.

Après sa lutte horrible avec Francis au milieu de l'incendie où la raison de Flavie devait succomber, William, blessé, avait été transporté d'abord chez un pharmacien comme nous l'avons vu, puis, sur sa demande, reconduit à son appartement.

Le poignard de Francis avait pénétré assez profondément pour que de fréquents crachements de sang rendissent la guérison et la convalescence de Morris fort lentes ; mal soigné par les valets de l'hôtel où il demeurait, le blessé avait pris le sage parti de se faire traiter dans une maison de santé, et comme l'établissement du docteur Ragueneau était fort à la mode, un ami de William le lui avait indiqué. Ne soyons donc pas surpris si nous l'y retrouvons.

Un jour, en se promenant dans les jardins, il avait vu passer Francis qui venait consulter pour la première fois le docteur Ragueneau, et après son départ, il était entré dans le cabinet du médecin chez qui il jouissait de la plus grande liberté, et il avait pu lire le nom et l'adresse de son rival.

Trop faible pour se venger, William s'était hâté de faire prendre des informations par un de ses amis; mais des démarches maladroites auprès du concierge de Francis avaient éveillé les soupçons de ce dernier qui s'était empressé de déménager et de changer encore de nom.

Plus tard, Morris avait aperçu Francis et Flavie ; mais sachant que celle-ci se mourait, il avait attendu l'heure de la vengeance.

Elle venait de sonner. Il le dit nettement à son rival.

Celui-ci répondit :

— Tu veux ta revanche ? soit. J'ai aussi soif de ton sang que tu peux avoir soif du mien. Nous nous battrons donc où tu voudras, comme tu voudras, et quand tu le voudras.

— Sur l'heure.

— Quand cette pauvre créature sera ensevelie. Tu y consens, n'est-ce pas ?

— Non, répliqua froidement William. La terre de

France ne couvrira pas le corps de celle qui portait le nom de Flavie Smith pendant sa vie. Il appartient à notre chère Amérique. Un de nous l'y conduira.

— Lequel ?

— Celui de nous deux qui tuera l'autre.

— J'accepte, s'écria Francis. Cette fois, rien ne m'empêche plus de te donner mon adresse.

Il lui tendit sa carte, puis il reprit :

— Je t'attendrai chez moi toute la journée demain aussitôt après avoir fait déposer le corps de Flavie dans un des caveaux de l'église de la Madeleine.

— J'y viendrai avec mes témoins, répondit Morris.

— Les miens seront auprès de moi, répliqua Francis.

— Ce sera un duel à mort.

— J'y compte, fit son adversaire.

Tout s'accomplit comme Francis l'avait dit. A peine avait-il fait placer provisoirement le corps de Flavie dans le caveau de la Madeleine qu'en compagnie de deux de ses amis, il se hâtait de reprendre le chemin de sa maison boulevard Péreire.

Il habitait un charmant petit hôtel de construction moderne, et tout à fait convenable pour un homme qui a besoin de se cacher et pour deux hommes qui veulent s'entr'égorger. En effet, les environs étaient complétement déserts, les habitations rares et lointaines ; en outre le voisinage du chemin de fer de ceinture produisait un bruit assourdissant toutes les cinq minutes.

A peine Francis était-il rentré que William Morris et ses deux témoins se firent annoncer.

Francis les accueillit courtoisement , puis il se hâta d'expédier tous ses domestiques en commission le plus loin possible, et, une fois seul, il rentra dans le salon où il était attendu.

Dès qu'il y fut, William prit la parole.

— Messieurs, dit-il, vous savez dans quel but nous sommes venus ici : un de nous au moins doit y trouver la mort.

Tu es toujours décidé, Francis ?

— Plus que jamais, répondit celui-ci. Rien ne m'attache maintenant à la vie, rien que la haine, ajouta-t-il en jetant sur Morris un regard qui eût fait pâlir plus d'un adversaire, moins courageux que William.

Celui-ci se contenta d'allumer tranquillement un cigare et dit à ses témoins :

— Messieurs , veuillez vous entendre avec les amis de Francis ; je vous ai fait part de mes conditions.

Puis, tout en fumant son *puros*, il se mit à examiner quelques tableaux qui garnissaient le salon.

Les conditions furent rapidement débattues, et les témoins, ayant appelé auprès d'eux les adversaires, leur firent part de leur délibération.

Le combat devait avoir lieu sur-le-champ, non dans la maison où l'on se trouvait et qui, étant connue de Francis, lui aurait donné trop d'avantage pendant le duel américain qui allait s'accomplir, mais dans un petit hôtel du voisinage appartenant à l'un des témoins et dans lequel ni l'un ni l'autre des adversaires n'était jamais entré.

Les témoins devaient conduire chacun des rivaux dans l'hôtel, les placer aux deux extrémités opposées, leur remettre un poignard de même forme et à lame d'égale force et longueur, puis deux révolvers à six coups tout chargés.

Les deux ennemis, abandonnés par leurs témoins dans la maison dont toutes les fenêtres étaient fermées et les portes ouvertes, devaient se chercher dans l'obscurité, se surprendre, et se battre jusqu'à la mort du moins habile. Ils ne devaient pas quitter la maison ou le jardin.

Comme on le voit, il s'agissait d'un de ces duels si communs dans l'Amérique du Sud où l'on place les combattants au milieu d'une forêt avec carabines, révolvers, poignards, *et cætera*, et où, semblables à des bêtes fauves, ils rampent, se glissent à travers les lianes, les halliers, les ronces, avant de s'égorger.

A Paris, il ne fallait pas songer à découvrir un champ clos aussi propice à la bataille. Ni Meudon, ni Vincennes, ni Marly, encore moins Saint-Germain et Boulogne, ne pouvaient offrir assez de sécurité aux combattants ; cent promeneurs et dix gardes forestiers seraient accourus au premier coup de feu.

Au contraire, le petit hôtel, où viennent d'entrer Francis, William, leurs quatre témoins et un médecin, semblait tout exprès construit pour le mystère. En outre, comme son locataire s'amusait du matin au soir à tirer sur les oiseaux ou sur une cible avec les jolis pistolets de salon Flobert, on ne risquait guère d'attirer l'attention du voisinage.

Avant de se séparer, chacun des adversaires écrivit qu'il se donnait volontairement la mort ; il fallait que la justice française crût à un suicide et non à un duel.

Ces précautions prises, les témoins remirent aux batailleurs leurs armes, puis les conduisirent séparément à chaque extrémité de l'hôtel. Ceci fait, les témoins se renfermèrent dans un petit pavillon du jardin et attendirent.

Francis et William n'étant jamais venus dans cette maison, les chances étaient égales et les dangers n'étaient pas moins grands pour l'un que pour l'autre.

Les deux adversaires, au signal donné, s'avancèrent avec précaution, refermant les portes derrière eux pour ne pas se laisser surprendre ; mais ne pouvant que les pousser, attendu que les témoins avaient eu la précaution d'enlever les clefs et les verroux.

Ils marchèrent l'un vers l'autre sans bruit, et prêtant une oreille attentive.

Francis avait déjà traversé trois pièces quand il se trouva devant un étroit escalier de dégagement ; il le prit et arriva au premier étage. Il écouta.

Ne voyant rien, il continua sa marche.

Au moment où il sortait d'un salon assez obscur, il crut entendre un léger bruit à sa droite ; il se retourna, puis hâtant le pas de ce côté, il se saisit de la porte qui résista. Evidemment, Morris était derrière.

Francis s'efforça d'attirer la porte à lui, cela lui

fut impossible ; il allait tenter un second effort lorsque soudain elle s'ouvrit violemment et un coup de
feu retentit ; la balle siffla aux oreilles de l'amant de
Flavie et alla se perdre dans la boiserie. Francis essaya de riposter quand la porte se referma avec tant
de vivacité qu'il n'en eut pas le temps.

Il fut donc forcé d'attendre une minute qui lui
parut longue comme un siècle et, dès qu'il ne sentit
plus de résistance, il se hâta d'ouvrir pour se précipiter à la poursuite de son ennemi qu'il supposait en
fuite. Il traversa rapidement la pièce d'où le premier
coup de feu avait été tiré.

Mais il s'était trompé, Morris s'était blotti derrière
un meuble et comme Francis, toujours courant, arrivait à la porte opposée, William lui envoya un
nouveau coup de revolver assez bien visé pour que
la balle traversât le collet de l'habit du jeune homme.

Francis s'arrêta, et sans songer à s'abriter, il déchargea son révolver dans la direction du meuble où
se cachait Morris. Quatre coups de feu retentirent
dans l'espace de quelques secondes ; mais sans résultat. Les deux adversaires se baissaient et se rele-
vaient alternativement pour tirer ou essuyer le feu
de l'ennemi. Ces premiers coups furent donc perdus.

Les suivants portèrent mieux. Une balle traversa
le bras gauche de Morris ; une autre lui vint en
pleine poitrine ; mais elle s'amortit sur le bouton de
métal. Francis n'avait pas été plus épargné ; une
balle l'avait frappé à l'épaule droite, une autre à la
cuisse. Les deux implacables rivaux s'arrêtèrent un
instant.

Francis n'avait plus qu'une balle dans son premier révolver, il tira, mais trop précipitamment, et il se trouva ainsi presque désarmé en face de William; car son second révolver était dans la poche de son habit, et il n'avait plus le temps de l'y prendre. Son poignard devenait une arme sans valeur devant le révolver de Morris braqué sur lui, et dans lequel il restait encore deux coups chargés.

Francis ne pouvait songer à reculer, il se jeta résolument sur son ennemi le poignard à la main. Un coup de feu lui brisa le poignet gauche et c'était de la main gauche qu'il tenait son poignard. L'arme tomba à terre; Francis poussa un cri de rage.

Au même instant Morris le saisissait vivement, le jetait à terre, et lui appuyait le canon de son révolver sur le front.

— Je suis perdu, pensa le jeune Américain.

William lâcha la détente, un coup sec retentit, le pistolet avait raté.

— Je l'ai échappé belle, se dit Francis; décidément c'est lui qui doit périr.

Et profitant de la surprise de son adversaire, Francis se releva, prit de sa main droite son second révolver et l'arma; mais déjà Morris s'était enfui dans une autre pièce afin d'avoir le temps de sortir aussi son autre pistolet.

Francis s'élança à sa poursuite. Il entendit les pas précipités de son ennemi; deux ou trois portes se refermèrent bruyamment entre eux, puis plus rien. Le jeune Américain explora en vain plusieurs pièces; où William l'attendait-il? malgré la douleur que lui occasionnait sa blessure qu'il n'osait prendre le temps de panser, et après avoir seulement placé son poignet fracassé sur sa poitrine entre les boutons de son habit afin de le soutenir, Francis continua ses recherches.

Comme il traversait une terrasse, un coup de feu se fit entendre ; il partait de derrière une persienne fermée ; William était donc là. Francis tira deux fois mais inutilement ; son ennemi était invisible. Deux fois aussi Morris le visa et, au second coup, le jeune Américain tomba la poitrine traversée par une balle.

Se croyant sûr du succès, William entr'ouvrit la persienne derrière laquelle il se tenait caché ; mais il avait compté sans l'énergie prodigieuse de son jeune rival. Celui-ci bondit soudain et, comme la fenêtre où se tenait Morris était à hauteur d'homme, il l'escalada en un clin d'œil, enlaça son ennemi avec son bras droit et, l'attirant à lui dans cette étreinte désespérée, il roula avec lui sur la terrasse.

C'en était fait de William si Francis avait eu ses deux mains libres ; mais, son poignet gauche étant brisé, il n'eut pas le temps de saisir son révolver qu'il avait remis dans la poche de son habit. Morris avait conservé le sien pendant sa chute, il envoya une balle en plein corps et à bout portant à son ennemi.

Francis eut encore la force de se relever, de se dégager, de fuir vers l'extrémité de la terrasse et, tout en fuyant, il déchargea successivement ses derniers coups sur William qui le poursuivait. Aucune des balles ne parut avoir porté. Au contraire, un des coups de feu de Morris atteignit encore Francis et il alla heurter rudement une petite porte qui se trouvait au bout de la terrasse. La porte, assez faible, céda sous cette impulsion extraordinaire, et le blessé s'en fut rouler lourdement dans le jardin d'une maison voisine.

Une vieille femme était là, occupée à admirer ses pétunias et ses rhododendrons; à la vue de sa porte enfoncée, elle cria de toutes ses forces.

— Au voleur!

Quand elle eut aperçu Francis tomber inanimé à deux pas d'elle, tout couvert de sang, et William le poursuivant le révolver et le poign ard à la mainelle hurla :

— A l'assassin! à l'assassin!

A ses cris, deux ou trois hommes accoururent avec un fort chien de garde.

Il était grand temps pour Francis; car son intraitable ennemi, un genou en terre, avait le bras levé pour lui donner le coup de grâce, quand le chien lui sautant à la gorge, le força de songer à sa propre sûreté. Le coup de poignard destiné à achever Francis envoya le dogue rouler sur le sol, et William s'enfuit en ayant soin de refermer la porte qui séparait les deux propriétés.

Le soir même, après avoir fait panser ses blessures, Morris prenait le chemin du Hâvre, et trois jours plus tard il s'embarquait pour l'Amérique sur le steamer *La Floride;* il emmenait avec lui le corps de Flavie qu'il conduisait chez son père sir James Smith, négociant au Mexique.

Un télégramme précédait le retour de William Morris ; ce télégramme laconique, adressé à sir James, portait ces seuls mots : « Nous sommes vengés…. Francis vit peut-être encore. Flavie n'est plus ; prenez garde à Edith. »

Edith était la sœur jumelle de Flavie, dont nous avons raconté la naissance en même temps que nous disions les causes de la folie et de la mort de leur mère. Nous verrons plus tard que la destinée d'Edith ne devait pas être moins étrange que celle de sa jumelle.

# LA SOEUR DE LA FOLLE

---

## I

### LE KANSAS SANGLANT

— A quelle heure part la malle?

— Dans une heure, sir.

— Combien la place ?

— Cinq cents dollars.

— Bigre de bigre ! c'est furieusement cher !

— C'est le prix.

— Alors il n'y a pas à marchander ?

— Non.

— Fort bien. Voici mille dollars pour mon ami que vous voyez assis là-bas et pour moi. Mais, bigre de bigre! c'est salé!

— C'est à prendre ou à laisser.

— Je le vois. Ah! Encore un mot, l'ami; où donc est l'escorte que votre gouvernement s'engage à fournir aux voyageurs et qui doit nous accompagner et nous protéger?

— Elle nous rejoindra à Junction-City.

L'homme qui pose cette série de questions n'est autre que notre vieille connaissance le peintre Stanislas, le neveu du savetier Moyendoux, et l'homme qui vient de lui répondre est un employé de la malle-poste nationale des États-Unis d'Amérique. Ai-je besoin d'ajouter que cet employé, assez brusque, n'a pas salué le parisien? C'est inutile. La politesse est inconnue dans les États-Unis d'Amérique. La casquette d'un yankee fait corps avec son maître; elle est rivée sur son crâne. L'Anglo-Saxon entre dans un salon ou dans un magasin sans saluer, même de la tête, il en sort sans plus de façon, y eût-il des dames, absolument comme fait un sportman dans son écurie ou son chenil. Je connais nombre d'imbéciles en France, l'ancien pays de l'urbanité, qui singent ces sauvages et les admirent bêtement.

La scène rapide que nous venons d'esquisser se passe donc en Amérique, dans l'ouest, au milieu d'une mauvaise bourgade appelée *Wamego*, c'est-à-dire la *fraîche source*, probablement parce que l'on n'y rencontre pas une goutte d'eau. Ce hameau est presque à cheval sur la frontière des États du Kansas et du Missouri.

Stanislas reprend ses questions.

— Où est l'homme qui doit nous conduire? demanda-t-il.

Une sorte d'animal, qui tient plus de l'ours que de l'ordre des bimanes, sort du fond d'un lourd véhicule, et grogne cette réponse avec une humeur marquée :

— Je suis le gentleman conducteur.

Cet enfant de l'ouest, *Western-boy*, porte sur sa tête un bonnet de fourrure qui rappelle les fiers oursons des grenadiers de la garde nationale sous Louis-Philippe ; ses jambes sont ensevelies dans d'énormes bottes, et, à sa ceinture, pend un gros révolver de Colt accompagné du terrible *bowie-knife*, ce long couteau à la calabraise que le rude enfant de l'ouest manie avec tant de dextérité.

— Où est notre voiture? demanda le peintre.

Le conducteur, qui se nomme Haller, montre une sorte d'arche de Noé qui n'a de nom dans aucun pays civilisé; mais que les Américains décorent triomphalement du titre de *malle-poste-nationale*.

Ce coche, chargé de sacs qui crèvent sous le poids des bank-notes et des traites, porte la fortune du commerce Américain, et il est tellement bourré de colis qu'il semble, au premier abord, tout-à-fait impossible d'y introduire un voyageur, et cependant Haller a la prétention d'y caser Stanislas et son camarade.

Le Français monte sur le marchepied, puis il s'arrête découragé, et il s'écrie :

— Mais, bigre de bigre ! conducteur, votre voiture a déjà une indigestion de paquets!

— Bah ! deux de plus ! murmure Haller.

— Hein?

— Rien. Je dis que les ballots vont se tasser au premier cahot, répond l'homme au bonnet à poils. Votre ami est moins difficile que vous.

Le conducteur montre alors à Stanislas son camarade assis à l'écart sur d'énormes madriers, et qui semble étranger à tout ce qui se passe autour de lui.

Le peintre va vers son ami, lui frappe sur l'épaule et lui dit :

— Georges, on va partir.

Le jeune homme se lève sans répondre.

— Toujours tes souvenirs ? ajouta Stanislas à demi-voix.

— Oui. Tant que je n'aurai pas rempli le serment que j'ai fait au lit de mort de ma mère, cette pensée me dévorera.

— Tu dois être content de toi cependant, reprend le neveu de Moyendoux, tu viens de remettre au gouverneur de l'Etat du Missouri les dépêches secrètes que t'avait confiées le président Abraham Lincoln et, avant la fin de ce mois, nous serons au Lac Salé chez le prophète des Mormons, Brigham-Young.

— Oui, mais comment accueillera-t-il les propositions de Lincoln ?

— Nous le verrons ; ne nous tourmentons pas à l'avance, répond légèrement le peintre. Allons ! en route !

— En route ! en route ! crie le conducteur, comme pour répondre à cette pensée.

Les deux jeunes gens se nichèrent tant bien que mal entre les colis, et Haller leur dit, tout en fermant la portière :

— Vous avez des révolvers, *y guess* (je pense, je devine) ?

— Bigre oui, riposta l'artiste en découvrant sa ceinture garnie de bowie-knife, de revolvers et de

6

poignards maltais ; nous défions tous les Peaux-
Rouges.

— Tant mieux, fit Haller avec un sourire narquois ; cependant, méfiez-vous, sinon, vous pour-
riez laisser vos dents de sagesse par ici.

— Mes dents de sagesse ? s'écria Stanislas.

La voiture s'ébranla lourdement, le peintre oublia cette menace, et les deux voyageurs parvinrent
à insérer leurs membres entre les paquets.

En route, vingt fois Stanislas demanda quand ap-
paraîtrait l'escorte promise par le gouvernement de
Washington ; à Junction-City, le peintre se fâcha et
réclama énergiquement, pendant que Sam, le postillon, changeait les chevaux.

Haller répondit avec humeur, et aussi avec une
nuance d'inquiétude, comme s'il eût pressenti le
sort qui l'attendait.

— L'officier refuse une escorte, dit-il ; les Indiens
viennent de déclarer la guerre aux blancs ; toutes
les tribus de la prairie ont pris les armes.

Stanislas, furieux, s'écria :

— Je parierais que votre gouvernement ne fournit
jamais d'escorte ?

— Si fait, riposta l'homme au bonnet à poils,
seulement il ne l'envoie que quand il n'en est pas
besoin.

— L'escorte, c'est nous ! dit Georges, prenant la
parole pour la première fois.

— Splendides, ces Américains ! ajouta le parisien ; ils
nous font payer mille dollars pour escorter leur malle-
poste-nationale. Hurrah pour la jeune Amérique !

Ils étaient alors assez loin de Junction-City.

A ce moment, les voyageurs virent arriver vers eux, avec la rapidité de la foudre, un cheval harnaché ; mais seul, sans maître, et semblant fuir avec terreur un ennemi invisible, et sans doute un champ de bataille. Son sang coule à flots de plusieurs blessures et une flèche est plantée dans son poitrail. A quelques pas de la voiture, il trébuche et tombe épuisé ; par un effort suprême il se relève tout-à-coup, puis il retombe de nouveau, râle quelques instants, se raidit douloureusement et meurt.

Samuel, le postillon, a fait arrêter ses mules épouvantées à la vue des entrailles du cheval qui sortent d'une large blessure et traînent à terre. Stanislas veut descendre, mais Haller lui ordonne de ne pas bouger ; les Indiens ne peuvent être loin. Tous visitent soigneusement leurs armes. Les figures se sont assombries. Seul, le peintre ne peut croire au danger ; il ne connaît des Peaux-Rouges que *le Dernier des Mohicans* de Cooper, ou le *Coureur des bois* de notre infortuné compatriote Gabriel Ferry, puis encore les descriptions du capitaine Marryat ; il n'a vu de la race indienne que le côté pittoresque et artistique, et il se moque des appréhensions de ses compagnons.

Alors Georges l'arrête et d'un geste expressif lui montre la vaste et redoutable région de *Smok-Hill-Fork* s'étendant, comme un désert infini, entre la route de la Platte et celle d'Arkensas qui mène aux berceaux de l'or du Colorado et de San Francisco, et Georges lui dit :

— Regarde. Ici finit le monde civilisé ; là com-
mencent les *prairies*. Les Indiens ont dû se retirer
peu à peu devant les chercheurs d'or et les saints
mormons ; seulement, l'homme aux joues pâles a payé
chaque parcelle de terre d'une goutte de son sang,
et il a semé sur la route ses os comme des jalons.
Entre les deux grandes voies d'Arthansas et de la
Platte, le gouvernement de Washington a résolu
d'en créer une troisième, celle que nous suivons ;
mais les Indiens ont juré de se faire massacrer jusqu'au dernier plutôt que de la livrer aux voyageurs. Pour eux, c'est une question de vie ou de
mort. Cette route couperait la prairie en deux ;
alors c'en serait fait des chasses. Sur les vieilles
cartes où l'on a tracé l'histoire naturelle des diverses contrées de l'Amérique, l'Etat d'Iowa est
représenté par un castor, l'Utah par un ours,
le Nebraska par une antilope, et l'Etat du Kansas
par un buffle. En ce moment d'immenses trou-
peaux sauvages, seule nourriture des Comanches,
des Arrapahoes, des Cheyennes, et des kiowas er-
rent encore dans ces immenses solitudes ; mais que
cette nouvelle route se forme, et les grands animaux disparaîtront ; car la civilisation donne la vie
aux populations agricoles et industrielles, mais la
mort aux peuplades qui vivent de la chasse. Aussi,
dans leur langage naïf, les Indiens disent-ils :
« Homme blanc venir, buffle partir, et quand buffle
parti, squaw (femme) et papouses (enfants) mourir. »

C'est une guerre sans merci entre les blancs et les

Peaux-Rouges, et ceux-ci ont habilement profité des discordes civiles qui ont armé le Nord contre le Sud (de 1861 à 1865) pour tenter une lutte suprême. — Des périls inouïs nous menacent, dit Georges en terminant ; préparons-nous.

Stanislas reste incrédule ; il se rappelle les pacifiques Indiens de la Gaîté et de l'Ambigu, et il sourit ; mais l'homme au bonnet fourré, tout en introduisant une superbe chique dans sa large bouche, soutient Georges, et reprend :

— Il n'y a pas de longues années que j'ai été témoin d'un combat entre les démons des prairies et les nôtres qui eût fait blanchir vos cheveux, monsieur le Français.

— Oh ! fit le peintre.

— Oui, oui, reprit le couducteur ! nous étions au moins deux mille volontaires, et les Cheyennes nous étaient bien inférieurs en nombre, lorsque nous fîmes irruption dans leur camp, massacrant tout, femmes, vieillards, enfants ; je n'ai jamais tant ri, ajouta le sauvage enfant de l'Ouest, qui continua ainsi :

— Les Cheyennes avaient pour chef un vieux hibou à la barbe blanche qu'ils appelaient White-Antelope, un beau vieillard, sur ma foi, à la taille imposante, à l'œil fier ; il s'était battu comme un lion, et il eût pu fuir, mais il dédaigna son salut. Quand il vit tous ses guerriers couchés à côté de lui par les balles de nos riffles, et que son dernier dé de poudre fut brûlé, il s'arrêta, puis nous présentant sa poitrine découverte, il nous cria : — Tirez !

— Vous l'avez épargné ! dirent ensemble les deux jeunes gens.

— Moi, oui, parce que mon riffle a raté ; mais les camarades n'ont pas manqué le vieux. Sa carcasse blanchit à côté du corps de ses femmes et de ses enfants ; que l'enfer les brûle !

— C'est infâme ; s'écira le Français.

— Infâme, répliqua le conducteur ; écoutez ceci, sir, et vous verrez alors qui est infâme de nous ou de ces chiens. J'avais un frère dont le rancho se dressait sur le Running-Creeck ; il y résidait avec sa famille. Une nuit vos amis les Peaux-Rouges sont venus : mon frère en a tué six des six coups de son revolver, puis il a succombé sous le nombre. Alors ses ennemis l'ont attaché encore vivant sur un brasier assez brûlant pour qu'il sentît le feu mordre ses chairs, trop peu ardent pour faire mourir. Son supplice dura autant d'heures qu'il avait abattu d'Indiens, six heures. Son rancho fut incendié : sous ses yeux, on arracha les ongles des mains et des pieds de ses fils ; puis leurs yeux et leurs langues : quant à sa femme et à ses deux filles, la mort eût mieux valu pour elles. Aussi, lorsque je rencontre une de ces vipères, je l'écrase !

Au moment où Haller venait de terminer son récit par cet aveu aussi dépouillé d'artifice que d'humanité, un coup de feu retentit le long de la rivière *Smoky* qui coule au pied de la *colline-fumante*.

— On se bat là-bas, murmura l'homme au bonnet à poils, en désignant une masse de rochers au loin.

La scène était admirable, le ciel se montrait d'un

bleu d'azur et d'une merveilleuse limpidité. La prairie indienne ressemble à la mer ; aussi loin que le regard peut pénétrer, il ne rencontre que l'immensité.

Entre le golfe du Mexique et les grands lacs, on ne compte pas moins de deux cents tribus de Peaux-Rouges ; les plus puissantes sont celles des Dakotas, des Creeks, des Sénécas, des Pawnies, des Mohicans, des Sioux, des Cheyennes, des Arappahoes, Comanches, Cherokees, Schawnies, Delawares, Onéides et Chippowas, groupés sous la direction de chefs puissants dont les noms sont étrangement ridicules, mais *tout-à-fait historiques*, et qui s'appellent : *Chien-Moucheté, Nez-Romain, Vautour-Noir, Grand-buffle, Petite-couverture, etc.* Toutes ces peuplades ont formé une alliance terrible pour purger la prairie de leurs ennemis les visages-pâles, et Haller ne s'est pas trompé en affirmant qu'on se battait dans la montagne.

Une douzaine de coups de feu retentissent.

— Ça chauffe, murmura le conducteur.

— Oh ! massa, hurla le postillon noir, nous, perdus !

— Ce sont sans doute des voyageurs attaqués par les Indiens ? demande Stanislas.

— C'est certain, répond Haller.

— Courons à leur secours ! crie Georges saisissant ses armes.

— Ça m'irait, riposte le conducteur ; mais je suis responsable de la malle-nationale.

— Bigre! dit alors Stanislas qui a tiré son bowie-knife, seriez-vous un lâche, mon bonhomme?

Le *boy* de l'Ouest pâlit et, pour toute réponse, dirige sur le peintre le canon de son revolver; George écarte vivement son compagnon et, se plaçant entre lui et l'homme au bonnet fourré, lui dit froidement :

— Il est plus facile d'égorger un homme sans défense que de venger la mort de son frère, Haller.

— Ah! vous êtes un homme, vous! s'écria le *boy* du kansas avec feu et tendant sa large main au jeune yankee. Au diable la malle-poste!

— Hurrah! dit Georges qui sauta à bas de la voiture, *go a head!* (En avant de la tête!)

Sam arrêta ses bêtes; mais il refusa de suivre les jeunes gens.

— Non, non, massa, dit-il à George; moi pas porter fusil; moi croire pêcher, si moi tuer homme.

Et le pauvre nègre, ancien esclave du Missouri et qui appartient à la secte des méthodistes, comme tous ses congénères, refuse absolument de prendre un rifle. Est-ce par amour de son prochain, est-ce par dévouement à sa propre peau, qui peut savoir?

Haller, pendant ce refus, a dételé les mules, tandis que le postillon noir s'arrache sur la tête non ses cheveux, mais sa laine, et il amène les montures.

Au moment d'enfourcher la sienne, George crie à Stanislas qui place une couverture sur le dos de sa bête :

— Sais-tu monter à cheval?

— Parbleu! répond le Parisien, vantard comme

un faubourien, j'ai fait plus de cent lieues à cheval...
sur les chevaux de bois à la foire de Saint-Cloud,
et j'étais la terreur des ânes de la Porte-Maillot.

— Hum! ça n'est pas la même chose, murmura
son ami. As-tu du courage, au moins?

— Je vais le savoir, répond bravement le peintre
qui sangle sa couverture solidement.

— T'es-tu déjà battu?

— Ah! bigre oui, à l'atelier et à la mutuelle... à
coups de poings.

— Très-bien, dit George qui ne peut s'empêcher
de sourire; mais je parie que tu n'as jamais tenu ni
fusil ni pistolet.

— Si fait, avec un pistolet-salon-Flobert, je fais
mouche à tout coup à 25 pas; et j'ai gagné plus de
vingt douzaines de macarons avec Alix dans les
fêtes des environs de Paris au tir du fusil.

Le crépitement de la fusillade met fin à la conversation. Haller s'élance sur sa mule, George est
déjà en selle, Stanislas enfourche avec peine sa bête
et tous trois galopent vers le lieu du combat.

## II

### VISAGES PALES ET PEAUX-ROUGES

Le peintre s'est un peu vanté en fait d'équitation;
car c'est sa mule qui le dirige au lieu de se laisser
guider par lui. Elle a débuté par suivre les deux

autres; mais il est probable que son cavalier lui communique son amour-propre, car tout à coup elle prend l'avance et part d'un train si rapide que son écuyer se voit réduit à s'accrocher à la guide de *miserere*, c'est-à-dire à la crinière.

Pour comble d'infortune, Stanislas a mal assujetti son long rifle; il bat sans cesse contre les flancs de l'animal qui, dans son irritation, s'emporte, prend le mors aux dents, et emballe son cavalier.

— Ne va donc pas aussi vite, lui crie Georges.

Le parisien ne demanderait pas mieux que de suivre ce conseil; mais il a beau se cramponner au cou de la mule, et lancer sa favorite imprécation : Bigre de bigre! l'animal affolé ne s'en dirige pas moins intrépidement du côté de la fusillade.

— Arrêtez votre mule! lui crie Haller qui pique des deux pour le suivre.

— Arrêtez-la vous-même, réplique le pauvre rapin lancé à fond de train à travers les bois et les rochers.

En deux minutes, le Français a franchi la distance qui le séparait du champ de bataille; il y arrive seul, et un spectacle terrible s'offre soudain à ses regards.

Une voiture est à demi culbutée au milieu d'une clairière placée au fond du ravin; un des chevaux qui la traînait, se roule sur le sol dans les dernières convulsions de l'agonie.

Quelques hommes, protégés tant bien que mal par les panneaux de la voiture, se défendent à l'abri de cette forteresse contre une troupe de Peaux-

Rouges. Leur feu a été assez bien dirigé jusqu'à ce moment pour que les Indiens n'aient pas encore pu franchir la barricade qui se dresse entre les deux partis; ils se tiennent cachés dans les anfractuosités des rochers et, de cette place inaccessible, ils lancent la mort dans les rangs de leurs ennemis les blancs.

Au moment où Stanislas bondit sur sa mule et malgré lui au milieu de l'arène, la troupe des sauvages s'élance contre les défenseurs de la voiture pour tenter une nouvelle surprise. Ceux-ci attendent intrépidement leurs implacables adversaires et les fusillent à bout portant; mais, écrasés par le nombre, quelques-uns tombent sous le terrible tomahawk et les autres s'enfuient dans les rochers, poursuivis par les bourreaux.

Alors une jeune fille éperdue, pâle, épouvantée, s'élance de la voiture; mais à peine a-t-elle posé son pied à terre que deux indiens bondissent sur elle comme des tigres. L'un d'eux la saisit sans descendre de son cheval, l'enlève dans ses bras, et la place devant lui sur sa selle. Puis, poussant son sinistre cri de triomphe, il se sauve en emportant sa proie. L'autre sauvage, qui l'a aidé dans ce rapt, se lance à sa suite.

La jeune fille jette un cri désespéré.

Aussitôt, un vieillard qui luttait contre une demi-douzaine de Peaux-Rouges, tente un suprême effort. D'un coup de révolver, il brise la tête de l'un de ses assaillants; il en étend un second mort d'une balle en pleine poitrine. Deux fois encore, et sans paraître viser, le vieillard dirige son arme d'une

main sûre, et deux fois il jette à terre un des démons qui tourbillonnent autour de lui, et qui re-
culent devant cette défense désespérée.

Aussitôt, le vieillard arrache un rifle de la main
crispée de l'un de ses serviteurs expirants, et il vise
l'Indien qui emporte la jeune fille en travers de sa
selle.

Par malheur, le sauvage est déjà loin, et la balle
va frapper seulement le cheval à la cuisse. L'animal
fléchit; mais il continue sa course. Le vieillard,
désarmé, s'élance en criant d'une voix désespérée :

— Edith! Edith! ma fille!

Il a fait tout au plus vingt pas qu'il est assailli,
renversé et solidement lié par les Indiens.

C'est à ce moment que notre ami Stanislas fait
son entrée forcée; à sa vue, les sauvages poussent
leur cri de guerre : — *Ugh!* et se précipitent
sur lui.

Sans trop savoir ce qu'il fait, le parisien prend
machinalement son révolver et le décharge au hasard. Un Indien saute sur la croupe de sa monture,
saisit le peintre entre ses bras, l'étreint fortement,
le lance rudement à terre, s'y laisse glisser à côté
de lui, puis enfonçant sa main gauche dans la luxuriante chevelure du neveu de Moyendoux, il trace sur
le front de sa victime, avec son couteau, ce sillon
sanglant qui s'appelle un scalpe.

En cet instant, l'admirateur des héros de Cooper
trouve les Peaux-Rouges moins poëtiques que dans
les romans; un flot de sang jaillit de sa blessure, et
il se sent perdu, car le sauvage lui a posé son genou

sur la poitrine et l'étouffe sans qu'il puisse se délivrer de cette horrible étreinte.

Tout à coup un coup de feu retentit, et l'Indien, frappé à mort, roule aux pieds du peintre. Georges venait d'arriver à temps pour sauver son ami.

Le Français se relève et, furieux de sa blessure, aveuglé par le sang, il se précipite dans la mêlée, tirant son revolver à tort et à travers, et s'étonnant de ne rien voir tomber.

Cependant le renfort apporté par Georges, Haller et Stanislas a rendu le courage à la petite troupe des voyageurs; ils reviennent au combat, et les Indiens s'enfuient, abandonnant le vieillard qu'ils avaient capturé.

Celui-ci, délivré par un des siens, court vers Georges :

— Sauvez mon enfant, lui dit-il; au nom du ciel, sauvez mon Edith! Rendez-la-moi! On l'emmène!

Sa voix était déchirante.

— De quel côté se sont-ils dirigés ? demanda Georges.

— Vers ces ravins, répond le vieillard. C'est leur chef qui enlève ma fille; mais j'ai blessé son cheval, et nous devons le rejoindre.

Sans en écouter davantage, Georges presse les flancs de sa mule et part au galop suivi de Haller; quant à Stanislas, démonté, comme nous l'avons vu, dès le début de l'action, il enfourche un des chevaux laissés libres par la mort de leurs maîtres, et il se hâte de courir à la suite de ses camarades, tout en se tenant prudemment à la crinière.

7

Dix minutes s'écoulèrent sans que les trois pour-
suivants aperçussent rien ; mais enfin, au détour
d'un rocher, ils virent les deux sauvages emportant
la jeune miss toujours inanimée. Georges remarqua
que, comme le lui avait dit le vieillard, le cheval du
chef boitait assez fortement.

Les Indiens les aperçurent aussi et , poussant
leur cri de guerre, ils s'enfoncèrent rapidement
dans l'intérieur d'un bois.

Alors commença une course insensée à travers
les ronces, les lianes et les arbres. Au bout d'une
demi-heure de cette poursuite furieuse, il fut facile
de voir que les sauvages perdaient du terrain, lorsque tout à coup, au détour d'un massif de rochers,
il devint impossible de les découvrir.

De quel côté avaient-il pris ? Les roches, très-du-
res, n'avaient conservé aucune empreinte.

— Haller, cria Georges, ne perdons pas une minute, séparons-nous pour quelques instants. Tra-
versez le bois ; moi, je vais barrer la route du rio à
ces mécréants ; je nage comme un saumon, tandis
que Stanislas ne pourrait sortir du rapide. Toi, Stanislas, fouille-moi ces rochers.

Et sans attendre aucune réponse, l'intrépide jeune
homme se lança dans la direction du rio qui coulait
à quelques centaines de pas ; pendant que son ami
et l'homme au bonnet fourré lui obéissaient en se
séparant.

Arrivé au milieu des rochers, le cheval du peintre
hésita ; le terrain devenait glissant et périlleux. Le
parisien dut mettre pied à terre.

— Ils n'ont jamais pu prendre par là, se disait le neveu du savetier, c'est un chemin à se tordre le cou. Le diable n'oserait y passer sur la monture d'une sorcière.

Tout-à-coup il tressaillit, il venait de découvrir une traînée de sang ; le cheval blessé devait s'être arrêté à cette place.

Alors Stanislas, rendu prudent par le souvenir de son front scalpé, s'avança doucement, sondant des yeux les moindres replis du terrain ; car jamais il n'avait plus tenu à sa magnifique chevelure.

Tout en regardant de droite et de gauche, il songeait et se disait :

— Ces imbéciles qui me recommandaient de prendre garde à mes dents de sagesse ; ils auraient mieux fait de me dire de veiller sur mon toupet.

Soudain, un cri épouvantable retentit, cri si désespéré que le peintre sentit un frisson courir à travers tout son être ; il avait reconnu la voix d'Haller. Stanislas se hâta de remonter sur son cheval et bravement, il partit au galop dans la direction du cri.

Voici ce qui s'était passé.

Les Peaux-Rouges avaient compris que, l'un de leurs chevaux étant blessé, ils seraient promptement rejoints ; aussi s'étaient-ils cachés avec l'intention de surprendre leurs ennemis.

Au lieu de continuer leur course, ils s'étaient jetés de côté dans un endroit très-fourré; le chef s'était embusqué derrière un chêne, tandis que son compagnon déposait Edith à terre. Puis ils laissèrent leurs chevaux dans un bouquet fort épais d'arbres résineux.

Ces précautions étaient à peine prises que le bruit du galop d'un cheval retentit sur le sol ; une minute après Haller apparaissait.

Le chef indien avait choisi avec habileté le lieu de son embuscade ; car le conducteur fut forcé de ralentir la vive allure de sa mule en passant devant le chêne placé au tournant d'un étroit sentier. Le sauvage guettait ce mouvement ; d'un bond prodigieux, il sauta sur la croupe de la mule, et d'un coup de tomahaw il brisa le crâne du pauvre *boy* de l'Ouest qui tomba sur les rochers en jetant l'appel désespéré qu'avait entendu Stanislas.

Le Peau-Rouge poussa son cri de guerre, ses yeux brillèrent comme ceux d'une bête féroce, puis, se penchant sur sa victime, il la scalpa et attacha la chevelure à sa ceinture. Ensuite il attendit immobile une nouvelle proie.

Ce drame terrible venait à peine de s'accomplir que le pas d'un cheval retentit de nouveau et que l'infortuné Stanislas se précipita comme un étourneau vers l'embuscade du sauvage.

Le peintre devait fatalement suivre le même chemin que le conducteur sous peine de tomber d'un côté dans le rio, de l'autre dans un profond ravin ; au moment où il ralentissait l'allure de son cheval pour tourner, l'Indien, renouvelant la ruse qui venait de lui réussir avec Haller, s'élança sur la croupe de la monture de Stanislas, son tomahawh levé.

Le peau-Rouge avait merveilleusement calculé ses chances de succès, aussi devait-il triompher ; mais dans toutes les actions de la vie, si la fortune n'est pas avec nous, tout tourne contre nos plans les mieux combinés. C'est ainsi qu'au moment où le sauvage sautait sur son cheval, celui-ci aperçut le cadavre d'Haller et, au lieu de continuer, s'arrêta brusquement, puis fit un saut de mouton si bien réussi que Stanislas vida les arçons et s'en fut rouler à dix pas de là.

Ce fut le salut du parisien. L'indien, en sautant sur le dos du cheval, n'y rencontra personne, et dans sa surprise, perdit une minute précieuse.

De son côté, le neveu de Moyendoux, surexcité par la vue du danger, s'était hâté de se relever et, tirant de nouveau son revolver, il fit feu trois fois de suite dans la direction de son ennemi.

La fortune, chacun le sait, favorise les innocents ; une des balles de Stanislas atteignit le sauvage au cœur, ce qui ne fût jamais arrivé si le peintre eût pris le temps de viser.

L'indien tomba pour ne plus se relever.

— Je l'ai tué ! je l'ai tué ! cria le parisien comme il eût fait s'il eût abattu sa première pièce de gibier.

Le neveu du savetier eût voulu avoir pour témoins tous les citoyens de l'Amérique, aussi promena-t-il un regard triomphant autour de lui ; mais ce que ses yeux rencontrèrent calma sur-le-champ sa joie, et le fit frissonner de terreur.

A vingt pas de lui, le second Cheyenne, ayant la

jeune fille évanouie devant lui, tenait Stanislas en joue avec son rifle.

— Bigre de bigre ! exclama le vainqueur stupéfait, et le restant de la phrase expira sur ses lèvres.

Par un mouvement instinctif, il chercha des yeux un asile ; mais il n'y fallait pas songer. La clairière était large, l'arbre le plus rapproché se trouvait au moins à dix ou quinze pas ; c'était plus que suffisant pour recevoir une balle avant d'avoir atteint le refuge.

Deux ou trois minutes d'anxiété se passèrent sans que le Français osât prendre un parti ; alors seulement il se demanda pourquoi son ennemi ne l'avait pas déjà tué.

Le motif était excellent, c'est que le sauvage n'avait plus de poudre pour recharger son fusil, et qu'à défaut de poudre, il avait trouvé une ruse assez bonne pour tenir son adversaire en échec.

L'excès de la terreur remplaça la bravoure chez le peintre ; il comprit qu'il allait devenir fou s'il restait ainsi exposé à cette incessante menace, et il s'élança comme un forcené vers le Cheyenne, le revolver au poing.

A peine eut-il fait dix pas qu'il s'arrêta glacé d'épouvante ; la scène venait de changer d'aspect.

Le sauvage avait jeté son fusil, et levé son poignard sur la poitrine d'Edith encore inanimée.

Stanislas vit clairement que, s'il faisait un pas en avant, c'en était fait de la jeune fille ; il s'arrêta et il abaissa le canon de son arme.

Le Peau-Rouge l'imita ; il éloigna son poignard. Une minute se passa. Le peintre ajusta de nouveau le Cheyenne ; celui-ci posa aussitôt la pointe de son poignard sur le sein de l'enfant.

— Bigre ! se dit Stanislas, ça peut durer longtemps comme cela.

Si le Français eût été de première force au pistolet il eût envoyé une balle entre les deux yeux de l'Indien ; mais il eut peur de frapper Edith en ajustant le sauvage, et il attendit.

Tout-à-coup le Peau-Rouge siffla d'une manière toute particulière.

— Qu'est-ce qu'il appelle ? demanda Stanislas ; est-ce qu'il se croit à une première représentation ?

La réponse ne se fit pas attendre. Un cheval bondit légèrement jusqu'auprès du sauvage, en hennissant joyeusement et vint se placer à côté de lui.

Le bandit reprit la jeune fille dans ses bras, sauta légèrement en selle et, le poignard toujours levé sur Edith , il se perdit dans les profondeurs du bois avant que Stanislas fût revenu de sa surprise.

Cette fois, pensa le peintre, la pauvre jeune fille doit être perdue ; car le cheval du Cheyenne n'est pas blessé comme celui du chef, et rien n'arrêtera ce rapt.

A cette pensée, le cœur du Français se serra, et il regretta de ne pas avoir tiré, quitte à manquer le Peau-Rouge, quitte même à tuer la jeune miss.

Un coup de feu retentit dans la direction qu'avait prise le sauvage ; le neveu de Moyendoux courut de ce côté.

Cinq minutes après, il se trouvait en présence de Georges agenouillé devant Edith et s'efforçant de la ranimer : à deux pas de ce groupe gisait à terre le Cheyenne frappé à la tête par la balle du jeune Américain qui s'était hâté d'accourir lorsqu'il avait entendu les décharges successives du revolver de Stanislas, et qui était arrivé à temps pour délivrer Edith.

Pendant que Georges s'efforçait de ranimer la jeune miss, le peintre se demandait quand et où il avait déjà vu cette belle personne évanouie. Il se disait qu'il n'était pas possible qu'il l'eût rencontrée récemment, c'est-à-dire depuis son arrivée en Amérique ; car il n'eût pas oublié facilement une aussi admirable créature. D'un autre côté elle paraissait tellement jeune qu'il ne pouvait admettre qu'il l'eût déjà vue longtemps auparavant.

— Et cependant, se disait mentalement le neveu de Moyendoux, je parierais un tableau de Raphaël contre la croûte d'un rapin que j'ai déjà admiré cette délicieuse personne.

Elle était, en effet, merveilleusement belle, ainsi couchée, la pauvre enfant, bien qu'à voir sa pâleur on eût pu craindre qu'elle ne fût déjà morte plutôt qu'endormie.

Chose étrange, pensait encore le peintre, il me semble l'avoir déjà vue ainsi évanouie, couchée et plutôt morte que vivante. Il faut que ce soit en rêve.

— Elle a remué, mon ami, elle a remué ! lui cria Georges qui, sans s'occuper des songes de Stanislas, n'avait cessé de prodiguer les plus tendres soins à la malade.

— Tu crois?

— J'en suis sûr, répondit Georges qui réchauffait dans ses mains les petites mains de la jolie miss.

Il disait vrai. Au bout de quelques instants, Edith rouvrit les yeux, et murmura d'une voix faible ces deux mots :

— Mon père!

— Il est sauvé! s'empressa de dire Georges.

— Vous allez le voir, ajouta Stanislas.

La jeune miss ne répondit rien ; elle ne pouvait comprendre comment et pourquoi ces hommes se trouvaient auprès d'elle.

Tout-à-coup elle jeta un cri d'épouvante et d'horreur ; elle venait d'apercevoir le cadavre de l'Indien.

Elle se leva vivement et, par un mouvement instinctif de conservation, elle se serra contre Georges, comme pour chercher un défenseur en lui.

— Rassurez-vous, miss, lui dit le jeune homme, ce bandit est mort.

— Ah ! c'est vous qui m'avez sauvée! s'écria-t-elle avec feu ; comment vous remercier?

— Eh bien, et moi? pensa Stanislas qui se rappelait avoir tué le chef des Cheyennes.

— Où donc est mon père? reprit Edith.

— A peu de distance, répondit Georges ; désirez-vous le rejoindre ?

— Sur-le-champ.

— Vous êtes encore trop faible, objecta le peintre.

La pensée de retrouver mon père me donnera des forces.

Il fallut alors essayer de reprendre les mules et les chevaux, ce qui fut assez difficile ; enfin les deux amis ramenèrent leurs montures et, comme Edith était encore trop faible pour se soutenir, elle consentit à se placer devant Georges, qui, aussi troublé qu'elle, fut forcé de la serrer plus d'une fois contre son cœur pour l'empêcher de tomber.

Involontairement leurs cheveux se touchaient, leurs visages se rapprochaient, leurs yeux se rencontraient, et pourtant ils galopaient rapidement ; car Edith songeait à l'inquiétude de son père.

Comme ils arrivaient devant le corps du pauvre Haller, ils rencontrèrent le père de la jeune miss, plongé dans la plus douloureuse anxiété.

Edith se laissa glisser de cheval et se précipita dans les bras du vieillard ; puis, enfin, s'arrachant à ses tendres embrassements :

— Voici mes libérateurs ! s'écria-t-elle en montrant les deux amis.

A la bonne heure, elle me rend justice, pensa Stanislas.

— Ah ! messieurs, dit le vieillard, ma fortune ne suffirait pas à payer un pareil service.

Sans lui répondre, les deux amis lui tendirent cordialement la main.

Alors, tous retournèrent vers la calèche ; il n'était resté pour la garder que trois des serviteurs, les autres avaient péri dans le combat.

Pendant que Georges aidait le père d'Edith et ses

gens à relever la voiture et à composer un nouvel
attelage, le parisien examina les cadavres des combattants. A sa grande surprise, il s'aperçut que si
les Peaux-Rouges avaient scalpé les visages-pâles
morts, de leur côté, les visages-pâles vivants avaient
scalpé les Peaux-Rouges tombés pendant la bataille.
Il regarda mieux alors les trois serviteurs du père
d'Edith et il vit suspendues à leur ceinture les che-
velures sanglantes des Indiens. Il tira Georges
à l'écart, lui montra la chose, et lui dit à voix
basse :

— Bigre de bigre ! je crois que nos nouveaux camarades sont des Peaux-Rouges déguisés en blancs.

— Non, lui répondit de même son ami ; mais,
vois-tu, dans tous les pays où il y a des vainqueurs
et des vaincus, chaque race s'imprègne des mœurs
de l'autre.

— Je comprends, fit Stanislas, l'une déteint sur
l'autre.

— Précisément. Eh bien, ici, dans l'Ouest, où
deux peuples ennemis sont forcés de vivre pêle-mêle,
chacun d'eux a absorbé sa dose des vices du voisin.
Le *trapper* Anglo-Saxon est devenu féroce et rusé
comme un Peau-Rouge, et le Peau-Rouge s'est fait
ivrogne et débauché autant que son frère blanc ; le
pionnier Américain entretient un harem dans son
wigham par imitation du chef Indien, et le cheyenne
dégénéré vendrait les os de ses pères pour une bouteille de whisky.

Tandis que les deux amis devisaient ainsi, le père
d'Edith avait causé avec sa fille ; il marcha droit aux

jeunes gens, leur serra encore affectueusement les
mains, et leur dit :

— Messieurs, nous vous devons la vie, et je viens
vous de mander un nouveau service.

— Il sera rendu, répondit simplement Georges.

— J'accepte.

— De quoi s'agit-il? interrogea Stanislas.

— Sans vous, et malgré les efforts de mes braves serviteurs, nous étions perdus. Maintenant, nous allons
rester seuls avec trois hommes; si la mauvaise fortune
nous fait rencontrer une nouvelle troupe de sauvages,
ils auront bon marché de nous. Eprouveriez-vous
quelque répugnance à voyager dans notre compagnie?

Un moment de silence suivit cette demande.

Le vieillard s'aperçut que son offre n'obtenait pas
un accueil enthousiaste; il reprit avec une certaine
anxiété :

— J'ai commencé par vous dire, Messieurs, que je
vous demandais un nouveau service; permettez-moi
d'ajouter que je vous le demande au nom de ma
pauvre enfant à qui vous venez de sauver la vie et
l'honneur. J'ignore quelle est votre position de fortune, veuillez donc ne pas vous offenser si j'ajoute
que je suis riche, et prêt à tous les sacrifices.

— Vous vous êtes mépris sur le sens de notre hésitation, sir, répondit vivement le Parisien. Je ne
sais ce que pense mon ami; mais, moi, je suis prêt
à vous accompagner, à une condition pourtant, c'est
que votre reconnaissance ne se traduira ni en dollars
ni en bank-notes, sinon, je vous plante là.

— Merci, fit le vieillard qui lui serra cordialement

la main et qui, se tournant vers Georges immobile, lui dit :

— Refusez-vous de nous rendre ce service, Monsieur?

Le jeune yankee leva les yeux sur son interlocuteur et lui répondit :

— Avant de m'engager, il m'est indispensable de savoir de quel côté vous comptez vous diriger.

— N'est-ce que ceci qui vous arrête? répliqua le vieillard.

— Oui. J'ai un devoir d'honneur à remplir, et rien au monde, rien ne m'arrêtera pour l'accomplir. Il faut que, dans trois mois au plus tard, je sois rendu sur les bords du Mississipi.

A ce nom, le père d'Edith tressaillit et fixa un regard soupçonneux sur son libérateur; puis il lui dit :

— Le cours du Mississipi est encore plus long que rapide; à quel endroit de ce fleuve mon brave défenseur doit-il être rendu avant trois mois?

Ce fut au tour de Georges de promener sur son interlocuteur un regard inquisiteur; mais celui-ci le supporta sans broncher. Alors Georges reprit lentement sans cesser de l'observer :

— Je ne vois aucun motif pour vous cacher qui nous sommes et le but de notre voyage. Je m'appelle Georges, et je...

— Georges tout court?

— Georges tout court, répondit le jeune Américain en souriant, de même que mon ami s'appelle Stanislas, tout court aussi.

— Pardon.

— Mon ami est Parisien.

Edith regarda le Français d'un air curieux; Georges reprit :

— Quant à moi, je suis Américain. Mon ami est peintre : moi je suis attaché à l'un des principaux journaux illustrés de San-Francisco, d'où nous venons. Nous sommes tous deux chargés d'envoyer l'un des dessins, l'autre des articles sur les principaux évènements de la guerre de sécession qui désole en ce moment l'Amérique. Nous venons de visiter l'Ouest ; nous nous rendons au Lac Salé parmi les Mormons, afin d'expédier des notes et des illustrations à notre journal sur ces étranges sectaires, et après cette visite, nous reviendrons par la route de Leawenworth, afin de gagner les rives du Mississipi.

— Et vous n'avez pas peur de vous trouver pris entre les armées du Nord et celles du Sud?

— Non, car en notre qualité d'artistes, nous avons des passes signées des chefs des deux partis. Je n'ai plus à ajouter que ceci : si vous vous dirigez de notre côté, vous pouvez compter que je me ferai tuer pour vous et pour mademoiselle, si l'occasion s'en présente ; mais si vous êtes forcé de vous éloigner de notre itinéraire, il me sera impossible de vous accompagner à mon très-grand chagrin.

Le vieillard, voyant que Georges avait terminé, répondit :

— Sir Georges, votre confiance doit vous attirer la nôtre. Je m'appelle sir James et...

— Sir James tout court? questionna Georges en souriant.

— Oui, tout court aussi, riposta le vieillard avec un franc rire, et ma fille se nomme Edith. Nous venons du Mexique où je possède une assez belle plantation dans les environs du *Présidio del Norte*. Ma fille est souffrante, et les médecins nous ont conseillé un voyage de deux ou trois ans, Edith a voulu visiter les prairies de l'Ouest avant de se rendre chez un de nos parents, et voilà pourquoi vous nous rencontrez dans ces déserts où, sans votre courage, nous allions périr.

— A mon tour, sir James, je vous ferai remarquer votre imprudence de voyager ainsi avec une jeune fille au milieu de peuplades féroces, et en pleine guerre civile.

— Mon brave défenseur, vous parlez d'or ; mais ma fille et moi nous sommes d'un pays où le danger attire au lieu d'éloigner. Pour le moment, nous cherchons la distraction et les émotions, par ordre de la faculté de médecine. Vous vous dirigez vers le Lac Salé, eh bien, si notre compagnie ne vous gêne pas, nous visiterons avec vous les Saints Mormons.

— Alors, partons sur-le-champ, s'écria Georges ; car les Indiens peuvent revenir en nombre et nous attaque .

— Et je tiens à mes dents de sagesse, grommela Stanislas qui s'était bandé le front avec un foulard, et qui ajouta gaiment : Quel malheur que je n'aie pas un carquois, je ressemblerais tout-à-fait à l'Amour.

Pendant cette conversation, les survivants des péons avaient attelé quatre mules à la voiture, eux-mêmes se tenaient en selle, et ils gardaient deux chevaux pour Georges et Stanislas.

— Pardon, sir James, dirent les jeunes gens; mais avant de nous mettre en route, nous devons retourner vers la malle-poste où nous avons laissé nos bagages ; avant une demi-heure nous serons de retour.

En arrivant devant la malle nationale, ils virent, avec surprise, que personne ne la gardait; ils eurent beau appeler Sam, le nègre ne répondit pas. Il fallut prendre un parti. Ils descendirent de cheval, et attelèrent leurs montures à la lourde voiture ; Stanislas entra dedans, et Georges se plaça sur le siége, puis ils partirent au galop dans la direction de sir James.

Stanislas fatigué étendit voluptueusement ses jambes sur les sacs, et bientôt un sommeil réparateur le berça doucement. Cependant, tout en dormant, il lui semblait ressentir de légères secousses, lorsque tout-à-coup, au moment où un violent cahot venait de bouleverser les colis, un formidable gémissement sortit des entrailles de la malle-nationale, et une masse informe, s'élançant entre les jambes du peintre, le jeta lourdement sur les paquets.

Cette fois, Stanislas se réveilla ; il saisit même son revolver, mais il le remit aussitôt à sa ceinture, et partit d'un grand éclat de rire en voyant surgir du fond de la caisse roulante la bonne figure de son postillon qui hurlait d'épouvante et criait miséricorde.

Le pauvre Samuel, au bruit de la fusillade, n'avait rien trouvé de mieux que de se cacher sous les sacs dans la voiture, et notre ami Stanislas s'était couché sur le malheureux nègre à demi étouffé.

Quand Sam fut rassuré, le parisien lui dit :

— Haller a été tué.

— Vrai, massa ?

— Hélas ! oui.

Alors le nègre se mit à chanter et à danser joyeusement ; car le conducteur le battait sans relâche.

Telle fut l'oraison funèbre du brave Haller.

Dès qu'on eut rejoint sir James, il offrit un verre de whisky au postillon qui partit avec sa malle-poste et ses dépêches, puis nos voyageurs prirent la route du Lac Salé où de nouveaux événements les attendaient.


III

LES OURS DU BEAR-RIVER


La sierra-madre, au milieu de laquelle se lancent intrépidement nos amis, est une chaîne de pics majestueux dominés par le pic de Frémont, et d'où descendent trois torrents de neige et de glace qui courent au midi vers le Colorado et le golfe de Californie, au levant du côté de l'Atlantique et du Mississipi, et au couchant vers le Pacifique et la rivière Colombie.

Au sud-ouest de ce pic s'étend la chaîne du *Wa-*

*satch* qui semble un vaste rideau posé devant la vallée d'*Uthah* et le *Lac Salé;* puis, entre les géants du
*Wasatch* et de la *Sierra madre*, se déroule la contrée la plus désolée du monde entier, celle de *Bitter-
Creek* (la crique amère), placée entre les sources de
soufre (*Sulphur Springs*) et *Green-river* (la rivière
verte). Là, pas une source d'eau fraîche, pas un
arbre, des squelettes d'animaux et souvent d'hommes;
des drames réels à chaque pas, comme pour dire au
voyageur : arréte !

Dans cette redoutable vallée de *Bitter-Creek,* s'é-
lèvent parfois d'effroyables tempêtes de grêle et de
neige, et c'est pendant une de ces terribles tour-
mentes que nous retrouvons nos voyageurs.

Leurs chevaux épouvantés par les éclats de la
foudre et la violence du vent, aveuglés par le grésil,
paralysés par le froid, se cabrent et refusent d'a-
vancer ; sir James donne l'ordre de les dételer et de
leur faire tourner le dos à l'orage ; mais les bêtes af-
folées rompent leurs licols et s'enfuient vers la montagne.

Pour comble de disgrâce, une demi-douzaine de
*Road-Agents* (brigands de la route), si communs
dans le *far-west,* viennent rôder autour de la voiture comme des bêtes de proie. Les *Road-Agents,*
qui se recrutent, comme chez nous les communards,
parmi les voleurs, les joueurs malheureux, les ivrognes,
les banqueroutiers, enfin parmi les déclassés de tous
les rangs, dévalisent les convois de chemins de fer
et détroussent les voyageurs. Braves, bien équipés,
tireurs adroits, ne connaissant Dieu et les lois que

pour les braver, pour un dollar ils brûlent vif un homme, pour un désir ils outragent une femme. Ils règnent depuis *Denver* jusqu'au Lac Salé, et ils sont plus à redouter que les Indiens.

Ceux-ci montaient de bons chevaux, et, en passant, ils jetèrent un regard de convoitise sur Edith; puis ils gagnèrent une éminence voisine, et s'y arrêtèrent pour se consulter.

Évidemment ils discutaient un plan d'attaque.

Georges, sir James, Stanislas et les péons apprêtèrent leurs armes, et attendirent.

Un des cavaliers se détacha du groupe en parlementaire; il s'approcha, salua courtoisement, et s'exprima ainsi :

— Notre chef a vu la belle jeune fille qui est avec vous ; je suis chargé de vous prier, seigneurs, de la lui remettre.

Georges allait répondre, sir James l'arrêta du geste, et dit tranquillement à l'envoyé :

— La demande de votre chef nous honore beaucoup ; priez-le de venir en personne chercher ma réponse.

— Mon capitaine, répliqua le bandit avec emphase, est de trop haute naissance pour se déranger; mais j'ai l'ordre de lui rapporter votre décision. Si elle est favorable, vous serez libre de continuer votre route...

— Et si nous refusons?

— Pas un de vous ne sortira vivant d'ici et la jeune miss demeurera en notre pouvoir. Vous m'avez entendu, seigneur ; quelle est votre réponse?

— Celle-ci, que j'aurais faite à ton maître, drôle, s'écria sir James qui porta vivement son rifle à son épaule. Sa balle alla frapper le *road-agent* en pleine poitrine. Il culbuta de son cheval, et resta étendu sans mouvement sur l'herbe.

Un formidable hurrah d'imprécations s'éleva du milieu de ses compagnons qui s'élancèrent au galop du côté de nos voyageurs. Ceux-ci avaient fait cacher Edith derrière la voiture et, protégés eux-mêmes par ce retranchement, ils attendirent les bandits de pied ferme.

Il avait été convenu que les péons seuls tireraient d'abord, et qu'ensuite sir James, Georges et Stanislas feraient feu. Mais il n'en fut pas besoin. A la première décharge, deux des assaillants tombèrent mortellement blessés, et les trois survivants se hâtèrent de fuir.

Le soir même les voyageurs arrivaient au bord du *Bear-river* (la rivière de l'Ours), où ils rencontraient une communauté Mormonne. Des charriots avaient été réunis par les saints en *corral* ou parc de bestiaux, afin de se protéger contre les Peaux-Rouges et les rôdeurs de la montagne. Devant chaque charriot on avait allumé de grands feux autour desquels les Mormons venaient s'asseoir, dormir, manger ou causer. Les chiens veillaient en grondant; les mules, les moutons et les bœufs broutaient l'herbe; il était facile de voir que l'on approchait d'Utah, la mystérieuse ville du lac Salé, la nouvelle Jérusalem, berceau d'une religion à laquelle n'aura manqué, ni la foi ni le martyre.

Les saints vinrent apporter fraternellement aux voyageurs harassés le thé, la venaison, et de la sauge bouillie ; les dames emmenèrent Edith sous leurs tentes, pendant que sir James et Georges causaient avec l'évêque Nikel, mari de huit charmantes femmes.

Quant à Stanislas, il s'échappa en glissant ces seuls mots dans l'oreille de son ami :

— Je cours me jeter dans la rivière de l'Ours. Voilà trois semaines que je n'ai pu prendre un bain ; je vais piquer une tête. Au revoir.

Le parisien s'en fut gaiment vers le *Bear-river* ; il passa sur le célèbre pont d'*Echo-Canyon*, et sous le rocher suspendu dont la vue exerce une si singulière fascination la nuit à la clarté des étoiles, quand celles-ci se reflètent sur les milliards de facettes des aiguilles argentées le long d'abîmes sans fond.

Cinq minutes après, le peintre déposait sous un buisson discret son léger costume, et se plongeait avec volupté dans les ondes de la rivière.

Une heure ou deux se passèrent à tirer des coupes, comme si le parisien se fût trouvé en pleine école Deligny ; mais tout plaisir doit prendre fin, et Stanislas comprit aux tiraillements de son estomac qu'il était temps de rentrer au camp Mormon. Il se dirigea donc vers ses habits en exécutant un merveilleux plongeon qui l'amena au bord du rivage.

Comme il allait prendre pied , et qu'il se secouait ainsi que fait un caniche au sortir de l'eau, un spectacle effrayant le cloua sur place.

A 5o pas de lui, toute une famille de beaux ours le contemplaient sans paraître indignés d'une nudité qui eût fait crier *schoking* à une Anglaise.

Il y avait là trois oursons d'assez belle venue, puis monsieur leur père et madame leur maman dans la fourrure desquels on eût pu tailler trois où quatre bonnets de grenadiers.

— Bigre de bigre! fit le peintre qui disparut dans le plus admirable plongeon qu'il eût jamais fait.

Il ne reparut qu'à cent pas de là, quand il lui fallut respirer.

A peine sa tête fut-elle sortie du sein des flots, comme dirait un poëte, qu'il jeta autour de lui un regard anxieux; il n'aperçut rien. Il se crut alors le jouet d'une hallucination.

— Je crois que j'ai eu peur, pensa-t-il. C'est un peu la faute de ces imbéciles qui s'amusent à baptiser ce cours d'eau du nom de rivière de l'Ours, et qui prétendent qu'il est hanté par ces féroces animaux comme les châteaux allemands par des esprits. Allons, allons, il n'y a pas plus d'ours ici que d'esprits dans les vieux manoirs de la Germanie; reprenons nos vêtements.

En trente ou quarante brasses, le Parisien se rapprocha de la berge; mais, cette fois, il n'eut pas besoin de mettre pied à terre pour apercevoir les ours. Ils étaient occupés à retourner les poches de ses vêtements avec l'habileté de pick-pokets consommés; ils les flairaient et les déchiraient.

— Bigre! se dit le peintre, et moi qui ai mis mes habits neufs ce matin. Ils n'en laisseront pas.

La scène était plus grotesque que dramatique. Les oursons, placés sur leur postérieur avec autant de grâce que Martin du Jardin des Plantes et les pattes de devant repliées sur leur poitrine, semblaient admirer la culotte et la jaquette de Stanislas que leurs gros parents faisaient passer sous leurs yeux.

Le père avait saisi, de sa monstrueuse main droite, le feutre du Parisien et, assis sur son train de derrière, tout en se dandinant, il semblait quêter une aumône, tandis que sa femelle pétrissait la chemise comme pour la savonner.

Mais Stanislas ne riait pas. Il y avait une bonne demi-heure de la rivière au camp des Mormons, et le Français ne se souciait pas de franchir cette distance dans le costume primitif du père Adam, la veille de sa chute.

Quant à essayer de reprendre ses vêtements, c'était scabreux. Les oursons paraissaient d'assez bonne composition ; mais leurs père et mère montraient par instants des dents tellement longues et des griffes si bien acérées que Stanislas, bien qu'il eût pris dans sa jeunesse des leçons de savate, n'eut pas envie de se mesurer avec de tels ennemis. D'ailleurs, il manquait de savates.

— Et pourtant, songeait-il, je ne puis pas nager à perpétuité.

L'attention jusqu'alors distraite de la famille fourrée fut attirée par le bruit d'un nouveau plongeon exécuté par l'infortuné baigneur. La mère fut la première à saluer sa réapparition par un formidable grognement auquel tous les membres de la société répondirent à l'unisson. Quel concert ! Du Wagner !

Stanislas disparut encore une fois, et ne revint sur l'eau qu'au bord de l'autre rive ; là il s'arrêta pour respirer.

De leur côté, les ours avaient suivi ses mouvements. Le voyant reparaître, ils s'avancèrent jusqu'au bord de l'eau et semblèrent se consulter pour savoir s'ils traverseraient. Le père, plus hardi, fit cinq ou six pas dans le lit de la rivière, et Stanislas chercha des yeux un arbre protecteur ; il n'aperçut que des cactus épineux.

L'ours n'avait probablement pas besoin d'un bain de santé ni de propreté ; car il battit en retraite ; mais il eut recours à un autre moyen.

Il prit sa course de ce pas lourd, et rapide, propre à ses congénères, gagna des rochers placés en travers de la rivière, traversa celle-ci à pattes sèches, et, une fois sur la même rive que Stanislas, dirigea son pas gymnastique vers le peintre.

— Ah ! bigre de bigre ! je suis fichu ! s'écria le malheureux neveu du savetier, qui n'eut que le temps de sauter dans l'eau.

Le papa des ours témoigna son mécontentement en grognant comme un Anglais au Parlement, puis il se promena sur la berge ainsi que ferait une sentinelle, tandis que sa femme et ses enfants montaient une garde semblable sur la rive opposée.

— Me voici aussi bien gardé qu'à Mazas, pensa le Parisien ; j'y laisserai ma peau et mes os. En voilà un bain agréable !

Cependant l'heure gagnait, la nuit aussi. L'estomac du peintre criait famine, et, qui sait, peut-être les cinq estomacs de ses surveillants étaient-ils à jeun.

Avec la nuit, le froid était venu et paralysait les mouvements de Stanislas ; la situation devenait de plus en plus critique. Au début, il avait pu de temps à autre prendre pied sur la rive, y respirer et se reposer ; mais maintenant, aussitôt qu'il faisait mine d'approcher de la berge, un membre de la famille poilue accourait, évidemment avec l'intention de le serrer dans ses bras ; aimables bêtes !

On entendait au loin les rumeurs du camp Mormon, les aboiements des chiens, des rires, des chants ; mais personne n'apparaissait.

Stanislas, forcé de nager sans relâche, de plonger à toute minute, ne pouvant plus faire la planche tant ses membres se glaçaient, Stanislas commençait à éprouver une lassitude inquiétante. Le vertige envahissait son cerveau, tout tourbillonnait autour de lui ; la rivière lui paraissait immobile, et les ours, démesurément grandis par sa pensée troublée, lui semblaient exécuter autour de lui une ronde infernale. Il n'en voyait plus cinq, comme au début, il en apercevait à cette heure dix, vingt, cent, des milliers enfin dansant en rond, et cherchant à l'entraîner dans un gouffre. Il avait la conscience de sa perte prochaine ; il comprenait qu'il ne lui restait que deux chances aussi funestes l'une que l'autre, ou se jeter entre les griffes de ses ennemis à longues dents, ou se noyer.

8

La nuit arrivait rapidement et un épais brouillard envahissait tout le cours du *Bear-river*; il fut bientôt impossible de rien distinguer à dix pas. ·

Cette brume intense acheva de troubler la raison du nageur épuisé; il lui sembla revoir Alix se jetant dans la Seine; il l'apercevait se noyer et il ne pouvait la sauver, puis on la rapportait sur une civière, et on les étendait tous deux sur les dalles froides et humides de la Morgue.

Ses membres se contractèrent, il essaya de se cramponner à quelque corps solide et ne rencontra que l'eau, il se prit à rire convulsivement; enfin il coula au fond de la rivière et perdit connaissance.

# IV

## LES MORMONS

Je ne voudrais pas donner à ce roman l'importance d'une étude historique; cependant la secte mormonne est tellement peu connue en France, et tellement curieuse que je demande à mes lecteurs la permission de leur dire, en peu de mots, ce que sont ces étranges sectaires et quelles merveilles ils ont accomplies.

Il y a moins d'un demi-siècle, le monde entier ne connaissait pas une dizaine de Mormons; aujourd'hui on en compte plus de deux cent mille. Ils ne possédaient pas un quartier de terre; à cette heure ils occupent, sur les bords du lac Salé, un territoire aussi vaste que la France, et leur armée est de 20,000 hommes.

Sorties des diverses communions chrétiennes, leurs croyances, leurs lois, leurs mœurs sont en opposition avec les croyances, les mœurs et les lois de leurs anciens coréligionnaires.

Le prophète des Mormons s'appelait Joe Smith.

Les Américains lui créèrent sottement des disciples en le pendant au nom de la liberté. Alors, le peuple oublia que Joe, cet homme à la peau huileuse, n'était qu'un escroc et un ivrogne; il en fit un prophète, et la nouvelle religion se propagea rapidement.

Un nouveau chef succéda au pendu, ce fut Brigham Young, le même que le gouvernement Américain actuel poursuit avec autant d'activité que d'injustice.

Brigham Young est vraiment un homme; il est à la hauteur de sa situation.

Voyant la persécution menacer son peuple, il lui persuada de quitter les bords du Mississipi, ses terres, ses maisons, ses richesses, et de se réfugier dans les déserts de l'ouest, là où le Peau-Rouge régnait seul, et où le pied d'un blanc ne s'était jamais posé.

Par de là les solitudes de l'ouest, par de là les *montagnes rocheuses*, s'étendait un désert fait de sable, de rochers et de sel. Au centre de cette nature désolée, apparaissait une seconde mer morte. Pas d'eau qui ne fût chargée de sel; l'air même en était saturé.

Au printemps, des nuées de sauterelles dévoraient toute végétation ; l'Indien exterminait le visage-pâle ; la création semblait avoir seulement ébauché cette terre maudite.

Ce fut dans cette région désolée que Young conduisit ses disciples ; ils avaient la foi qui soulève les montagnes.

— Dieu est avec nous, disaient-ils ; grâce à lui l'eau deviendra pure, la sauterelle disparaîtra, le Peau-Rouge s'adoucira, et nous récolterons nos moissons.

Et ce miracle s'est accompli.

Le Yankee sait tout faire. Il est en même temps bûcheron et diplomate, ingénieur et boucher, prédicateur et banquier, charpentier et cuisinier, avocat et soldat ; Brigham Young, l'ancien menuisier, fit partir ses hommes une nuit, au plein cœur d'un rude hiver, et leur fit entreprendre quinze cents milles dans un pays où ils ne devaient rencontrer ni bestiaux, ni herbe, ni terres fécondes. Ils traversèrent le Mississipi sur la glace, et s'engagèrent dans les prairies où règnent les Shoshones, les Pawnies, les loups et les ours. La race Anglo-Saxonne possède au suprême degré cette tenacité et cette intrépidité qui font tout surmonter.

A cette époque, dans la *Nebraska*, le *Dakota* et les *Montagnes-Rocheuses*, il n'existait ni route, ni sentier ; les Mormons durent gravir les hauteurs couvertes de neiges éternelles, traînant derrière eux leurs bœufs, leurs chariots et leurs malades.

Les plus jeunes et les plus hardis marchaient devant pour repousser les bêtes féroces, et chasser le buffle ou l'élan ; les vieillards et les enfants suivaient.

Un jour, parvenus au sommet des montagnes, ils purent contempler, au contraire des Hébreux devant la terre promise, une plaine immense, mais stérile : l'image de la mort. Cependant Brigham Young leur ayant annoncé que, pendant la nuit, un ange lui était apparu et lui avait ordonné de bâtir là le temple de la nouvelle Jérusalem, les saints se mirent courageusement à l'œuvre, et cette région fut nommée par eux *Deseret* (pays de l'abeille). La maison du prophète s'appelle *La Ruche*.

Bientôt la vallée morte s'anima, des sources potables furent découvertes, une ville s'éleva avec son temple, son théâtre, ses habitations particulières ; les eaux des collines furent amenées dans les champs pour les féconder, et de luxuriantes moissons couvrirent la terre ; l'Indien lui-même, nourri par les saints, cessa de se montrer féroce ; le miracle, annoncé par le prophète, était accompli, la misère avait fait place à l'abondance.

La forme du gouvernement des Mormons est sacerdotale et patriarcale ; elle est l'incarnation moderne du despotisme asiatique dans toute sa rigueur.

C'est au milieu d'une fraction de ce peuple que se trouvent Georges, sir James et sa fille, et aussi notre brave compatriote que nous avons laissé en train de se noyer sous les yeux de cinq ours, et dont nous nous occuperons tout à l'heure. Pour l'instant, suivons Georges.

8.

Il accompagne Edith et son père dans une visite chez l'évêque Nikel. Au moment où celui-ci reconduit ses hôtes, Georges prend un prétexte pour rester seul avec lui, et il lui dit rapidement :

— Personne ne peut nous entendre ?

— Personne, répond l'évêque surpris.

Georges sort alors une lettre de son portefeuille, et la remet à Nikel ; celui-ci se hâte de voir la signature.

— Abraham Lincoln ! s'écrie-t-il.

— Chut ! fait Georges.

— Je vous ai déjà dit, Monsieur, que nul ne pouvait nous entendre, répliqua vivement l'évêque qui toisa son interlocuteur des pieds à la tête ; j'ajouterai que je devrais peut-être vous envoyer une des six balles de ce révolver.

— Vous en êtes le maître, répondit Georges froidement. En acceptant cette dangereuse mission, je savais que je jouais ma vie ; mais je savais aussi que je laissais derrière moi un grand peuple pour vous châtier, et un grand homme pour venger son envoyé.

Nikel ne répondit rien ; seulement il jeta son révolver sur la table.

— J'apporte à vous et aux vôtres la paix ou la guerre, reprit Georges.

— Ce n'est pas avec moi qu'il faut traiter cette question, c'est avec Brigham Young.

— Je le sais ; aussi je vous demande une escorte qui m'accompagne moi et les miens jusqu'à Utah.

— Je ne puis vous la fournir.

— Il me faut cette escorte, répéta Georges avec une grande énergie ; je vous la demande, je l'exige. La route n'est pas sûre, et je veux arriver jusqu'à votre prophète. Sans cela, à quoi me servirait de vous avoir communiqué cette lettre ? Si vous osez me refuser, que les malheurs prêts à fondre sur vos frères les Mormons, retombent sur votre tête.

— Vous aurez cette escorte, répondit d'un ton sombre l'évêque.

— Qu'elle soit prête demain au point du jour, ajouta Georges en se levant.

Les deux hommes se saluèrent froidement, et Georges rentra dans la demeure qu'on lui avait choisie. Il fut très-surpris d'apprendre que Stanislas n'avait pas reparu.

La nuit était profonde, le brouillard opaque, l'inquiétude gagna Georges qui se souvint seulement alors que son ami lui avait parlé de prendre un bain dans le *Bear-river*.

Il appela vivement son hôte, lui peignit ses craintes, et tous deux sortirent aussitôt pour aller à la recherche du peintre.

A peine mettaient-ils le pied hors de la tente, qu'une troupe d'enfants passa en courant et criant ; ils venaient, disaient-ils, d'apercevoir le corps d'un homme, et la foule les interrogeait avec curiosité.

Georges, dans la plus vive anxiété, s'adressa au plus grand des gamins, et lui demanda où ils avaient vu cet homme.

— Sur les rochers qui sont à fleur d'eau au tournant du *Bear-river*, répondit l'enfant, où nous allions pêcher à la lueur de torches de résine.

— Cet homme est-il de ce pays?

— Non, nous ne le connaissons pas.

Georges frémit à cette réponse : à peine put-il ajouter :

— Voulez-vous me conduire auprès du corps que vous avez découvert?

— Assurément.

Sir James qui venait d'arriver et Georges suivirent les enfants que précédait la foule portant des torches de sapin ; cette procession au milieu d'une nuit sombre offrait un caractère tout à la fois lugubre et fantastique.

Enfin on arriva à l'endroit désigné par les enfants, et Georges reconnut son pauvre ami Stanislas étendu, comme Prométhée, sur un rocher; il ne lui manquait que le vautour, mais il n'était pas mieux vêtu que la statue des Tuileries.

Après avoir perdu connaissance, le courant l'avait porté sur les rochers où le gros ours mâle avait traversé la rivière, et l'y avait déposé doucement. Par bonheur pour lui, les ours n'avaient pu l'apercevoir à cause du brouillard ; sans cela il est probable que ses amis auraient retrouvé tout au plus quelques uns de ses os.

Il n'y a pas de médecins parmi les Mormons. Est-ce parce qu'il n'y a pas de malades chez les saints qu'il n'est pas besoin de docteurs, ou bien est-ce parce qu'il n'y a pas de médecins qu'on n'y rencontre pas de malades? Je n'ose décider.

Par bonheur, sir James semblait tout savoir et pour rappeler à la vie le peintre, il mit en usage un remède inconnu parmi nous.

Il fit apporter deux tonneaux de sel, y ensevelit le noyé jusqu'au col, et le laissa ainsi enveloppé. Au bout de 45 minutes, le sel agissant comme stimulant et sinapisme ramena la chaleur et rétablit la circulation du sang ; quelques heures plus tard le neveu de Moyendoux était rendu à la vie. Avis à nos médecins.

Comme Stanislas était d'un tempérament de fer, le lendemain il allait gaillardement porter en personne de ses nouvelles à sir James, et il lui disait :

— Vous m'avez sauvé, je vous ai sauvé, nous voilà quittes ; manche à manche.

— Tâchons de ne pas jouer la belle, riposta le vieillard.

— Pourtant, vous me devez encore quelque chose, ajouta le Parisien.

— Quoi donc ?

— Je vous ai sauvé vous et votre garde-robe des mains des Peaux-Rouges, et vous, vous avez laissé aux pattes des ours ma plus belle culotte et ma meilleure chemise.

V

LE ROI PÉTROLE

Georges voulut attendre quelques jours avant de
se remettre en route, il fallait laisser un peu de repos au noyé. En attendant l'heure du départ, nos
voyageurs entreprirent de joyeuses excursions dans
la vallée et les montagnes. On laissa le convalescent
sous sa tente.

Edith était le type le mieux réussi de l'Américaine. Pâle, d'une beauté idéale, aérienne, elle réa-
lisait ce que l'homme peut rêver de plus suave et de
plus séduisant. On pouvait craindre, en soufflant
sur cette frêle créature, de la voir s'évanouir comme
un fantôme. Pourtant, si le corps était faible, l'âme
était virile.

Elle aimait Georges, sans peut-être s'en être bien
rendu compte; mais enfin elle l'aimait, et parfois
elle attachait sur lui ses deux beaux yeux comme
pour lire dans les siens ce qu'il pensait d'elle; car le
jeune Américain témoignait d'une grande réserve.
Il était prévenant; voilà tout. Il semblait presque
toujours en proie à de sombres et graves préoccupa-
tions, et la tristesse, qu'il essayait de vaincre, dominait sur son visage.

Parfois Edith montrait de singuliers caprices; on
eût dit qu'elle se dépitait de voir Georges si peu em-

pressé; il était évident qu'elle étudiait ses pensées dans ses actions.

Un jour qu'elle cheminait sur sa mule ayant à côté d'elle son père et Georges, et que les trois voyageurs suivaient un étroit sentier taillé dans les parois d'un pic élevé, soit hasard, soit fantaisie, toujours est-il qu'Edith laissa tomber un médaillon d'or suspendu à son col et avec lequel elle jouait depuis quelques instants. Elle jeta un cri.

Le médaillon roula sur la pente rapide du précipice et s'arrêta, retenu par quelques branchages.

— Cent dollars à celui qui me rapportera ce bijou, dit-elle en s'adressant aux guides.

Le précipice était effrayant de profondeur. Rien qu'à se pencher au-dessus de cet abîme sans fond, le vertige vous gagnait; aucun des Mormons n'osa s'aventurer dans ce gouffre. Du reste, sir James le leur défendit.

— Il y aurait folie à tenter une pareille entreprise, dit-il en jetant un regard sévère à sa fille ; ce serait chercher la mort.

Edith insista.

Georges s'avança et lui parla ainsi :

— Tenez-vous beaucoup à ce médaillon, miss?

— Certes, répondit la jeune fille; il me vient d'une sœur jumelle que j'aimais beaucoup et qui est morte. Je le regretterai toute ma vie.

— Alors je vous le rendrai, fit simplement le jeune homme.

Et avant que sir James eût pu s'opposer à sa folle

entreprise, il se laissa glisser sur le rapide talus du précipice.

Le vieillard jeta un cri d'épouvante, Edith eut un éclair de joie dans les yeux ; elle était sûre de l'amour de Georges.

La pente était d'une rapidité effroyable ; à deux cents mètres environ, elle s'arrêtait brusquement, et là on n'apercevait plus que le gouffre au fond duquel grondait un torrent. Les glaciers de la Suisse peuvent seuls donner une idée de cet abîme.

Georges, arrivé à moitié du chemin, mesura le précipice d'un regard intrépide.

— Si mon pied n'est pas sûr, se dit-il, ou si une pierre se détache sous ma botte, je suis perdu.

Pourtant il continua de descendre, s'accrochant aux branches des chênes nains et des céanothes azurés.

Le bijou avait roulé loin et s'était arrêté dans une touffe d'*opuntia horrida ;* le cordon s'était enroulé autour du faisceau d'aiguillons qui font ressembler cette singulière plante à un porc-épic. Sir James, épouvanté, s'était couché sur le sol, et, penché au-dessus de l'abîme suivait avec anxiété chaque mouvement du vaillant jeune homme. Quant à Edith, elle attendait, insensible, du moins en apparence. Sa pâleur et un tremblement nerveux révélaient seuls la part qu'elle prenait à ce drame où se jouait la vie de celui qu'elle aimait.

Tout-à-coup son père jeta un cri d'épouvante.

Edith comprit qu'un accident venait d'avoir lieu, elle voulut se pencher au-dessus de l'abîme ; mais sir James se releva promptement, la saisit dans ses bras, et la rejeta violemment en arrière ; puis, s'adressant d'un ton impératif aux guides, il leur dit :

— Au nom du ciel, si vous avez quelque pitié pour cette jeune fille et pour moi, je vous conjure de la retenir.

Les Mormons se placèrent entre Edith et le précipice ; mais leur précaution était inutile, car la pauvre enfant semblait paralysée par l'émotion.

— Il est mort ! dit-elle en se laissant tomber à genoux pour prier.

— Chut ! cria son père qui s'était rapproché de l'abîme et suivait des yeux l'horrible drame qui s'accomplissait à deux cents mètres au-dessous de lui.

En effet, Georges avait réussi à descendre jusqu'auprès du médaillon, malgré mille difficultés. Comme nous l'avons dit, le cordon attaché au bijou s'était accroché aux mille épines acérées d'un *opuntia horrida*, et le brave jeune homme, ne pouvant venir à bout de détacher ce cordon, le tira violemment à lui pour l'arracher.

Une des branches de l'*opuntia* se brisa et vint le fouetter au visage avec une telle violence que le sang jaillit, et la douleur fut assez vive pour que Georges oubliât sa dangereuse situation.

Il fit un mouvement brusque et, comme il se retenait de la main gauche à un rameau d'*érypthrina*, ce rameau céda, se cassa, et l'imprudent amoureux roula, sans pouvoir se retenir ni s'accrocher à rien, ainsi que fait un malheureux couvreur quand le

9

pied lui manque sur un toit rapide au sixième étage.

Au moment où le talus cessait et faisait place au gouffre béant, Georges, par un effort surhumain, parvint à saisir quelques racines. Ce temps d'arrêt ralentit sa chute; mais ses pieds flottaient dans le vide, tandis qu'il essayait de se retenir au sol en enfonçant ses doigts crispés dans la terre.

Il sentit qu'il glissait encore, que tout point d'appui allait lui manquer; il aperçut la tête de sir James au-dessus de l'abîme, puis tout-à-coup les racines auxquelles ses mains s'étaient accrochées cédèrent sous le poids de son corps; il comprit qu'il allait être lancé dans le vide, et il adressa mentalement un dernier adieu à la vie ainsi qu'à cette belle jeune fille qu'il aimait, dont il était aimé, et qui causait sa mort.

Soudain, au moment où il se croyait perdu et où ses doigts fatigués n'avaient plus trouvé à quoi se cramponner, il sentit que ses pieds rencontraient un point d'appui, et sa chute s'arrêta.

Georges resta quelques instants immobile et abasourdi, puis il chercha à se rendre un compte exact de sa position. Elle lui parut désespérée.

Rien ne pouvait le sauver.

Il venait d'échapper à une mort terrible, mais brève, pour en trouver une autre plus lente et plus abominable; car désormais il lui fallait ou se lancer lui-même dans le gouffre, ou mourir de faim là où la fatalité l'avait amené.

La place où Georges se trouvait n'était qu'un

fragment de rocher formant une saillie d'environ 60 à 80 centimètres sur une longueur d'un mètre au plus ; aussi le malheureux n'osait-il bouger, car, de toutes parts, l'abîme l'enveloppait et exerçait sur lui cette étrange attraction que nous avons tous éprouvée en regardant un précipice.

Si brave qu'il fût, il sentit un frisson d'horreur parcourir tout son être, et il éprouva un moment de défaillance.

Il appela sir James, mais il ne reçut aucune réponse ; sa voix se perdit dans l'immensité. Il n'entendait d'autre bruit que celui du torrent qui grondait au fond du précipice.

Bientôt une fatigue extrême le prit ; il essaya de se coucher, impossible, c'était s'exposer à rouler dans le gouffre ; il tenta de s'asseoir, il ne put y parvenir.

En ce moment un vol de corbeaux passa au-dessus de sa tête en jetant des cris lugubres ; quelques-uns poussèrent l'audace jusqu'à effleurer son visage de leur aile ; ils devaient avoir deviné son impuissance.

— Cette nuit, pensa Georges, vous pourrez venir déchiqueter mon corps au fond de ce ravin, oiseaux funèbres.

Puis il pria Dieu de lui faire la grâce de se tuer dans cette chute, et de ne pas rester blessé et vivant lorsque les bêtes de proie viendraient se disputer leur part de ses chairs.

En voyant son impuissance, la rage le prit et, comme un enfant, il se mit à frapper du poing cette

masse de granit le long de laquelle son visage étai[t]
collé; il lui parut que la roche sonnait le creux.

Il renouvela son expérience, il ausculta, pour
ainsi dire, la muraille dressée devant lui; il lui sembla ne pas s'être trompé, et qu'un vide devait exister derrière le rocher.

A quoi cela pouvait-il lui être utile? C'est ce qu'il
se demanda.

Cependant il y a dans le cœur de l'homme un si
grand penchant à l'espérance, que Georges résolut
de ne pas s'abandonner au désespoir, et de tout tenter pour échapper à la mort.

Il prit son poignard, et il fut fort étonné après l'a-
voir introduit dans une cavité de la roche, de rencontrer non du granit comme il le pensait, mais une
pierre siliceuse et friable qui s'égrenait au premier
choc.

Il écouta attentivement, et il lui sembla entendre,
derrière ce rideau de pierre, des bruits étranges, de
sinistres sifflements, et comme des flammes crépi-
tantes avec de violentes détonations.

D'où cela pouvait-il venir?

Georges se mit alors à creuser; il espéra, non se
sauver, mais pouvoir percer un trou assez considérable pour qu'il pût passer la nuit sans rouler dans
le gouffre.

Au bout de deux ou trois heures, il réussit à se
créer une sorte de niche; il s'arrêta pour prendre
un peu de repos, puis il recommença son travail, car
l'espérance avait chassé le sommeil et la lassitude.

Chaque pierre qui se détachait s'en allait rouler

dans l'abîme, et alors il calculait, au temps qu'elle passait à tomber, ce que son propre corps mettrait à arriver au fond du ravin quand la fatigue et la fin l'y précipiteraient.

Enfin il rencontra une pierre plus épaisse et plus dure que les autres, et il lui fallut beaucoup de temps pour la détacher ; il y parvint et, soudain, un jet éblouissant de lumière vint l'aveugler.

Cette lumière était étrange comme le milieu duquel elle jaillissait.

Ce n'était pas l'éclat du soleil, encore moins la lueur douce et argentée de la lune ; c'était comme un torrent de flammes semblables à celles qui s'élancent du cratère des volcans. Georges ferma les yeux.

Quand il les rouvrit, il se rendit mieux compte de l'effroyable et sublime spectacle qu'il avait devant lui ; il était en face d'une source de pétrole.

Georges avait parcouru longtemps le vaste continent Américain où tout se rencontre à l'état grandiose ; il avait passé six mois sur les rives de l'Ohio dont la nappe huileuse coule entre deux rangs de hautes collines ; il s'était arrêté longtemps en Pensylvanie, à *Titurville*, cité pétrie avec de la fange et de l'huile minérale au milieu d'une contrée que ses habitants nomment *la Pétrolia*, tant les sources et les rivières souterraines de pétrole y abondent.

Il y a vingt ans, en Amérique, on disait le Roi Coton ; aujourd'hui sa majesté Coton I$^{er}$ est détrônée par le roi Pétrole. L'huile minérale a été couronnée à la place de l'or Californien et du coton

Louisianais. Les aventuriers courent en foule vers les puits de pétrole comme ils s'empressaient jadis auprès des placers de la Nouvelle-Californie.

C'est que des fortunes inouïes s'y sont faites. A *Oil-City*, petite ville au sol perforé comme une écumoire pour l'extraction du pétrole, certains puits ont produit au début jusqu'à dix mille dollars en 24 heures ; ils en rendent encore vingt, ce qui est très-gentil.

C'est en présence d'une nappe de pétrole que Georges se trouvait ; cette nappe était en feu.

Comment ce feu avait-il pris ? Quand ? par quelle cause ? Qui pouvait le dire ? Ne voyons-nous pas le feu brûler éternellement au fond de nos mines de charbon de terre sans que nul de nous puisse dire quelle main l'a allumé ? Il y a tant de mystères en ce monde, de mystères insondables qu'il faut les reconnaître comme faits réels, les constater, mais s'arrêter là. Un grand esprit, Montaigne, n'a-t-il pas écrit cette profonde vérité :

— Nous ne savons le tout de rien ?

Georges ne pensa ni à Montaigne, ni aux causes qui avaient créé cet incendie ; il songea seulement à profiter de cette fournaise infernale pour s'échapper.

A travers l'ouverture qu'il avait creusée, il apercevait au-dessus de lui une véritable mer de feu d'où se dégageaient sans cesse des vapeurs épaisses et fétides. Les flammes léchaient les parois de ce vaste entonnoir dont la circonférence paraissait immense, et l'œil ne pouvait en mesurer la profondeur.

La voûte de cet océan de feu s'élevait à une hauteur prodigieuse ; les flammes s'étaient chargées de la creuser et de l'agrandir depuis des siècles. De cette voûte bronzée par l'action de ce foyer pendaient de prodigieuses stalactites de marbre, de granit, de fer, de cuivre, aux reflets métalliques et d'où, parfois, se détachaient des gerbes d'étincelles comme si d'invisibles forgerons les battaient sur l'enclume.

Il sembla à Georges qu'au plus haut de cette voûte il entrevoyait le bleu du ciel ; mais les vapeurs amoncelées formaient une sorte de voile qui se déchirait seulement à de rares intervalles.

Sachant qu'il ne pouvait avoir aucune chance de salut du côté d'où il venait, il tenta de se frayer une route à travers cette fournaise.

Après un nouveau travail rendu plus fatigant encore par une chaleur suffocante, il détacha un bloc de pierre et parvint à passer de l'autre côté, au-dessus même de la source.

Il ne put s'empêcher de frissonner. Cette fois si le pied lui manquait, il tombait dans cette chaudière embrasée.

Il hésita ; mais il se dit que mieux valait périr sur-le-champ qu'attendre que la faim lui eût enlevé toute force.

Alors il examina plus attentivement les roches qui l'enveloppaient, et il remarqua qu'elles surplombaient la source de pétrole. En outre, elles étaient assez rapprochées pour qu'en sautant de l'une à l'autre, on pût faire le tour de ce vaste puits naturel.

Seulement, il était essentiel de franchir avec beaucoup de précision l'intervalle qui séparait les rochers, sous peine de disparaître dans le foyer incandescent; en outre, il y avait à craindre que l'une des
roches calcinées par le feu ne cédât sous le poids du
corps; enfin on pouvait redouter une solution de
continuité, c'est-à-dire un espace assez considérable
entre les saillies des rochers pour ne pouvoir sauter
de l'une sur l'autre. Dans ce cas, comme dans les
deux précédents, il fallait se résoudre à faire le plongeon dans cet enfer.

Malgré ces trois chances de mort, Georges se
lança tête baissée au-dessus de la fournaise.

· Il franchit donc les premiers degrés. Par instants
un éclat de pierre se détachait sous ses pieds et, en
tombant, provoquait d'affreuses détonations et des
milliers d'étincelles.

Une heure se passa durant cette course épuisante,
et le jeune homme s'arrêta enfin, interrogeant avec
inquiétude ce cercle sans fin et sans issue visible.
N'apercevant rien qui lui pût donner de l'espoir, il
continua sa route.

Il y avait trois heures qu'il marchait ou, pour
mieux parler, qu'il sautait au milieu de cette atmosphère empoisonnée, lorsqu'il se trouva en présence
d'une énorme masse de granits qui lui barrèrent le
passage.

Il s'arrêta et scruta de l'œil cette barrière infranchissable.

Ces roches étaient accumulées les unes sur les
autres; c'était le chaos. Elles paraissaient avoir leur

base au fond du puits, et leur tête de titan se dressait majestueusement jusqu'au plus haut de la voûte.

Georges hésita sur le parti qu'il devait suivre. Il s'aperçut que le dôme de ce puits gigantesque était trop éloigné du dernier rocher pour qu'il pût espérer l'atteindre; il ne lui restait donc de salut possible qu'en risquant de descendre jusque dans les profondeurs du gouffre, quitte à s'y noyer dans une mer de feu. Il n'hésita plus, et il suivit ce dernier parti.

Les rochers formaient une sorte d'escalier; en se suspendant des mains et des pieds, en se laissant tomber de hauteurs parfois assez grandes, Georges parvint à descendre. La chaleur devenait de plus en plus suffocante, et d'affreuses odeurs, se détachant du fond de ce puits, menaçaient d'asphyxie l'intrépide jeune homme.

Après cinq ou six heures de cette descente périlleuse, il posa le pied sur la rive même de la source enflammée; par bonheur elle était tellement large qu'il pouvait circuler sans craindre d'être brûlé vif.

Il lui sembla que cette rivière de feu avait un courant, il le suivit et, en effet, il arriva promptement devant une sorte de cascade où le pétrole en ébullition et retenu par un barrage de rochers énormes, se précipitait hors du puits par une ouverture assez étroite et disparaissait dans les entrailles de la terre.

Georges s'arrêta encore, accablé cette fois de fatigue et de découragement; car il ne pouvait songer à suivre ce chemin.

En examinant plus attentivement l'ouverture par

9.

laquelle se précipitait le liquide incandescent, il remarqua que le terrain formait à cet endroit une sorte
de spirale; il s'engagea sans vouloir réfléchir dans
ce boyau qui semblait devoir conduire au centre de
la terre. Il descendit longtemps, sans pouvoir se
rendre compte de la durée de sa marche; car les
flammes du pétrole n'éclairaient pas l'étroit passage
dans lequel il errait, et l'obscurité était complète;
seulement il entendait, à travers les parois amincies
des rochers, le crépitement des flammes et de fré-
quentes détonations.

Tout-à-coup un spectacle inattendu se dressa devant lui. Une rivière, une vraie rivière au cours
calme et limpide, coulait doucement à vingt pas de
lui au milieu d'une plaine éclairée par les rayons
argentés de la lune. Il était enfin sorti de son laby-
rinthe infernal.

La transition fut tellement brusque et si peu es-
pérée que Georges vacilla comme ferait un homme
ivre. Il respirait enfin le grand air des champs; il
revoyait la lumière du ciel; la vie lui était rendue.
Ses yeux se troublèrent, ses genoux fléchirent, il
tomba presque évanoui.

Quand il revint à lui, il se demanda où il pouvait
être, et ce qu'il allait rencontrer sur cette terre inconnue; des Mormons pour lui venir en aide, ou
des Peaux-Rouges pour le scalper? Il s'en remit à
sa bonne étoile et à la Providence qui venaient de
le sauver miraculeusement; il s'étendit sur l'herbe,
et deux minutes après il oubliait ses dangers passés
et futurs dans un profond sommeil.

# VI

### ÉDITH

Revenons aux compagnons de Georges que nous avons laissés dans la montagne après l'accident qui a failli lui coûter la vie.

Edith a éprouvé une crise nerveuse d'une violence inouïe ; elle s'est accusée avec raison d'avoir tué son jeune sauveur, et il a fallu la rapporter au camp des Mormons.

Sir James, aussitôt arrivé, a confié sa fille aux soins de quelques dames Mormones ; puis, accompagné de Stanislas désolé, il a fait un appel chaleureux aux sentiments d'humanité de ses hôtes. Une heure après cinquante hommes le suivaient portant des torches, des échelles, des cordes, et tout ce qui pouvait servir à un sauvetage.

Ils passèrent la nuit au bord du gouffre, appelant Georges, et ne recevant aucune réponse. Ils tirèrent des coups de fusil, l'écho seul leur répondit.

Le matin venu, un jeune Mormon se fit attacher par la ceinture, et on le descendit lentement ; mais arrivé à deux cent cinquante mètres, il fallut le remonter presque sans connaissance. Deux autres lui succédèrent sans être plus heureux. Le vertige les frappait, les vapeurs asphyxiantes du pétrole les suffoquaient. Ils déclarèrent que l'imprudent voyageur devait assurément avoir péri.

Sir James demanda s'il ne serait pas possible de retrouver le corps de son ami ; il offrit une somme considérable ; personne n'osa tenter l'aventure, il fallut renoncer aussi à cette consolation.

Vers la nuit suivante, sir James et Stanislas, épuisés de fatigue et désolés, rentrèrent au camp ; toute autre recherche devenait stérile.

Le lendemain Edith prit des vêtements de deuil, et, comme son père lui observait que Georges n'était pas leur parent, elle lui répondit :

— C'était plus qu'un frère pour moi, c'était lui qui m'avait sauvé la vie et l'honneur. Dans ma pensée, j'en avait fait mon fiancé, mon époux. Je l'aimais, j'ai voulu voir si j'étais aimée, j'ai tenté le seigneur, et le seigneur m'a châtiée. Je porterai le deuil sur mes vêtements et dans mon cœur jusqu'à ma mort.

Sir James ne répondit rien ; mais il commença à penser que la mort de ce petit journaliste de San-Francisco n'était peut-être pas un malheur aussi désolant qu'il l'avait cru au premier abord. Il se serait peu soucié d'avoir pour gendre Monsieur Georges... tout court.

En père prudent, il garda le silence pour ne pas irriter davantage la douleur de sa fille, et il attendit tout du temps ; seulement il lui rappela qu'il avait écrit à leur ami William Morris, autrefois le fiancé de sa fille Flavie morte en France, comme nous l'avons vu dans la première partie de ce livre, et qu'ils devaient le rencontrer ou trouver son messager à l'hôtel du *Lac aux Bisons*, sur les bords du Mississipi.

Chaque matin Edith se rendait à la place même où Georges avait disparu ; elle jetait un bouquet de fleurs dans l'abîme comme elle eût fait sur une tombe, et elle restait une partie du jour à contempler ce mausolée aux proportions gigantesques.

Quinze jours s'écoulèrent ainsi pendant lesquels son père la suppliait de partir sans pouvoir la décider ; enfin elle céda, et il fut convenu qu'on se mettrait en route le lendemain.

Cette dernière nuit passée là où elle laissait la plus chère partie d'elle-même, Edith put encore moins dormir que les nuits précédentes ; pourtant, le matin venu, elle céda à la fatigue et au sommeil.

Quand elle s'éveilla, le soleil éclairait déjà sa chambre ; elle jeta un cri de surprise, car elle venait d'apercevoir sur son lit le médaillon qu'elle avait laissé tomber sur la pente du précipice, et que Georges était allé conquérir.

Elle crut d'abord à une illusion de ses sens ; mais, enfin, force lui fut de se rendre à l'évidence. Elle était bien éveillée, c'était son médaillon qu'elle embrassait ; qui donc le lui avait rendu ? Elle n'eut pas un instant la pensée que Georges était vivant ; mais elle crut qu'on avait retrouvé son corps, et, sur ce corps, son médaillon.

Elle se hâta de passer un vêtement, et courut à la chambre de son père.

Il y était, assis à côté de Georges.

Edith tomba sans connaissance.

Quand elle eut repris ses sens, Georges lui raconta ce que nous savons déjà ; seulement il ajouta qu'après avoir longuement dormi à la sortie du puits de pétrole, il avait rencontré une caravane de chercheurs d'or qui s'acheminaient vers les montagnes rocheuses, et qu'il avait été forcé de les suivre jusqu'au jour où il avait trouvé un guide pour l'amener au camp des Mormons.

Une semaine après ces événements, nos voyageurs quittaient ce camp pour se rendre auprès de Brigham Young ; une forte escorte de jeunes Mormons les accompagnait.

## VII

### LE PROPHÈTE

La vallée qui s'étend au pied des monts *Wasatch* forme un merveilleux cadre au grand *Lac Salé,* entouré par la brillante chaîne de l'*Oquirih* comme par une ceinture de nacre.

Au milieu de ce splendide panorama s'élève la nouvelle Jérusalem des Mormons, brillant rubis enchassé dans un anneau d'or. Au-delà court le *Jourdan,* qui distribue ses eaux limpides à *Utah* avant de les perdre dans le Lac Salé. L'atmosphère est tellement pure que le *Black-Rock* (le rocher noir), situé à 25 milles, s'aperçoit comme s'il était à cent mètres.

Un trait caractéristique peut peindre l'immense différence qui existe entre une ville Mormone et toute autre cité de l'Amérique ou de notre vieux continent.

A New-York, à Boston, Philadelphie, Paris, Londres, Berlin, Vienne, chaque coin de rue montre un cabaret, un café, un *caboulot* ; à Utah, pas un débit de liqueurs, pas une seule maison de prostitution. Ivrognes et filles publiques sont inconnus chez les Mormons ; la polygamie aurait-elle donc son côté moral ?

L'idéal des Mormons, c'est le patriarche Abraham qui sacrifia au seigneur patrie, biens et famille ; c'est aussi sa femme Sarah, parce qu'elle souffrit qu'Agar, sa servante, partageât avec elle l'amour de son époux.

Stanislas, en écoutant cette doctrine que lui exposait un ancien, eut l'audace de lâcher un de ses lazzis approximatifs de rapin parisien, une vraie polissonnerie en pays sérieux ; il murmura cette phrase :

— Oui, vos Mormons veulent imiter Abraham, même dans ses *agaremens*.

Le plus haut dignitaire ne croit pas déroger en exerçant un métier. Tout le monde travaille. Brigham Young est meunier, fermier et planteur ; Orson Pratt professe les mathématiques ; Kimball est fabricant ; Cannon imprimeur ; Wilford-Wsodruff fermier ; John Rayler tourneur en bois ; enfin tous ces apôtres du mormonisme sont de laborieux artisans.

Le culte Mormon s'appuie sur deux bases solides, le travail et le plaisir.

« La terre, disent les saints, est un paradis dont il faut jouir. »

Aussi le prophète a-t-il fait construire un théâtre avant le temple; ses filles y jouent et dansent. A Utah, c'est une fête perpétuelle. A côté du plaisir, le travail; celui qui fait pousser un chou est plus estimé que le poëte le plus mélodieux. Parmentier planerait au-dessus d'Homère; *Notre-Dame de Paris* baisserait pavillon devant la pomme de terre.

Je ne veux pas quitter ce singulier culte sans dire un mot de son dogme le plus curieux celui qui a trait à la polygamie.

Les saints prétendent que la principale fonction de l'homme sur la terre, c'est de créer le plus possible de tabernacles de chair pour les esprits qui guettent le moment d'entrer dans une enveloppe humaine; or, pour accomplir cette mission sacrée, le mariage est nécessaire.

Ne pas se marier, c'est pêcher; n'avoir qu'une femme, c'est n'être religieux qu'à demi. Plus on a d'épouses, plus on a de religion.

Brigham Young possède un harem légitime, ses apôtres ont pris chacun une demi-douzaine de femmes; souhaitons que ce régime réparateur succède à celui de Malthus qui est en train de dévaster nos pays.

Plus un Mormon a d'enfants, plus il avance dans la hiérarchie; aussi est-il des pères de famille forcés de tenir registre de leurs bébés. Si le gouvernement de Washington laisse ce peuple tranquille, dans un siècle, les nourrices ne lui suffiront plus, il prendra des bergers pour garder ses petits.

Une dernière révélation... à l'usage des dames.

L'homme peut être damné, la femme, jamais, quoi qu'elle fasse! Toutes les femmes épouseront un Dieu!

Telle était la nation au milieu de laquelle Georges, Stanislas, sir James et sa fille venaient d'être introduits quand nous les retrouvons. On comprend que nous avons à peine esquissé les doctrines du Mormonisme; nous avons seulement crayonné ses traits principaux.

A peine arrivé, Georges fit passer un billet au prophète; quelques minutes après, il était mandé auprès de Brigham Young qui le reçut dans son joli cottage.

A son entrée, Young se leva et le salua d'un signe de tête, puis il lui dit brusquement :

— Vous m'êtes envoyé par Abraham Lincoln?

— Oui.

— Vous a-t-il dit que j'avais juré de faire pendre celui qui serait assez audacieux pour m'apporter un message de la *Maison Blanche*.

— Il me l'a dit.

— Alors, vous avez été prévenu? que votre sang retombe sur votre faute. Holà !

Une douzaine d'hommes, qui, vraisemblablement, attendaient cet appel dans la pièce voisine, entrèrent aussitôt; Brigham Young se promenait de long en large dans une visible agitation.

— Que veut le prophète? demanda l'un des Mormons.

— Un bout de corde assez fort pour supporter le poids d'un homme de cœur, répondit froidement Georges.

Un des nouveaux arrivés prit la réponse à la lettre, tira de sa poche un excellent lacet, le posa sur la table, et dit sans sourciller.

— Voilà !

— Merci, fit Georges en saluant cet homme de précaution. Maintenant, ajoutez un second service à celui-ci ; enseignez au prophète un arbre qui puisse servir de potence.

— Il y a le châtaignier du clos Georgeot, répondit en hésitant son interlocuteur.

— Le gros chêne yeuse d'en face vaut mieux, riposta un autre ; Jonas Fisch s'y est pendu l'hiver dernier.

— Pourquoi pas le pilier de Bixon le boucher? s'écria un troisième ; le crochet est solide, il porte un buffle.

— Merci encore une fois de tant de complaisances, messieurs, répondit Georges, saluant de nouveau avec une extrême courtoisie; puis il se tourna vers Young.

— Vous le voyez, sir, lui dit-il, vous n'avez que l'embarras du choix. Que préférez-vous du châtaignier, du chêne qui a servi à la pendaison de Jonas Fisch, ou du crochet du boucher Bixon assez solide pour porter un buffle ? Pour moi, je ne vous le ca-

cherai pas, je n'ai aucune préférence, je me trouverai
commodément partout, prononcez donc.

— Laissez-nous, fit Brigham en s'adressant à ses
amis qui sortirent.

Il montra un siége au jeune yankee, et il lui dit :

— Expliquez-vous ; je vous écoute.

Que se passa-t-il dans cet entretien si diversement
raconté depuis par les journaux américains, nul ne
l'a su positivement. Il est pourtant certain que
Georges tenait de pleins pouvoirs du président Lincoln pour traiter avec le chef des Mormons, et qu'il
lui proposa de se rallier à la politique du Nord
contre le Sud. S'il acceptait, Lincoln s'engageait à
laisser les Mormons tranquilles ; s'il refusait, la persécution recommencerait.

— La persécution ! se serait écrié Young indigné,
à quoi vous a-t-elle servi ? Quand nous habitions
Indépendance, dans l'Etat de Missouri, nous n'é-
tions pas cent. Vous nous avez chassés, emprison-
nés, dispersés, et nous avons reparu au nombre de
trente mille à Nauvoo. Alors vous avez massacré
notre prophète, pillé nos habitations, volé nos biens,
et refoulé nos fidèles dans le désert, et quand vous
nous avez cru anéantis, voilà que nous nous sommes réunis au nombre de cent trente mille à Deseret. Toute église persécutée triomphe ; le martyre
attire les hommes comme la flamme attire le papil-
lon. D'ailleurs, qu'avez-vous à nous reprocher ?

— De violer la loi et la morale en admettant
comme dogme la polygamie.

— La loi ! La morale !... comment vous-même

les respectez-vous? Nous choisissons, à l'exemple d'Abraham, plusieurs épouses, et nous les prenons à la face du ciel ; vous, vous n'en épousez qu'une, mais à côté de cette femme légitime, que de concubines! que d'adultères! ne me parlez donc plus de morale, cher monsieur ; car si elle existe, elle n'habite pas vos villes. Non, non, continua le prophète avec animation, ce n'est pas à cause de la polygamie que vous nous persécutez, c'est parce que notre religion est celle des déshérités de ce monde. Voilà pourquoi elle nous attire le peuple.

— Je le sais, répondit Georges ; je sais que peu d'hommes ont rendu autant de services que les Mormons à la cause publique. Vous reliez nos Etats de l'Atlantique à ceux du Pacifique, vous nourrissez les mineurs d'*Idaho*, de *Nevado* et de *Montana ;* vous avez créé des villes, des cultures abondantes, des canaux sur un sol ingrat où pouvaient vivre à peine le bison et le Peau-Rouge. Abraham Lincoln n'est pas votre ennemi, il vous admire ; mais le congrès vous hait et lui force la main.

Acceptez son amitié, signez le traité que je vous offre, fournissez à la cause du Nord six mille de vos jeunes enthousiastes et jamais le président des Etats-Unis ne permettra que la persécution vous atteigne.

— Le président actuel, c'est possible, riposta Young; mais son successeur? On peut traiter avec une monarchie, mais non avec une république dont les chefs changent trop souvent.

— Nous ne pouvons, en effet, vous garantir que pendant la durée du mandat de Lincoln.

— J'accepte pourtant, répondit Brigham ; mais je prévois qu'un jour viendra où la persécution nous atteindra de nouveau. Enfin, j'assure quelques années de repos à mon peuple ; qu'ensuite Dieu dispose de nous, nous nous inclinerons devant sa volonté.

Le lendemain, Georges et ses amis quittaient les Mormons avec une escorte d'honneur , et peu après le prophète envoyait six mille rifles rejoindre l'armée du Nord.

Ce qu'avait prévu la sagesse de Young vient de se réaliser. Le général Grant, homme d'Etat fort médiocre, recommence la persécution contre le mormonisme; leur prophète et les principaux saints ont été jetés en prison. Avant dix ans, il y aura un million de Mormons dans l'ouest de l'Amérique.

## VIII

### LE CHIEN ENRAGÉ

Quelques semaines se passent pendant lesquelles nos voyageurs s'acheminent vers le *James-river*, et quand ils arrivent dans la petite ville d'*Harrisonburg*, ils trouvent l'hôtel où ils s'arrêtent en pleine effervescence. Les gens de la maison courent en tous sens comme des fous ; ils sont armés de fusils, de sabres, et même de bâtons et de broches.

— Qu'y a-t-il? demanda Stanislas.

— Notre chien vient de se sauver, répond l'hôtel-
lier.

— Et vous le cherchez à main armée, observe sir
James ; drôle de moyen de le retrouver.

— Nous le cherchons pour le tuer. Il est enragé !

— Ah ! bigre ! s'écrie Stanislas.

On se met en quête de l'animal ; impossible de le
découvrir ; on pense qu'il se sera enfui dans la campagne. C'est un petit chien terrier, à poil lisse, de
couleur marron ; ses oreilles sont coupées. Il a mordu
un nègre, des chiens et un chat.

Les voyageurs se font servir à dîner et, comme il
est tard, ils s'enferment dans leurs chambres res-
pectives.

Stanislas a demandé un livre ; il se couche et, à la
lueur d'une bougie placée sur sa table de nuit, il lit
tranquillement le roman à la mode d'Harrisonburg.

Au bout d'un quart d'heure, il sent un mouvement sous son lit ; il dresse l'oreille, le bruit cesse.

Quelques minutes après un soupir étouffé sort de
dessous les matelas.

— Bigre, se dit le peintre, je ne suis pas seul, j'ai
quelque voleur pour camarade de chambre.

Il se dresse sur son séant et va pour se lever et courir vers ses armes ; lorsque l'être placé sous le lit s'é-
lance de sa cachette, et montre sa tête, une tête de
chien, de chien terrier, couleur marron, poil lisse,
oreilles coupées.

Stanislas rentre sous ses couvertures.

— Bigre de bigre ! murmura-t-il, ces imbéciles
qui le disaient sauvé dans la campagne ; il aura

trouvé la porte ouverte, et il s'est réfugié sous mon lit. La jolie compagnie! Si encore j'avais une boulette empoisonnée, ou mon revolver.

Car il n'y a pas à en douter, c'est le chien enragé!

Il vient se coucher sur le tapis du lit, ce qui fait de Stanislas un prisonnier.

Le malheureux chien est triste, par instants il s'échappe de sa gorge serrée un cri rauque semblable à celui que pousse l'enfant atteint du croup. De temps à autre il se lève et mord les objets qui l'entourent avec de douloureuses convulsions.

Quant au peintre, il a cessé de lire, et, haletant, couvert d'une sueur froide, il épie tous les mouvements de l'hydrophobe. Il a essayé une fois de sortir du lit; mais le chien, qui n'oublie pas sa présence, a grondé sourdement et lui a lancé un de ces regards enflammés qui signifiaient : si tu bouges, tu seras mordu. Le Parisien est rentré sous ses couvertures.

— Mes cheveux seront blancs demain matin, se dit-il.

Il a pensé à souffler sa bougie pour n'avoir plus ce terrible spectacle sous les yeux ; mais l'idée de rester sans lumière en tête-à-tête avec ce funèbre compagnon l'a épouvanté. Il pense même non sans effroi qu'un moment doit venir où sa bougie aura vécu.

Cet instant est arrivé, la lumière décroît, se rallume et s'éteint pour toujours ; obscurité complète. Stanislas aperçoit, dans l'ombre, briller deux points lumineux, ce sont les yeux du chien qui semblent deux vers luisants.

Tout-à-coup le pauvre animal éprouve un horrible accès. Le peintre l'entend se débattre avec fureur, mordre à se briser les dents, et déchirer meubles et rideaux. Dans sa folie, il saute sur le lit, et Stanislas n'a que le temps de disparaître au plus profond de ses draps. Le pauvre Parisien se sent piétiné par le chien hydrophobe ; il l'entend déchiqueter les couvertures, et il pense avec effroi que, dans une minute peut-être, les crocs de l'animal laboureront sa chair, et lui communiqueront la plus épouvantable des maladies.

Enfin le jour vient, les accès, intermittents jusque-là, redoublent d'intensité.

Dans ses instants de repos, le chien est en proie à des hallucinations. Tantôt il semble guetter un insecte qui voltige ; tantôt des fantômes paraissent l'assiéger. Il se redresse tout-à-coup. Son regard est sauvage et féroce ; il happe comme pour saisir un objet placé à la portée de sa dent ; il aboie, et se lance à la rencontre d'un ennemi qui n'existe que dans son imagination troublée.

Alors l'aspect de ce misérable était effrayant et douloureux ; ses yeux étincelaient comme deux globes de feu et leur éclat était extraordinaire. Il mordait le parquet, déchirait les draps du lit, et en avalait les débris.

Par instants, il se traînait jusqu'à la muraille et la léchait, puis, pour rafraîchir sans doute sa gueule enflammée, il promenait sa langue baveuse et gonflée sur le chambranle de marbre de la cheminée.

Si une crise survenait pendant ce temps, il brisait ses dents à vouloir mordre ce marbre.

Une bave filante et sanguinolente coulait en abondance par les commissures de ses lèvres, et il semblait vouloir débarrasser sa gorge d'un os ou d'un corps étranger qui s'y serait engagé. Son expression était sombre et navrante.

Sa voix n'était plus celle d'un chien : elle paraissait voilée par une peau et résonnait faux comme un tambour les jours de pluie ; elle était rauque, stridente et fêlée.

A diverses reprises, il se mit à hurler, tantôt assis, tantôt debout, et le museau en l'air. Ce hurlement était prolongé, et tout particulier. *Il hurle au perdu*, dit-on dans quelques campagnes, ou bien *il aboie la mort !*

— Je n'oublierai jamais cette nuit-là, pensait Stanislas haletant.

Malgré son humanité habituelle, le peintre regrettait qu'à Harrisonburg on n'eût pas adopté la terrible coutume de Lima où se fait, chaque quinzaine, un abominable massacre de chiens ; voici comment on y procède :

L'aguador (le porteur d'eau) se saisit de tous les chiens errants, puis il les attache au pied de la fontaine monumentale élevée au centre de la *plaza mayor*.

Il opère alors un tri : il envoie au bureau de police les animaux assez heureux pour porter un collier où le nom du maître est gravé, et il conserve les autres.

10

Ce sont ces derniers qu'il met à mort à la face du soleil, et sous les yeux d'une populace aussi immonde que celle de tous les pays.

C'est à coups de bâton que l'on immole les victimes ; plus elles hurlent sous la douleur, plus les bourreaux rient et se réjouissent. N'est-ce pas à applaudir lorsqu'un chien enragé prend sa revanche ?

Cependant Stanislas ne tenait nullement à être utilisé pour la peine du talion, et il voyait, avec épouvante, les progrès que le mal faisait.

En effet, le chien se tordait dans d'affreuses convulsions. Le poil hérissé, la bave à la gueule, l'œil en feu, le misérable hydrophobe s'élança de nouveau sur le lit et, cette fois, comme la lumière du soleil lui permettait de voir le peintre, c'est vers lui qu'il se dirigeait.

A cette vue, Stanislas essaya de se lever et de fuir mais la terreur avait paralysé ses membres ; il s'efforça de crier et d'appeler, mais aucun son ne sorti de sa bouche glacée : il crut sa dernière heure venue et il ferma les yeux.

Quand on entra dans la chambre de Stanislas, on le trouva évanoui. Le chien était étendu devant lui sur le lit, à un pas de son visage ; il était mort, foudroyé par le mal, avant de mordre le parisien.

Lorsque le peintre eut repris connaissance, il ne voulut jamais rester à Harrisonburg, et encore moins y coucher ; il fallut repartir.

Mais il était dans sa destinée de ne pouvoir éviter aucun danger. Après dix heures de marche, no voyageurs arrivèrent dans une méchante bourgade où la variole sévissait avec fureur.

Edith, en sa qualité de jolie femme, redoutait fort la petite vérole et voulait fuir. Stanislas grelottait la fièvre ; il déclara qu'il lui était impossible de continuer la route s'il ne passait quelques heures dans un lit après l'affreuse nuit qu'il venait d'affronter sans sommeil en compagnie du chien enragé, et dans ce petit village empoisonné.

Pendant qu'ils soupaient, Stanislas s'esquiva, ouvrit la porte d'une chambre, se fourra dans un lit, et s'endormit profondément.

Il y avait deux ou trois heures qu'il goûtait le plus doux des repos quand il se sentit tiré par le bras ; il se trouva en présence d'une petite négresse portant des draps blancs.

— Pourquoi m'éveiller, bigre de bigre ! hurla-t-il avec colère.

— Je viens changer les draps, répondit la pauvrette.

— A quoi bon ? vociféra le peintre furieux ; ceux-ci n'étaient donc pas blancs et propres ?

Et il montrait ceux qui couvraient son lit.

— Non, massa.

— Comment, non ? s'écria le peintre en se redressant sur son séant ; est-ce qu'un voyageur aurait couché dedans ?

— Oh ! non massa, pas voyageur ; mais vieux nègre mort hier de petite vérole.

Stanislas sauta à bas du lit sans songer à son léger costume et sans craindre d'alarmer la pudeur de la petite négresse, et il courut en chemise jusqu'à la chambre de Georges lui raconter sa nouvelle mésaventure.

Il ne voulut jamais rentrer dans sa cellule, il fallut lui aller chercher ses vêtements, et, malgré sa fièvre, il acheva le reste de la nuit sur les coussins de la voiture de sir James.

Il n'attrapa point la petite vérole ; mais la peur lui donna un commencement de jaunisse.

Au petit jour, la colonie voyageuse s'enfuit de cette cité pestiférée.

Cependant sir James observait avec inquiétude l'amour croissant de sa fille pour Georges ; il résolut de se débarrasser de ses deux nouveaux amis.

Prenant donc un jour son air de bonhomie qui lui avait si souvent réussi dans ses opérations commerciales, il entraîna Georges à l'écart, et lui dit :

— Mon bon ami, vous savez que je tremble toujours pour la vie de ma chère enfant, rendez-moi un service, partez en avant avec Stanislas, voyez si la variole ne règne pas aussi de ce côté, et revenez ici nous avertir. Nous vous y attendrons.

— Volontiers, répondit le jeune yankee sans défiance.

— Surtout, reprit sir James, pas un mot de ceci à ma fille : ella est brave et rougirait de mes précautions.

— Je pars sans voir miss Edith, répliqua Georges qui s'éloigna suivi de Stanislas.

Quand celui-ci apprit le but de leur expédition, il fit la grimace.

— Je n'échapperai pas à la petite vérole, murmura-t-il d'un air résigné.

Les deux amis partirent au galop.

Dès qu'ils furent loin, sir James s'en fut trouver
le maître de l'auberge et lui dit :

— Vous venez de voir ces deux gentlemen se diriger vers le Nord ?

— Oui, sir.

— Ils reviendront ce soir ou demain, et ils me
demanderont. Vous leur répondrez que j'ai pris par
la route du Midi.

— Ah !

— Tandis que je vais passer par celle de l'Est.

— Je ne comprends plus.

— Vous n'avez pas besoin de comprendre, je vous
demande seulement de répondre que je suis parti
une heure avant le retour de mes deux amis et que
j'ai pris la direction du midi.

— Mais ils perdront leur temps à vous chercher
de ce côté, sir, s'écria l'hôtelier confondu.

— Qui vous dit que ce n'est pas ce que je veux ?
riposta le père d'Edith en lui glissant vingt dollars
dans la main.

L'hôte s'inclina profondément, et promit.

Une demi-heure après, sir James montait en voiture avec sa fille.

— Je ne vois pas nos deux amis ? observa celle-ci.

— Ils sont partis en avant préparer nos loge-
ments, mon enfant, répondit le père ; nous les re-
joindrons bientôt.

Le soir même Georges et Stanislas revenaient an-

10.

noncer que l'état sanitaire était parfait sur toute la ligne.

Ils trouvèrent la place vide, et l'hôtelier leur transmit les faux renseignements de sir James. Malgré la mauvaise humeur de Stanislas affamé, Georges le força de suivre l'itinéraire indiqué par le père d'Edith.

Pendant plusieurs jours ils s'épuisèrent en vaines recherches, et jamais elles n'auraient pu aboutir, si le hasard ne les avait merveilleusement servis.

Un soir qu'ils rentraient à leur hôtel harassés et consternés, un nègre les aborda humblement.

— Ah! dit-il à Georges, massa, moi heureux de vous voir.

— Eh ! c'est Sam ! s'écria Stanislas.

C'était, en effet, le postillon de la fameuse malle-poste nationale, le compagnon d'Haller.

Après avoir témoigné toute sa joie aux deux amis, il ajouta :

— Moi, avoir rencontré massa James et fille à lui auprès de Columbus.

Georges bondit ; il tournait le dos à cette ville.

Samuel continua.

— Eux allaient loger à l'hôtellerie du *Lac aux Bisons ;* domestiques à eux l'avoir dit.

Georges jeta cinq dollars au nègre et retourna vers son hôtel. Dix minutes après, il courait à franc étrier sur la route de Columbus, en compagnie du peintre qui pestait contre les amoureux.

Ils n'étaient pas au bout de leurs tribulations.

# IX

## L'HOTELLERIE DU LAC AUX BISONS

Ce petit cabaret est situé sur les bords du Mississipi ; il est très-connu des trappeurs et des chasseurs qui fréquentent les prairies.

Depuis que la guerre civile désole l'Amérique, les soldats ont remplacé les pêcheurs, les tendeurs de trappes et les fusils des Canadiens.

Un matin, toute une compagnie de Nordistes était couchée çà et là sur la terre ; tout-à-coup un roulement de tambour se fit entendre, les soldats coururent à leurs armes, et l'aubergiste effrayé sortit de sa maison en pleurant et criant.

— Grand Dieu ! disait-il ; juste Dieu ! hurlait-il ; on va se battre.

Il s'adressa à un vieux sergent.

— Ça va donc recommencer ? demanda-t-il d'un ton larmoyant.

— Il paraît, lui répondit le troupier, tout en fourrant une chique sous sa joue.

— Est-ce que vous allez quitter mon hôtellerie du *Lac aux Bisons ?*

— Heureusement. Tu ne nous fais avaler que des arêtes de poissons.

— Où allez-vous ?

— Au diable ! fit le sergent avec humeur, et il ajouta : avec toi... hôtelier de l'enfer !

— Pas poli, le sergent, murmura maître Adams, l'hôtelier.

Un capitaine entra.

— Sergent ? dit-il.

— Capitaine ?

— Prenez dix de vos meilleurs tireurs, et faites-les cacher dans les roseaux le long de la rive du Mississipi. La consigne sera de tirer sur tout individu qui tenterait de traverser le fleuve.

— Bien, capitaine.

Celui-ci ajouta :

— Faites créneler les portes et les fenêtres de cette bicoque ; le général pense que nous allons être attaqués.

— Créneler ma maison ! cria maître Adams en laissant tomber le plat qu'il portait ; je proteste !

Le capitaine le regarda et ajouta :

— Si nous sommes forcés de nous replier devant des forces supérieures, vous mettrez le feu à cette barraque.

— Barraque !... Le feu !... Je proteste, s'écria maître Adams.

Le capitaine le toisa de nouveau d'un air narquois et reprit :

— Si quelqu'un s'oppose à mes ordres, vous le ferez pendre !

— Avec plaisir, capitaine, répondit le sergent John qui tira une corde de sa poche pour lui faire un nœud coulant, tout en regardant l'hôtelier d'un air significatif.

Adams tomba assis et retira sa cravate, non sans murmurer tout bas :

— Me pendre !...

A cette pensée, il se releva comme mû par un ressort et s'élança dans sa maison avec terreur.

Comme il sortait, un nouveau personnage entrait enveloppé dans un ample manteau et la figure à demi cachée. Il alla s'asseoir devant une table et se fit servir un verre de mescal.

Pendant qu'il le buvait, le capitaine yankee l'observait ; il marcha droit à lui, et lui frappa amicalement sur l'épaule en lui disant à mi-voix :

— William Morris !

Morris, car c'était lui en effet, tressaillit, regarda le capitaine, et se jeta dans ses bras.

— Jacquin ! dit-il.

Après quelques cordiales étreintes, les deux amis s'assirent côte à côte et le capitaine dit à Morris :

— Comment as-tu osé paraître ici, malheureux ?... Si tu étais reconnu, tu serais pendu comme espion, et moi, moi ton ancien camarade de West-Point, je serais peut-être forcé de commander ton exécution ; allons, va-t'en ; je ne t'ai pas vu, pas parlé ; donne-moi la main, et adieu.

— Non pas, répondit William en lui serrant affectueusement la main ; j'ai une passe en règle, et je n'ai rien à craindre. Tiens, la voici.

— Ah ! je respire. Dans quel triste temps vivons-nous, mon pauvre ami, que des compatriotes soient ainsi exposés à s'entr'égorger ! Ah ! la guerre civile !

quelle horreur ! tu es donc capitaine dans l'armée du Sud ?

— Oui, et toi, je le vois à tes épaulettes, tu as le même grade dans l'armée du Nord ?

— Précisément. N'es-tu pas aussi l'un des aides de camp du brave général Jonathan Smith ?

— C'était vrai, il y a huit jours, répondit Morris; mais le général a péri dans la dernière bataille, et je vais prévenir sa famille.

Un roulement de tambour interrompit les épanchements :

— Adieu, William, dit le capitaine en lui tendant la main, adieu.

— A revoir, mon bon ami, lui répondit Morris. Que Dieu sauve la jeune Amérique !

Les deux anciens camarades se jetèrent encore une fois dans les bras l'un de l'autre, et le capitaine Jacquin s'éloigna.

Morris appela, maître Adams rentra, et salua son nouveau client de ses trois mots de prédilection.

— *God bless you !* Dieu vous bénisse !

— Avez-vous des voyageurs ? lui demanda Morris.

— Toujours.

— Logez-vous en ce moment un homme d'environ cinquante ans, et une jeune fille ?

— Attendez, attendez, dit l'hôte en réfléchissant.

Et pour mieux réfléchir sans doute, il se prit à sucer ses doigts les uns après les autres, habitude déplorablement commune chez les cuisiniers qui goûtent nos sauces sans se laver les mains.

Enfin maître Adams daigna répondre.

— Non, je n'ai pas ces personnes chez moi.

— Vous en êtes certain ?

— D'autant plus certain que, par extraordinaire, je ne loge pas un seul voyageur aujourd'hui.

— Imbécile ! fit Morris impatienté !

— Oh !

William Morris reprit :

— Pouvez-vous me donner une chambre ?

— Certes... avec vue sur le fleuve.

— Très-bien.

— C'est que la vue se paie à part.

— Vos paroles se paient-elles aussi ? demanda Morris.

— Oh ! non.

— C'est fort heureux, murmura le voyageur car vous ruineriez vos clients.

— Il est sec, se dit Adams ; il me paiera cela. Monsieur veut-il ?...

— Je veux trois choses, répliqua vivement Morris : la première, une chambre pour y souper seul ; la deuxième, que vous m'avertissiez quand un vieillard nommé sir James et une jeune fille appelée Edith arriveront.

— Et la troisième ?

— Que vous soyez moins bavard avec moi.

— Il est très-sec, pensa l'hôte qui n'osa riposter.

Adams appela, un valet entra.

— Hurson, lui dit son maître, conduis ce gentleman à la chambre n° 3.

William sort précédé du serviteur.

— Ah! ah! se dit maître Adams resté seul, ah!
tu m'appelles bavard, toi, très-bien, tu paieras cela
sur ta note... et j'oublierai de te prévenir quand tes
amis arriveront. Bavard! moi!... Poltron, peut-
être... et encore!...

Il eût continué longtemps ainsi sans doute si le
bruit d'une lourde voiture s'arrêtant devant sa
porte n'eût interrompu ses réflexions; deux minutes
après sir James entrait donnant le bras à miss Edith.

Il s'adressa à maître Adams.

— Avez-vous un appartement libre?

— Oui, sir, au premier étage.

— Bien.

— Avec vue sur le fleuve.

— Parfait.

— C'est que la vue se paie plus cher.

— Je sais que tout se paie dans les auberges.

— Auberge! fit l'hôte suffoqué... Tu paieras cela
aussi, toi, pensa-t-il.

— Ce logement te conviendra-t-il, Edith?

— Assurément, mon père.

— Edith, se dit l'hôtelier, et le père, sans doute
sir James, les voyageurs dont m'a parlé le gentleman de là haut... si je l'avertissais?.. non, non, ils
n'auraient qu'à partir... Et puis il m'a appelé bavard... celui-ci traite mon hôtel d'auberge... plus
tard...

Il revint vers sir James qui déposait de petits colis sur une table.

— Faut-il servir à dîner à votre seigneurie?... Je
suis approvisionné splendidement.

— Et moi, j'ai grand appétit, répondit le vieillard... qu'avez-vous à nous donner ?

— De tout !... mon hôtel... et il appuya sur ce mot, mon hôtel vaut les meilleurs de New-York et de Richmond. Voulez-vous un rouget ? une sole à la Washington ? une raie à la Merrimac ?... oui ?... oui ?... oui ?...

— Non, non, non, riposta sir James, pas de poisson. Servez-nous des cotelettes de mouton.

— Des cotelettes ! s'écria l'aubergiste ; oh ! vous pouvez dire que le Ciel vous veut du bien puisqu'il vous a conduit dans la seule maison des États-Unis d'Amérique où l'on sache faire cuire une côtelette. C'est ce que me disait ce matin un digne sénateur de l'Ohio ; une fine fourchette . Par malheur, il a mangé les dix-huit dernières à son déjeuner... mais si vous voulez des rougets, des soles, des raies?...

— Non, non, pas de poisson ; donnez-nous des grillades de venaison.

— Comme vous tombez bien. Il n'y a pas une cuisine où l'on sache aussi bien griller un filet de cerf, ou braiser une bosse de bison. Hier même, un gros planteur de la Floride me disait : — Par le Dieu vivant, maître Adams, vous êtes le roi des rotisseurs ! une heure après, il roulait sous la table avec sa septième bouteille de whisky.... vous goûterez mon whisky !... Par malheur, la venaison n'est pas arrivée aujourd'hui ; mais nos nègres pêcheurs m'ont approvisionné de rougets, de soles, de raies...

— Je parie que vous n'avez pas autre chose? répartit sir James en riant.

11

— Aujourd'hui, je le confesse ; mais hier... mais demain...

— Hier est passé, et demain n'est pas encore venu. J'ai faim aujourd'hui, servez-nous donc ce que vous pourrez, et apportez moi du Pulque, si vous en avez.

— Si j'ai du Pulque !.... la boisson favorite des Mexicains.... je montrerai même à votre seigneurie les admirables pieds d'agave d'où je fais tirer cette délicieuse liqueur.

— Bravo ! servez, et vite.

— A la minute ! à la minute !

Et maître Adams s'élança au dehors appelant et gourmandant ses gens.

Pendant ce temps, Edith n'avait cessé de regarder la porte.

— Que cherches-tu donc ? lui demanda son père.

— Sir Georges, M. Stanislas ; où donc sont-ils ?

Sir James se mit à rire.

— Pardonne-moi, dit-il, si je t'ai trompée.

Et il lui raconta le stratagème dont il s'était servi pour se débarrasser de ses deux nouveaux amis.

— C'est indigne ! s'écria la jeune fille révoltée ; nous leur devons la vie.

— La vie, oui, et si j'avais osé leur offrir une partie de ma fortune, je la leur aurais donnée de grand cœur ; mais ils m'auraient jeté mon or au nez. Ma reconnaissance s'arrête là ; payer leurs services avec la main de ma fille, c'est trop cher.

Sir James était le type le plus frappant du vrai yankee, bien qu'il eût quitté l'Amérique fort jeune pour aller faire sa fortune au Mexique.

Comme le négociant du Nord, il n'avait jamais
availlé par lui-même, il avait fait travailler. Actif,
udacieux, son instrument de labeur, c'était son in-
lligence; en revanche, il avait employé les forces
ves des lourds émigrants de l'Allemagne et de la
erte Irlande.

Au Mexique, dans son cabinet, nous l'aurions
robablement trouvé une chique dans la bouche, les
mbes en l'air posées sur sa cheminée ou sur son
ureau, son journal à la main, son café auprès de
i, et causant affaires ou politique avec des amis
ut aussi débraillés que lui.

Ici, en voyage, le négociant à demi grossier s'est
ansformé en gentleman à moitié décrassé : car un
nkee ne l'est jamais complétement.

Sir James possède une énorme fortune, et il fait
mprendre à sa fille qu'elle ne peut disposer de sa
ain en faveur d'un jeune homme très-aimable sans
ute, à qui elle doit une immense reconnaissance;
ais qui dissimule peut-être sous son incognito une
istence d'aventurier. Après tout, dit en terminant
: James, c'est la faute de ce garçon-là, pourquoi
-il muet sur sa famille, pourquoi cache-t-il son
m, si ce nom est honorable?

— Tu caches bien le tien, répond Edith.

— Moi, j'ai de puissantes raisons, réplique le père.

— Oh! puissantes!

— Certes. Si je disais, dans ce pays dévoué aux
térêts du Nord, si je disais que je suis le frère du
héral Jonathan Smith qui a dévasté ces contrées,
ecevrais un coup de couteau ou de révolver. A ton

âge, mon enfant, on fait des romans; au mien, on ne les lit même plus. Tu m'en veux?

— Est-ce que cela est possible? s'écria sa fille en lui sautant au cou. Ne m'as-tu pas sacrifié tes intérêts, le soin de ta fortune afin de m'accompagner quand les médecins nous ont conseillé ce long voyage pour ma santé?

Le père se promenait avec tristesse dans la chambre; Edith réfléchissait, et elle dit :

— De quoi est morte ma mère?

— Pourquoi me demandes-tu cela? fit le père étonné et inquiet.

— Parce qu'il y a peu de temps, Georges affirmait que beaucoup de maladies sont héréditaires.

Un nuage passa sur le front de sir James qui répondit d'une voix altérée :

— Ta mère est morte par accident.

— Et ma sœur Flavie?

— Je t'ai priée de ne jamais me parler d'elle. — Dinons! — Ce coquin d'aubergiste nous fait trop attendre... Je vais le réveiller.

Et sir James sortit rapidement pour couper court aux questions.

— Pourquoi n'a-t-il jamais voulu pardonner à ma sœur? se demanda Edith quand elle se vit seule... Il l'aimait cependant autant que moi... Elle était si belle... si bonne... Pauvre sœur! Pourquoi est-elle morte loin de nos soins?... Qu'a-t-elle donc fait pour qu'on n'ose prononcer son nom devant nous?

Tout-à-coup elle tressaillit, des voix confuses se faisaient entendre au dehors, deux jeunes gens sautèrent en bas de leurs chevaux à la porte, et entrèrent dans l'hotellerie; c'étaient Georges et Stanislas.

Edith jeta un cri; elle croyait ne plus jamais les revoir.

— Enfin je vous retrouve!... fut le premier mot de Georges. Ah! miss, j'ai cru mourir de douleur!

Et il lui raconta comment, grâce à la rencontre de Sam, il avait été remis sur leur piste. Edith sourit; car elle se rappelait toutes les précautions prises par son père et déjouées par le Dieu des amoureux.

Au même instant, sir James rentra. Il fronça le sourcil en apercevant les deux amis, puis il se prit à rire et leur tendit cordialement la main. Ensuite il pria sa fille de faire mettre deux couverts de plus; Edith sortit.

Dès qu'elle fut partie, sir James changea de ton.

— Messieurs, dit-il nettement, ce n'est ni le hasard ni un malentendu qui nous ont fait nous séparer, c'est ma volonté.

Georges le regarda avec surprise; le père reprit :

— Je vous dois un service que rien ne peut payer; mais outre mon éternelle reconnaissance, je suis prêt à vous offrir tout ce que vous pouvez souhaiter, seulement, je désire, je veux que nous cessions de faire route ensemble.

— Auriez-vous été offensé par nous, sir James? s'écria Georges stupéfait.

— Non, je n'ai, au contraire, qu'à me louer de vos excellents procédés.

— Qu'avez-vous donc à nous reprocher?

— Vous aimez ma fille, et je ne me soucie pas

qu'elle se prenne d'amour pour un homme qui cache
son nom, sa famille, sa position..

— Avoue tout à sir James ! s'écria Stanislas.

— Tais-toi ! interrompit vivement Georges.

Puis, se tournant vers le vieillard.

— Monsieur, lui dit-il, j'aime, en effet, miss Edith ;
mais vous me rendrez cette justice, je l'espère du
moins, que rien dans mon langage ni ma conduite
n'a laissé percer un amour qui, je le prévoyais, devait vous déplaire.

— Je le reconnais.

— Quant à mon nom, à ma position sociale, à ma
famille, libre à vous de supposer ce qu'il vous plaira ;
mais je n'ai rien à vous en dire. Pour ce qui est du
service que mon ami et moi avons été si heureux de
vous rendre, vous êtes trop bon de vous le rappeler ;
vous êtes le seul de nous trois qui en ayez gardé le
souvenir, et nous vous affranchissons de toute reconnaissance.

— Mais moi ! s'écria sir James...

— Pardon, je n'ai plus qu'un mot à ajouter, fit le
jeune homme ; ce mot le voici : Je ne suis pas d'humeur à vouloir entrer dans une famille malgré le
chef de cette famille, ni à vouloir épouser une héri-
tière contre le gré de son père, j'ai donc l'honneur
de vous saluer, et je vous donne ma parole que, cette
fois, vous ne nous trouverez plus jamais sur votre
chemin.

— Serviteur, cher monsieur, ajouta Stanislas en
bouclant sa valise, et jetant son manteau sur ses
épaules, serviteur !

Les deux amis saluèrent respectueusement sir James abasourdi ; car il s'attendait à une explication, à des reproches.

— Ils m'allaient, ces jeunes gens là ! se dit-il quand ils furent loin, et qu'il fut un peu remis de son émotion, ils m'allaient ! Hum ! aurais-je fait une sottise ?

La porte du fond s'ouvrit, William Morris entra conduit par maître Adams qui s'était enfin décidé à le prévenir. William s'arrêta sur le seuil de la porte.

Sir James l'aperçut et, le voyant immobile, lui jeta seulement cette question :

— Mon frère ?

— Mort.

Sir James pâlit, et s'appuya douloureusement contre un meuble.


# X

## LE DÉPART


— Qui donc est mort ? demanda Edith en entrant, et serrant la main de Morris.

— Ton oncle, le général Jonathan, mon enfant, répondit sir James ; mort au moment où nous venions l'embrasser.

— Oui, reprit William, il est mort en brave, à la tête de sa brigade. Miss, il vous a donné une dernière preuve de son affection ; car il a fait de son immense fortune deux parts, l'une pour vous, l'autre pour son fils.

— Francis! s'écria sir James ; est-il donc revenu de France ?

— Oui.

— Le misérable! murmura le père si bas que sa fille ne l'entendit pas.

Morris lui prit la main, et, l'entraînant à l'écart :

— Souvenons-nous tous deux de la promesse que nous avons faite au général de ne pas châtier cet infâme. C'est d'autant plus essentiel aujourd'hui qu'on pourrait attribuer notre vengeance à des sentiments indignes.

— Comment?

— On pourrait croire que vous avez hâte de frapper à mort Francis pour que miss Edith hérite de toute la fortune du général.

— Vous dites vrai, Morris, je ferai taire ma juste haine.

Morris se rapprocha d'Edith et, après avoir raconté comment avait péri le général Jonathan Smith en chargeant, à la tête de sa brigade, les forces dix fois supérieures en nombre du général Banks, il ajouta que l'oncle d'Edith laissait à sa nièce sa magnifique *hacienda del Venado* avec les immenses domaines qui l'entourent, tandis qu'il donnait, comme équivalent, toutes ses valeurs de portefeuille à son fils Francis.

— Pardon, sir Morris, dit alors Edith, je vous aurai sans doute mal compris. Comment mon oncle n'aurait-il fait de sa fortune que deux parts ; n'avait-il pas une sœur ?

— En effet, répondit William, elle s'appelait Sarah, et elle avait épousé un yankee du nom de Wilson. Elle est morte il y a peu de mois à New-York laissant un fils qui doit avoir 25 à 26 ans.

— Eh bien, ce fils ne doit-il pas hériter ?

— Ce fils a été envoyé en Europe auprès des cours de France, d'Italie et d'Angleterre avec une mission du président Lincoln au début de notre guerre de sécession en 1861. Son père, sir Wilson, lié avec Abraham Lincoln, avait pris parti pour le Nord contre nous ; par réprésailles, toutes les propriétés qu'il possédait dans nos Etats du Sud ont été confisquées, et lui-même a été tué, dès le début des hostilités, à la sanglante bataille de *Fair-Oaks*.

— Mais le fils ? demanda sir James ?

— J'ai entendu dire qu'il était l'un des officiers les plus estimés et les plus braves de l'armée du Nord ; mais j'ignore ce qu'il est devenu.

— Mon oncle l'aurait-il déshérité ?

— Oui, le général, furieux de voir des membres de sa famille embrasser une cause ennemie de la sienne, a deshérité sa sœur et son neveu. Du reste, ce jeune homme ne pourrait se présenter dans nos États ; il est proscrit, et s'il y mettait les pieds, il serait fusillé sur l'heure.

— Pourtant, dit sir James, mon neveu a les mêmes droits que ma fille à cet héritage, et ces droits sont sacrés à mes yeux.

— Aussi, ajouta Edith, je n'accepte ma part de cette

11.

fortune qu'à la condition de remettre à mon cousin ce qui doit lui revenir.

William Morris s'inclina sans répondre, seulement il avertit sir James qu'il avait retenu un canot pour traverser le fleuve ; car il voulait prévenir sur-le-champ Francis de la mort de son père.

— Soit donc, répondit sir James, partons pour l'*Hacienda del Venado*.

Il donna aussitôt des ordres pour le départ, et une heure après il se dirigeait avec sa fille et Morris du côté où la barque les attendait pour les transporter sur la rive opposée. Morris montra son laissez-passer aux soldats de garde.

Comme ils arrivaient sur le rivage, ils rencontrèrent Stanislas en quête d'un bateau.

Le peintre salua sans s'arrêter : mais Edith courut à lui, et lui prenant les mains avec émotion.

— Monsieur Stanislas, dit-elle, nous ne nous reverrons probablement jamais, et je tiens à vous dire une dernière fois que je vous serai éternellement reconnaissante.

Le Français s'inclina.

— Voulez-vous me rendre un nouveau service ? lui demanda la jeune fille.

— Assurément, miss, si cela m'est possible.

— Voulez-vous me faire cadeau du petit album de poche sur lequel vous avez dessiné devant moi de si jolis croquis pendant notre voyage ?

Le peintre fouilla dans la poche de côté de son pardessus, y prit l'album, et le remit à la jeune fille, en lui disant simplement :

— Merci, miss.

— Vous ne me refuserez pas, en échange, d'accepter ce léger souvenir d'une amie ? Il n'a d'autre valeur que d'avoir été porté par moi.

— C'en est une grande, répondit le Parisien qui examina la bague qu'Edith avait fait glisser de l'un de ses doigts pour la lui offrir. Après cet examen, il reprit :

— Je ne suis pas joaillier, miss ; pourtant je ne crois pas me tromper en estimant ce diamant-là à quelques centaines de dollars.

Et sans attendre la réponse de la jeune fille, le brave garçon fit sortir le brillant de son chaton avec la pointe d'un poignard ; puis il tendit la pierre précieuse à Édith et conserva la monture qui valait au plus vingt francs.

— Miss, lui dit-il, à chacun sa part ; à vous le diamant, à moi le léger souvenir.

Sir James crut devoir intervenir.

— Mais dit-il, mon cher monsieur le Français !...

— Mais, mon cher monsieur l'Américain, fit le peintre, c'est à prendre ou à laisser. Nous autres Parisiens, quand nous rendons un service, nous ne souffrons pas qu'on nous le paie. Voilà comme nous sommes, bigre de bigre !

— Toujours originaux, ces Français ! s'écria sir James.

— Toujours loyaux et chevaleresques ! ajouta Edith qui serra affectueusement la main de Stanislas.

— Voulez-vous? demanda Morris en tendant la main au neveu de Moyendoux.

— Pourquoi pas? riposta celui-ci. Pas fier, moi, pas fier !

Et il secoua rudement la main du yankee.

— Adieu, M. Stanislas, dit la jeune fille émue, adieu... adieu pour vous et... et pour votre ami.

Et une larme coula sur ses joues.

— Adieu, miss, nous parlerons souvent de vous, adieu.

Et les voyageurs, quittant le peintre, montèrent dans la barque qui les attendait.

Comme Stanislas rentrait dans l'hôtellerie, il aperçut Georges regardant tristement à l'une des fenêtres.

— Eh bien, lui dit-il à mi-voix, la voici partie.

— Oui, répondit Georges d'une voix étouffée, et mon cœur est parti avec elle.

— Alors, suivons-la.

— Non... j'ai donné ma parole... je pars ; mais pour m'éloigner encore d'elle. As-tu retenu une barque?

— Pas encore. Je cherchais un batelier quand sir James est arrivé. Tiens, voici notre hôte, il nous trouvera un bachot. Eh ! maître Adams ?

L'aubergiste s'approcha.

— Nous voulons une barque.

— J'ai votre affaire... mais...

— Çà se paie à part? fit Stanislas.

— Oui.

— Nous paierons, dit Georges.

Adams reprit :

— C'est que l'ordre a été donné par l'officier de tirer sur quiconque traversera le fleuve.

— N'est-ce que cela ? Nous le traverserons tout de même.

— Vous, oui ; mais les bateliers ?

— C'est juste. Trouvez-nous deux hommes assez hardis pour tenter l'aventure.

— Ils sont sous ma main... mes deux neveux ; seulement, vous comprenez ?... Le danger... çà se...

— Çà se paie à part ! fit de nouveau le peintre...

— C'est ce que j'allais dire... Puis la barque peut être coulée ou prise et c'est la mienne, alors ça se...

— Ça se paie à part, parbleu !

— C'est cela.

— Nous paierons, conclut Georges ; combien ?

— Cinq cents dollars.

— Vampire ! cria Stanislas.

— Je paierai, dit Georges. Allez, et pressez-vous.

— Le temps seulement de faire boire deux ou trois bouteilles de mescal à mes neveux ; ça leur masquera le danger.

— Excellent oncle ! fit le peintre.

Au moment de sortir, maître Adams revint l'air désolé.

— Seigneur Dieu, dit-il, un scrupule me glace.. si une balle vous frappait !...

— Est-ce que çà se paie aussi à part, cela ? demanda en riant le Parisien,

— Non... non sans doute... et cependant... de si

bons jeunes gens... Enfin!.., la barque sera prête dans dix minutes.., je cours vers mes neveux.

— Pour les griser?

— Oh! ce n'est pas la peine... ils sont toujours saoûls.

— C'est rassurant.

Dès que Stanislas fut seul avec son ami, son ton habituellement railleur et léger, changea subitement.

— Georges, lui dit-il, il en est temps encore; tu cours à la mort, renonce à ton projet, il est insensé.

— J'ai fait un serment à ma mère mourante, ce serment, je le tiendrai; je partirai.

— Ecoute moi . Tu es proscrit . De ce côté du fleuve, tu n'as rien à craindre; mais sur la rive opposée, tu seras au milieu de tes plus implacables ennemis. Si tu es reconnu, tu seras fusillé sans pitié.

— Eh bien, cela te fournira le sujet d'un article et d'un croquis pour le journal illustré de San-Francisco. Je pars! je pars! Quant à toi, mon ami, je ne veux pas t'exposer; reste. Attends-moi ici. Dans quinze jours, je serai de retour, si je ne suis pas tué, bien entendu. Adieu, je pars seul pour l'*Hacienda del Venado*.

— Tu le veux?

— Je le veux.

— Alors, partons, murmura simplement Stanislas qui prit son rifle.

Adams se glissa mystérieusement entre eux, et leur dit ces mots à l'oreille.

— Venez!... tout est prêt!... tout!... tout!

— En route, dit Stanislas.

Des coups de feu retentirent.

— Ciel ! cria Adams désolé, on va encore se battre.

— Aux armes ! hurlait-on de toutes parts.

Les soldats se précipitèrent dans la cour pour reprendre leurs fusils placés en faisceaux.

Le capitaine Jacquin entra vivement au galop de son cheval.

— L'ennemi ! cria-t-il, aux armes ! Barricadez ces portes, ces fenêtres !

Aussitôt ses hommes roulèrent des tonneaux, des bancs, des tables devant les haies, et se placèrent derrière ces barricades improvisées, pour viser plus facilement.

— Mes pauvres meubles ! disait Adams au désespoir. Je suis ruiné !

Et il tomba à genoux en s'arrachant les cheveux et en sanglotant.

— Profitons du désordre pour gagner le fleuve, dit tout bas Georges à son ami.

— Oui, oui, répond de même Stanislas, filons et en route pour l'*Hacienda del Venado!*

Le hasard se chargeait de réunir bientôt ceux qui s'efforçaient de se séparer et qui avaient pensé s'être fait d'éternels adieux.

# LE MULATRE

---

## I

### L'HACIENDA DEL VENADO

Peu de jours après les derniers événements que nous venons de raconter, une compagnie plus nombreuse que choisie était rassemblée dans la vaste salle à manger de l'*Hacienda del Venado*.

Ce matin-là, il y avait fête sur ce magnifique domaine; les convives, affamés à la suite d'une brillante chasse à l'ours, se pressaient autour d'une table richement servie, et les plus belles esclaves de l'habitation, vêtues de gaze légère, circulaient derrière les invités, et leur versaient le fameux *bourbon-whisky*.

Un des convives, légèrement ému par les copieuses libations du déjeuner, se leva en disant :

— Je porte un toast à notre hôte!

Et il prit son verre rempli jusqu'au bord.

— Ecoutez! écoutez! crièrent ses voisins.

Le jeune homme, nommé Lucott, continua ainsi :

— Je porte un toast à notre hôte, à notre ami sir Francis Smith!

Puis il vida sa coupe.

Tous répétèrent en chœur :

— A sir Francis!

Et ils burent en l'honneur de leur hôte.

Une jeune et jolie femme se leva.

Cette femme n'était autre qu'Alix, la fille de madame Aurélie, l'ancienne maîtresse de Stanislas ; nous apprendrons bientôt par suite de quels événements elle était arrivée à l'*Hacienda del Venado*.

Après avoir obtenu le silence, elle s'exprima de cette façon :

— Je bois au père de notre généreux hôte, au vaillant général Jonathan Smith !

— Au général! hurlèrent tous les convives.

Le maître de la maison, s'inclinant devant ces toasts, emplit son verre, et attendit, pour prendre la parole, que le silence se fut rétabli.

Ce maître, nous le connaissons déjà ; c'est l'amant de Flavie, le rival de William Morris, c'est le fils illégitime du général Jonathan Smith ; enfin c'est le mulâtre Francis.

Il promène un regard assuré sur les convives, et porte ce toast :

— Merci, ma belle Alix ; merci, mon cher Lucott ! mes hôtes, merci ! merci à tous !.... A mon tour, je bois à vous !... Je bois à nos charmantes compagnes aussi intrépides qu'aimables, et qui viennent de supporter bravement les fatigues de dix jours de chasses.

— Et de dix nuits ! grogne Lucott.

— Chut! ivrogne! lui dit son voisin.

Un nègre entre, c'est le commandeur de la plantation, Riario, le terrible adjudant du maître.

Il annonce que deux étrangers demandent la permission de passer la nuit à l'*Hacienda*, et Francis donne l'ordre qu'on leur offre une chambre et qu'on leur serve à souper ; car l'hospitalité est largement pratiquée dans les États-Unis du sud.

Au moment où Riario sort pour exécuter ces ordres, Francis l'arrête du geste.

— Quelle sorte de gens sont ces étrangers ? demande-t-il.

— Des artistes, répond le commandeur ; l'un deux est Français.

— Un compatriote à moi ! s'écrie Alix ; Francis je vous en prie, permettez qu'on l'introduise ici.

— Soit, si cela vous plaît, ma chère, réplique le métis.

Il se tourne vers Riario, et ajoute :

— Invite de ma part ces deux étrangers à venir souper avec nous.

Le nègre s'incline et sort.

— Mesdames, fait Lucott, un peu de place pour ces voyageurs. Préparez vos plus meurtrières œillades ; vous savez que les Français sont galants et se ruinent pour leurs maîtresses.

— Cela vaut mieux que de se ruiner au jeu comme vous, riposte Alix.

Elle achevait à peine cette réflexion que Georges et Stanislas faisaient leur apparition, précédés par Riario.

Francis les examina quelques instants en silence, puis, s'apercevant sans doute qu'il avait devant lui deux hommes distingués, il se leva vivement et se dirigea vers eux.

— Messieurs, leur dit-il avec la plus exquise urbanité, soyez les bienvenus chez moi, et faites-nous l'honneur de prendre place à notre table. Riario, qu'on serve nos hôtes.

Les esclaves s'empressèrent d'exécuter cet ordre sous le regard et le fouet du commandeur.

— Bigre de bigre ! s'écria Stanislas, qui remit à un nègre son sac de voyage et son rifle, j'accepte avec toute la reconnaissance d'un estomac aux abois.

Georges se contenta de saluer Francis, et de murmurer en regardant le métis :

— Voilà donc le fils de la mulâtresse !

Pendant ce temps Alix s'était avancée vers le peintre et le regardait avec hésitation. Quelques années s'étaient écoulées depuis leur séparation. Stanislas avait laissé croître sa barbe ; on pouvait donc ne pas reconnaître son visage basané à première vue; mais dès qu'il eut lâché son juron familier : bigre de bigre ! Alix lui sauta au cou.

Le Parisien stupéfait recula de trois pas.

— Comment, tu ne me reconnais pas ! fit la jeune femme.

— Non ! non ! bigre, non ! répondit le peintre abasourdi.

— Mais je suis Alix ! la fille de madame Aurélie ? je suis ton ancienne... voisine, ajouta-t-elle.

— Alix ! répéta Stanislas de plus en plus étonné, Alix ! en Amérique ! Pas croyable !

— Mais si fait, c'est bien moi, mon pauvre vieux; embrasse-moi donc.

Et elle lui sauta au cou pour la seconde fois.

— Elle m'a pardonné ! s'écria le Parisien joyeux, et couvrant de baisers les joues rosées de la jeune femme.

— Eh ! eh ! monsieur le Français, fit Lucott en l'écartant, on n'embrasse pas ma femme.

— Vous voyez bien que si, riposta gaiement Stanislas, qui donna deux baisers de plus à Alix, en lui glissant ces mots à l'oreille :

— C'est ton mari, çà ? un gêneur.

— Taisez-vous donc, dit alors Alix à Lucott, monsieur est un vieil ami de ma famille.

— Pourquoi se permet-il de t'embrasser ?

— C'est la mode... à Paris .. dans le meilleur monde... Ile Saint-Louis.

— Ah ! si c'est la mode à Paris, murmura le mari, c'est bien différent.

— Stanislas, reprit gaiement Alix, je te présente l'un des chambellans du Roi Coton, sir Lucott qui a eu l'honneur d'épouser dans ma personne, il y a deux ans, la plus sémillante prima dona du théâtre de Richmond... saluez, sir Lucott.

Lucott s'inclina, Alix continua ses présentations.

— Sir Lucott, je vous présente mon premier a... ami, un grand prix de Rome... c'est lui qui m'a fait mon... mon portrait quand j'avais seize ans... et j'étais furieusement jolie, pas vrai, Stanislas ?

— Oh ! oui, exclama celui-ci, une rosière... sans la dot !... sais-tu que tu es encore à croquer ?

— Eh ! eh ! M. le Français, dit Lucott, avec humeur, on ne tutoie pas ma femme.

— Vous voyez bien que si, objecta le peintre, charmé de trouver l'occasion de faire poser un étranger.

— Taisez-vous donc, dit la jeune femme à son mari, et ne soyez pas ainsi toujours jaloux.

— Ça se fait à Paris... dans le meilleur monde... Ile Saint-Louis, répartit Stanislas d'un air goguenard.

— Ah ! c'est différent, grogna l'époux, je ne savais pas... si ça se fait Ile Saint-Louis à Paris, ne vous gênez pas.

— A la bonne heure, reprit Alix avec un sourire enchanteur, vous voici raisonnable. Eh bien, maintenant engagez monsieur Stanislas à venir, avec son ami, passer la belle saison dans notre plantation de l'*Etang-aux-Castors*... Il fera mon portrait, non plus en petite ouvrière, mais en grande dame ; vous aussi, il vous fera.

— Il me fera quoi ? demanda le mari de plus en plus maussade.

— Votre portrait, répondit Stanislas qui se retenait pour ne pas lui éclater de rire au nez.

— Ça m'ennuiera de poser.

— Oh ! vous poserez sans vous en apercevoir, poursuivit le Parisien ; du reste, je n'ai besoin que de votre tête.

— Ah ! comme cela, je le veux bien, répondit le lourd planteur ; mais pour que tous mes amis me reconnaissent, vous me mettrez une bouteille de whisky à la main, puis une autre à côté de moi avec des cartes et des dés.

— Bravo ! s'écria Stanislas, et comme vous êtes chasseur...

— Grand chasseur, fit Alix.

— J'y ajouterai, comme accessoire, un fusil...

— Et tous mes chiens.

— C'est çà... un tableau de famille.

— Et un cerf abattu à mes pieds.

— Ce serait de trop ; les bois vous suffiront.

— Ça me va ! brailla l'ivrogne qui ajouta, en se tournant vers le métis :

— Eh ! Francis, fais jeter les verres et les assiettes par les fenêtres, et jouons.

— Des cartes et des dés ! demanda Francis au commandeur.

— Et quelques fioles de *kerry* et de *bitter,* reprit Lucott.

— Avec un panier de *bourbon-wiskey*, cria un des convives fort amateur de cette liqueur chère aux gentlemens du Sud.

— Joins-y du *milk-punches* et du *mint-juleps*, dit un autre.

— Pourquoi pas de l'*Egg-nogs?* observa un troisième.

— Riario, obéis à la minute ; des cartes et des liqueurs, s'écria Francis.

Le commandeur sortit suivi de quelques nègres.

Pendant ce temps on avait servi à la hâte une table à part pour Georges et Stanislas ; Alix vint

l'asseoir auprès d'eux et comme elle reprochait au
peintre ses nombreuses distractions.

— C'est singulier, répondit-il, je crois avoir déjà
rencontré le maître de cette maison.

— Sir Francis?

— Oui.

— Où donc?

— Ah ! voilà !... j'ai beau chercher, impossible
de me rappeler... a-t-il voyagé?

— Beaucoup. En France, en Italie.

— Je l'aurai trouvé sur ma route alors.

Alix se leva avec inquiétude.

Elle venait d'apercevoir son mari se placer devant
une table de jeu, et la couvrir d'or. Elle lui dit à
voix basse :

— Vous jouez encore contre El-Mestizo et Djinn ;
ces bandits vont achever votre ruine.

— Au diable les femmes ! s'écria Lucott ; elles ne
donnent qu'une note, toujours la même... casse-cou !

Les deux individus qu'Alix venait de désigner
comme les adversaires au jeu de son mari étaient
gens d'assez mauvaise apparence, et leur méchante
mine valait cependant mieux que leur réputation.

L'un, Djinn, marchand d'esclaves, portait, comme
tous ses pareils, en guise de canne, un énorme fouet,
deux révolvers à sa ceinture et un long coutelas. On
le rencontrait souvent à cheval, le fouet levé, poussant devant lui son misérable troupeau humain
enchaîné quatre par quatre.

L'aristocratie du Sud a ses deux favoris, le *pi-
queur de nègres* et le *trafiquant d'esclaves*. Que

les lecteurs européens ne s'étonnent donc pas de trouver ici un vendeur de chair hnmaine.

Quant à *El-Mestizo*, bien que son nom indiquât un mulâtre, c'était tout simplement un de ces *petits blancs* vaniteux, misérables, mendiants, ignorants et paresseux, n'ayant guère que leur carabine et leur couteau, et qui grouillent dans les Etats du Sud de l'Amérique à côté des grands planteurs représentés ici par le général Jonathan Smith.

Au bout de deux heures Lucott et Francis son associé, avaient perdu une cinquantaine de mille piastres qui leur restaient. Leurs adversaires empochèrent l'or et se levèrent.

Francis avait conservé un calme apparent.

— Notre revanche? dit-il.

— Oui, notre revanche! hurla Lucott ivre et furieux de sa perte.

Il se versa coup sur coup deux verres de whiskey.

— Où est votre argent! demanda El-Mestizo à ses adversaires.

— J'engage ma parole, répondit Francis.

— Que ça? riposta impertinemment le marchand d'esclaves qui éclata de rire et quitta la table.

Lucott courut à lui et l'arrêta: puis tirant son poignard :

— Ma revanche! cria-t-il avec fureur.

Les deux adversaires dégainèrent leurs longs couteaux; Francis s'interposa.

— Tu es fou, dit-il à Lucott.

— Je veux jouer, répliqua celui-ci.

— Eh bien, assieds-toi, répondit son ami avec le plus grand calme, et la partie va recommencer.

El-Mestizo et Djinn se rapprochèrent.

— Tu as donc encore de l'argent? demanda Lucott.

— Non, répondit Francis.

Le petit-blanc et le trafiquant de nègres sourirent dédaigneusement, et tournèrent le dos.

— Non, reprit Francis, non je n'ai plus d'argent; mais j'ai mieux que cela ; j'ai un précieux trésor, j'ai Juanita !

A ce nom, Djinn et son acolyte tressaillirent et entourèrent leur hôte avec empressement.

— Juanita ! s'écrièrent-ils.

— Juanita ! répétèrent les amis qui formaient la galerie.

Ce seul nom semblait avoir une influence magique; car tous les yeux s'étaient fixés avec anxiété sur Francis.

Il continua ainsi, tout en promenant un regard assuré sur l'Assemblée :

— Oui, Juanita, la plus belle esclave de mon habitation ; voilà mon enjeu.

Alix s'élança vers le métis.

— Francis, lui dit-elle d'une voix émue ; il est impossible que vous jouiez cette pauvre enfant ; vous ne la jouerez pas.

Le métis la regarda en souriant et, sans lui répondre, il appela son commandeur.

— Riario ?

— Maître ?

— Juanita est-elle seule ?

12

— Oui, maître.

— Sa mère ?

— Elle est dans la case où elle trie le coton.

— Amène Juanita.

Riario se hâta d'aller exécuter cet ordre.

Alix tenta un nouvel effort.

— Le général reviendra bientôt, dit-elle à Francis ;
vous savez combien il aime cette enfant.

— Chère, répondit le métis en fronçant le sourcil,
votre mari a trop besoin de vos conseils pour que je
l'en prive ; gardez-les pour lui, pour lui seul.

Riario rentra suivi d'une jeune fille merveilleusement belle ; c'était Juanita.

La jolie esclave s'avança sans trop de hardiesse
ou de timidité et avec cette démarche pleine de voluptueuse nonchalance qui appartient plus aux
femmes créoles qu'aux mulâtresses. Elle n'avait
certes pas quatorze ans ; elle était dans tout l'éclat
de sa beauté.

Francis l'examina en silence quelques instants
puis la faisant admirer à ses amis, il ajouta :

— Qui joue contre moi maintenant ?

— Moi ! répondirent ensemble El-Mestizo et
Djinn qui jetèrent un regard de convoitise sur la
belle esclave.

— Vous ne pouvez gagner tous deux, observa
Francis en riant ; je ne jouerai que contre un seul
de vous, contre celui qui mettra l'enchère la plus
élevée.

— Soit, ripostèrent les deux joueurs.

— Je joue dix mille piastres contre Juanita, fit Djinn.

— Moi, quinze, s'écria le petit-blanc qui avait assez gagné au jeu depuis huit jours pour se permettre cette prodigalité.

— J'en joue vingt-cinq, riposta le riche marchand d'esclaves.

— Trente ! fit El-Eestizo.

— Cinquante ! ajouta vivement son rival.

L'autre hésita.

— Pourquoi veux-tu cette jeune fille ? demanda-t-il.

— Pour en faire la reine de mon habitation.

— Toi ! s'écria El-Mestizo, toi, un marchand de chair noire ; dis plutôt que c'est pour la vendre au marché.

— Tu en as menti ! hurla Djinn qui s'élança sur son adversaire le couteau à la main.

Leurs amis se jetèrent entr'eux ; quant à Francis, l'air hautain, il se contenta de leur crier sans bouger.

— Egorgez-vous, canailles ! ce sera deux gredins de moins sur la terre.

Ces mots produisirent sans doute l'effet d'une douche sur les combattants ; car ils rentrèrent les couteaux dans leurs fourreaux.

— Jouons d'abord, observa Francis, ensuite, mes enfants, s'il vous plait de vous couper la gorge, je jure Dieu que ce n'est pas moi qui m'y opposerai. Continuons.

— Je mets quatre-vingt mille piastres, s'écria le petit blanc.

— Cent mille, riposta promptement Djinn.

— J'y renonce, murmura El-Mestizo ; mais si tu gagnes, je te loge une balle dans la tête.

— Tu attendras seulement qu'il m'ait payé, lui dit Francis. Allons, commençons. En trois coups.

— Soit.

— Si la chance me favorise, continua Francis, Lucott recevra, pour sa part, dix mille piastres.

— Et s'il perd ?

— Il est homme à ne jamais vous rembourser. Je joue.

Il jeta les dés comme fait Robert-le-Diable et il amena trois et deux.

Djinn agita longtemps les dés, il sortit du cornet le nombre six et quatre ; Francis avait perdu cette première manche.

La seconde partie commença.

Francis jeta de nouveau les dés sur la table ; ils donnèrent comme point quatre et as.

— Quelle déveine infernale, vociféra Lucott en brisant une bouteille sur la table.

Quant à Francis, il restait impassible. Djinn rayonnait de joie.

Sûr de sa victoire prochaine, il lança les dés, et il amena deux et as ; il avait perdu la deuxième partie. Les deux adversaires étaient manche à manche il restait à jouer la belle.

Alix profita de l'instant d'hésitation qui suivit ce coup pour se rapprocher des joueurs et tenter encore de sauver Juanita.

— Francis, dit-elle, je vous en supplie !...

Le métis ne lui laissa pas achever sa phrase ; il la regarda d'un air dédaigneux et, sans lui répondre, il lança les dés en murmurant tout bas :

— Voilà le coup décisif.

Les dés marquèrent quatre et six. Le point était excellent.

— Bravo ! s'écria Lucott qui, dans sa joie, absorba successivement trois verres de whiskey-bourbon.

— Six et cinq ! dit Djinn qui avait jeté les dés ; j'ai gagné ! A moi Juanita !

Lucott laissa tomber son verre ; un tremblement convulsif agita les lèvres de Francis, mais il garda le silence.

Djinn courut vers Juanita qui, d'un œil indifférent et sans se douter qu'elle servait d'enjeu à cette fiévreuse partie, avait suivi toutes les péripéties du jeu.

— Toi, la belle, lui dit-il en la prenant par le bras, viens.

Juanita repoussa ce misérable avec horreur.

— Moi ?... où donc ?

— Pardieu ! Dans ma case.

— Jamais !

— Attends un peu ; tu vas voir.

Il essaya de la saisir dans ses bras; elle lui échappa et courut se précipiter aux genoux de Francis.

— Maître, lui dit-elle, défends-moi !

Francis continua de rester impassible. Il roulait une cigarette entre ses doigts, il l'alluma tranquillement.

Djinn s'approcha de nouveau.

12.

— Ton seul maître maintenant, s'écria-t-il, c'est moi !

— Vous ?

— Oui, moi ; Francis t'a jouée, je t'ai gagnée ; tu m'appartiens.

— Ah ! cria la jeune fille épouvantée, vous mentez ! grâce ! maître ! pitié ! ne me sépare pas de ma mère ! pitié ! pitié !

Francis fumait.

— Assez de criailleries, par l'enfer ! hurla Djinn qui saisit les poignets de l'enfant ; suis moi !

— Non ! non !

Et elle le repoussa avec la force du désespoir.

Elle était jeune, vigoureuse ; il était vieux, usé, il alla rouler à terre au milieu des rires, des moqueries et des huées de la galerie.

Il se releva furieux et, saisissant son fouet, il en lança un coup si vigoureux sur le corps à demi-nu de la fillette que le sang jaillit ; elle jeta un cri de douleur, et tomba sur le sol à demi évanouie en criant :

— Ma mère ! ma mère !

Le marchand d'esclaves leva son fouet pour la seconde fois. Il allait le laisser retomber encore sur les épaules nues de la mulâtresse ; quand une main le retint, et une voix lui dit :

— Bigre de bigre ! assez ! laissez cette pauvre enfant ! laissez-là !

Djinn se retourna, il avait Stanislas, devant lui, Stanislas qui, depuis le début de cette scène dou-

loureuse, s'efforçait, ainsi que Georges, de maîtriser
son indignation.

— De quoi se mêle celui-ci ? s'écria Djinn furieux.

— De ce qui ne le regarde pas, c'est vrai, répondit
le peintre ; mais nous autres Français, çà nous
arrive souvent.

— Cela ne t'arrivera plus, mécréant, vociféra le
négrier en lui plaçant rapidement le bout de son révolver sur la poitrine.

Par bonheur pour le Parisien, Georges se doutait
de ce dénouement, il veillait, et il releva vivement
le bras de Djinn. Le coup partit, et la balle alla se
perdre dans le plafond.

— Enfer ! hurla le marchand d'esclaves qui, cette
fois, dirigea son arme du côté de Georges ; mais
Stanislas qui, comme nous l'avons dit, connaissait
à fond toutes les ressources de la savate, lui appli-
qua un si violent coup de pied sur le bras que le
revolver tomba. Djinn se baissa pour le ramasser ;
mais un second coup de botte en pleine figure lui
fit abandonner ce projet, et il se roula sur le parquet en poussant des cris de douleur pendant qu'El-
Mestizo se pâmait de rire, et criait en excellent
français.

— Bravo ! bravo ! bis! bis !

Comme un spectateur de l'Ambigu ou de la Gaîté.

Malgré les encouragements donnés par la galerie
à Stanislas, Francis crut devoir intervenir.

— Messieurs, dit-il d'un air hautain aux voyageurs, vous oubliez que vous êtes nos hôtes. Rien
de ceci ne vous regarde.

Puis, se tournant vers Djinn, il ajouta :

— Que cette scène finisse ; emmène Juanita.

Le marchand d'esclaves se précipita sur sa proie.

Juanita, épouvantée, jeta un cri terrible et appela de nouveau sa mère, pendant que Djinn s'efforçait de lui lier les mains.

Une femme haletante, furieuse, entra comme la foudre, et repoussa violemment le marchand d'esclaves qui alla, pour la deuxième fois, rouler à terre. Cette femme, c'était Morinda, la mère de Juanita.

Les deux femmes s'élancèrent dans les bras l'une de l'autre.

— Mon enfant ! murmura Morinda, mon enfant?

Et elle couvrit sa fille de caresses.

— Oh! ma mère ! ma mère ! dit celle-ci en sanglotant, le maître m'a jouée, et il a perdu, et cet homme veut m'emmener.

— J'ai été trahi ! pensa Francis ; qui a donc averti cette femme?

Il jeta un regard soupçonneux autour de lui ; Alix était sortie.

Morinda se dégagea des bras de son enfant et s'en fut droit à Francis.

— Tu as osé vendre ma fille, lui dit-elle, la jouer?

— Eh bien? répondit le métis.

— Tu as vendu l'enfant de ton père, ta sœur, misérable?

— J'ai vendu l'une de mes esclaves, fille d'une esclave.

— Une esclave! oui, répondit Morinda, oui, une esclave comme l'était ta mère ;

Francis lança à cette femme un regard de haine et de fureur. Morinda reprit :

— Tu sais bien que tu ne me fais pas peur. Ah ! tu oublies ta naissance, et tu fais de ma fille un enjeu ; eh bien, je vais, devant tes amis, te rappeler ce que tu es. Oui, ta mère était ce que je suis, une pauvre esclave de cette plantation ; elle était belle, comme je l'ai été ; ton père l'a aimée comme il m'a aimée. Ton père t'a fait libre à la mort de ta mère ; tandis que Juanita ne doit être affranchie qu'à la fin de cette guerre, au retour du maître, j'ai sa parole ; voilà toute la différence entre ta mère et moi, entre toi et ta sœur Juanita.

Francis se tut. Un sourire railleur erra sur ses lèvres pâlies par la colère.

Morinda reprit :

— Tu nous hais, mais je méprise ta haine autant que ta personne. Je consens à cacher cette nouvelle infamie à ton père ; mais à une condition, c'est que, devant tous, tu me donneras ta parole de ne plus vendre ma fille et de ne pas nous séparer. Sinon, prends garde !

— Tu me menaces ?

— Oui ; car il n'y a qu'un maître ici, le tien et le mien, ton père !

— Je vais te prouver le contraire, s'écria Francis. Riario, fais lier Juanita et qu'on la porte chez Djinn.

La pauvre enfant se serra plus étroitement encore contre sa mère.

Sur un signe de Francis, son commandeur Riario et une douzaine de nègres s'élancèrent vers les deux femmes pour les séparer. Le premier qui mit la main sur la jeune fille tomba frappé par sa mère d'un coup de couteau en pleine poitrine ; le second, blessé, s'accrocha aux vêtements de la pauvre femme et paralysa ainsi sa defense. Aussitôt elle fut renversée et solidement garottée.

Riario se tourna alors vers Francis.

— Qu'ordonne le maître? demanda-t-il.

— Qu'on livre cette misérable au *supplice de la cage !* répondit le métis.

Un murmure d'horreur circula parmi les assistants ; Morinda elle-même, malgré son énergie, ne put s'empêcher de frissonner.

Par l'ordre de Francis, Riario, faïsant l'office de bourreau, saisit la condamnée et la plaça sur son dos, puis il sortit de la salle suivi de tous les convives, à l'exception de Georges, de Stanislas et d'Alix qui, ne pouvant sauver la malheureuse mère, ne voulaient pas assister à cet atroce spectacle. Ils restèrent donc à côté de Juanita étendue à terre, baillonnée, et gardée par quelques nègres. Djinn avait suivi le lugubre cortége, se promettant d'emmener sa victime après l'exécution.

Un échafaud fut promptement dressé sur le bord du fleuve, et un prêtre méthodiste vint assister Morinda.

— Demande-moi pardon, dit alors Francis, et tu auras ta grâce.

La mère de Juanita sourit amèrement, mais ne répondit pas ; elle préférait la torture et la mort.

Et pourtant le supplice qui l'attendait devait être

épouvantablement atroce ; qu'on en juge. Il était en vigueur dans les Etats du Sud il n'y a pas dix ans.

Le bourreau porte le condamné sur son dos jusque sur la plate-forme de l'échafaud ; là il lui fait faire la culbute à califourchon sur une lame tranchante fixée au milieu d'une cage de fer de deux à trois mètres de hauteur, et à laquelle sont fixés des étriers juste de l'extrême longueur des jambes du patient, si bien que le malheureux est forcé de se dresser sur ses jarrets autant qu'il le peut pour ne pas être atteint par la lame coupante. Des chaînes rivent la victime sur l'infernale monture. L'eau de la rivière coule sous ses yeux comme le flot de Tantale. Quand la fatigue, l'épuisement arrivent, le malheureux s'affaisse sur sa selle tranchante, et celle-ci pénètre dans ses chairs ; puis le soleil des tropiques brûle sa peau et fait bouillonner sa cervelle.

La soif le dévore, sa langue desséchée pend hors de sa bouche, et l'eau du fleuve murmure à cent pas de lui.

Les prunelles de ses yeux s'enflamment à la réverbération des mille facettes du sable de la rive. Les moustiques s'acharnent sur son corps nu, pénètrent dans ses yeux et ses narines ; les mains sont liées. La chair, tuméfiée, éclate et dans les fissures les insectes s'introduisent et y causent d'intolérables tortures.

Le condamné ne meurt souvent qu'au bout de trois ou quatre jours.

Morinda connaissait toutes les horreurs de ce supplice, et cependant elle ne cria pas grâce.

Alors Francis donna l'ordre de commencer. Riario reprit la condamnée sur ses épaules, et gravit
avec elle l'échelle dressée contre l'échafaud.

Au moment où il allait jeter Morinda sur le fer
tranchant, une grande agitation se manifesta, un
homme fendit la foule et s'élança sur l'échelle.

En un instant il eut repoussé Riario et délivré
Morinda.

Ce sauveur inespéré, c'était William Morris.

Ceci fait, il attendit avec calme.

Un éclair de rage avait passé dans les yeux de
Francis. Ses lèvres étaient pâles, ses traits contrac-
tés ; il fit un pas vers son ancien ennemi, et il lui
dit :

— J'ai juré à mon père, sur le Christ éternel, de
respecter ta vie ; mais prends garde, William, ma
haine pour toi n'est pas éteinte.

— La mienne vivra autant que moi, répondit
Morris d'un ton froid ; un même serment nous re-
tient, respectons-le. Malheur à qui frappera le premier.

— Pourquoi oses-tu toucher à mes esclaves?

— Si c'est de cette pauvre créature que tu veux
parler, elle ne t'appartient pas.

— Mensonge! elle appartient à mon père!

— Ton père est mort !

— Mort, mon père !

— Oui.

— Eh bien, alors, si tu dis vrai, s'écria Francis

ivec une joie mal dissimulée, il n'y a plus qu'un
naître ici désormais, et ce maître, c'est moi !

— Non. Ce maître, le voici !


## II

### LE SERMENT DE VENGEANCE


Du geste, William montra Edith qui venait d'en-
rer accompagnée de son père et de nombreux escla-
es portant des torches.

— Bonjour, Francis, dit la jeune miss qui tendit
aiement la main au mulâtre.

Francis était resté interdit.

— Vous me faites un singulier accueil, cousin,
eprit Edith en riant en rentrant avec lui dans l'ha-
itation.

Ce ton familier n'avait rien de choquant lorsqu'on
avait que la jeune miss avait passé plusieurs années à
Hacienda del Venado chez son oncle le général,
orsqu'elle était enfant. Elle avait été élevée auprès
e Francis plus âgé qu'elle d'une dizaine d'années.

Plus tard, Francis avait été envoyé par son père
u Mexique chez sir James Smith pour y étudier le
ommerce ; il y avait rencontré Flavie, s'en était
iit aimer, l'avait enlevée et conduite en France,
omme nous l'avons vu au début de ce livre. Dans
on dernier duel à Paris avec William Morris, blessé
rièvement il n'avait dû la vie qu'à sa vigoureuse

13

constitution, et nous le retrouvons ayant repris ses anciennes habitudes de débauche que son amour pour Flavie avait momentanément fait cesser.

A l'époque où Francis avait reçu l'hospitalité chez sir James Smith, Edith, bien que née le même jour que sa sœur, n'était encore qu'une frêle créature paraissant avoir à peine douze ou treize ans ; tandis que Flavie semblait en avoir dix-sept.

Mais depuis, Edith s'était transformée en une délicieuse jeune fille et sa ressemblance avec sa sœur jumelle était telle que Francis recula d'un pas à sa vue, fut forcé de s'appuyer contre un meuble pour ne pas tomber, et murmura d'une voix émue :

— Dieu ! quelle étrange ressemblance !

Quant à sir James, il restait à l'écart silencieux et sombre. D'un autre côté, au fond dans une demi obscurité, Georges et Stanislas achevaient leur souper ; leur surprise avait été grande en découvrant le véritable nom de leurs compagnons de voyage.

William rompit le premier le silence.

— Monsieur, dit-il en s'adressant froidement à Francis, votre père a légué ce domaine à sa nièce miss Edith, avec tout ce qui le compose, terres, bois, prés, esclaves.

Francis s'inclina sans répondre.

— Quant à vous, continua Morris, il vous laisse toutes ses valeurs, une fortune princière.

— De quoi payer ses dettes, murmura El-Mestizo.

Morris ajouta :

— Je tiens une copie du testament de votre père à votre disposition.

— Votre parole me suffit, monsieur, répondit
Francis qui avait eu le temps de reprendre son assurance habituelle. La volonté de mon père me sera
toujours sacrée. Du reste, partout où se présente
miss Edith, elle doit y être traitée en souveraine.
Quand bien même votre venue me coûterait ce domaine, cousine, ce ne serait pas payer trop cher
l'honneur de votre visite. Vous aussi, mon oncle,
soyez le bien accueilli parmi nous.

Il tendit la main à sir James, avec son impudence
accoutumée.

Sir James le toisa d'un air méprisant, et lui tourna
le dos.

Un sourire amer se dessina sur la bouche du mulâtre.

Morris saisit ce moment pour présenter Morinda
et sa fille à Edith.

— Miss, lui dit-il, votre oncle, avant de partir,
avait promis à ces deux esclaves de les affranchir à
son retour; vous êtes aujourd'hui leur maîtresse...

— Je ne le suis plus, répliqua vivement la jeune
fille; car je leur accorde la liberté.

Les deux femmes se jetèrent à ses pieds en pleurant de joie; Edith les releva avec sa bonté ordinaire.

— Vous sauvez mon enfant, lui dit Morinda ; de-
mandez-moi ma vie, elle est désormais à vous.

— Je vous attache à ma personne, répondit la
jolie miss.

— Alors, emmène ces pauvres créatures, dit sir
James, et va prendre un peu de repos.

Edith sortit accompagnée par les acclamations enthousiastes des nègres qui se voyaient une bonne maîtresse puisqu'elle avait donné la liberté à Morinda et à Juanita.

Stanislas s'approcha de Djinn et, d'un air goguenard, il lui dit à l'oreille :

— Il paraît que notre proverbe français : — qui perd gagne, — a son pendant chez vous; il faut dire en Amérique : — qui gagne perd. Vous avez gagné Juanita, et vous la perdez.

Djinn lui jeta un regard méchant; mais il se tut, la présence de sir James en imposait à ce coquin.

Quant à Francis, égaré dans une profonde méditation, il suivait des yeux Edith qui s'éloignait, et il se disait :

— Plus belle encore que sa sœur! Elle sera ma femme!

Alix prit son mari à part et lui glissa ces mots à l'oreille :

— L'habitation n'appartient plus à Francis, nous partons dans deux heures.

— Impossible, observa Lucott, Francis vient d'hériter, j'ai besoin d'argent, il m'en prêtera. Nous partirons demain.

Les deux époux sortirent.

Francis se disposait à les suivre lorsque sir James lui dit sèchement :

— Restez, j'ai à vous parler.

Francis s'arrêta.

Au même instant, Georges, que sir James n'avait

pu encore apercevoir, s'avança au milieu de la salle et, s'adressant au père d'Edith :

— Pardon, j'aurais aussi besoin de vous parler, lui dit-il en le saluant.

— Vous ici! s'écria le vieillard stupéfait. Vous m'aviez donné votre parole de ne pas nous suivre.

— J'ai tenu cette parole, répondit le jeune homme. J'ignorais où vous vous rendiez, et le but de mon voyage, c'était l'*Hacienda del Venado*.

— Soit, répliqua vivement sir James, je veux bien ajouter foi à ce singulier hasard; mais maintenant que vous me savez ici, chez ma fille, chez moi, et il appuya sur ces derniers mots, j'espère que vous ne comptez pas y rester?

— Non assurément; seulement, avant de m'éloigner, j'ai une mission sacrée à remplir auprès de vous.

— Auprès de moi?... Eh! monsieur, il y a trois mois que nous nous voyons chaque jour! que ne vous en acquittiez-vous plus tôt?

— C'est que plus tôt votre nom véritable m'était inconnu; il m'a été révélé depuis dix minutes seulement.

— C'est juste. Parlez. Quelle est cette mission?

— Deux lettres à remettre.

— A qui?

— Celle-ci est pour sir James Smith, négociant demeurant au Présidio del Norte, au Mexique.

— C'est moi, donnez.

— La seconde est adressée au général Jonathan Smith.

— Mon frère!... Il est mort!

Francis s'avança vivement.

— Je suis le fils du général, dit-il, vous pouvez me remettre cette lettre.

— Quand vous m'aurez montré l'acte de mariage de votre mère, répondit froidement Georges.

— Hum! bien touché! pensa Stanislas en contemplation devant un cadre couvert d'un voile noir, et se disant :

— Qu'y a-t-il là dessous? un Raphaël ou une croûte?

Francis avait bondi sous l'insulte.

— Vous me rendrez raison! s'écria-t-il.

— Si un blanc veut se battre pour vous, répliqua Georges d'un ton méprisant, j'accepte tous les cartels qu'il vous plaira de m'envoyer. Vous n'êtes plus en Europe, mais en Amérique. Ici, on ne se bat pas contre un mulâtre... on le bat!

Francis fit un bond de tigre vers son adversaire; mais sir James s'interposa. Il arrêta d'un geste Francis, et il dit à Georges :

— Ces lettres, voulez-vous me les remettre?

— Sur-le-champ.

— Très-bien, fit sir James. Laissez-nous, monsieur, dit-il à Francis, je vous ferai bientôt appeler auprès de moi.

Tous les personnages présents se disposaient à sortir, lorsque Stanislas les retint d'un mot.

Pendant la scène que nous avons racontée, il n'avait pu céder à la tentation d'écarter le voile qui

enveloppait le tableau, et il paraissait profondément
ému de ce qu'il venait de voir.

— A qui ce portrait? demanda-t-il.

— A moi, s'écria Francis qui courut vers le tableau et s'empressa d'abaisser le voile.

— Ciel! fit sir James qui venait d'entrevoir cette
toile mystérieuse représentant une jeune femme
morte.

Pendant ce temps Stanislas examinait Francis.

— Bigre de bigre! dit-il enfin, je me le disais
bien, j'ai vu ce bonhomme-là quelque part... ce portrait, savez-vous qui l'a fait?

— Un peintre français, répondit Francis.

— Ce peintre français, c'est moi, répliqua le neveu de Moyendoux.

— Vous?... je ne vous reconnais pas.

— Cela ne me surprend pas. Vous ne voyiez rien
alors que la pauvre jeune fille endormie à tout jamais, comme je l'ai représentée.

En prononçant ces paroles, Stanislas écarta le
voile sans que Francis s'y opposât.

Sir James vint alors s'agenouiller devant cette lugubre image de sa fille morte; de grosses larmes
descendaient lentement de ses yeux sur ses joues.

Stanislas reprit :

— Ah! vous ne me reconnaissez pas? Eh bien,
moi, je me rappelle tout. Nous nous sommes vus
deux fois.

— Deux fois!

— Oui, deux fois. La première, lorsque vous êtes

venu consulter le docteur Ragueneau; j'étais dans son cabinet.

— Et la seconde?

— Devant le cadavre de cette malheureuse femme, vous pour pleurer et prier, moi pour la faire revivre sur cette toile. Quand ce portrait a été terminé, vous m'avez dit : — Cette maladie a épuisé mes ressources, je ne puis vous payer.

— Alors, continua Francis, vous m'avez tendu la main et vous m'avez répondu : — Ne vous mettez pas en peine de cela, ce portrait est à vous, car je vous le donne.

— Vos souvenirs sont exacts, dit l'ancien rapin, seulement vous oubliez d'ajouter que vous avez détaché du col de la morte un bijou... un petit médaillon... que vous y avez mis quelques-uns des beaux cheveux de la pauvre femme, et que vous me l'avez offert.

— Oh! c'est bien vous! s'écria Francis lui serrant les mains avec émotion; mais ce médaillon? ces cheveux?

— J'ai gardé ce bijou comme une relique... Le voici... à la chaîne de ma montre.

Et tout en parlant, Stanislas détacha le joyau et le tendit à Francis; mais, plus prompt que la pensée, sir James s'élança entr'eux et saisit le médaillon qu'il baisa cent fois ardemment.

— Par pitié! fit Francis.

Sir James lui tourna le dos, et s'adressant à deux de ses valets :

— Placez, leur dit-il, ce portrait dans mon appartement.

Et il leur montra le tableau.

— Quoi ! s'écria Francis, vous auriez la cruauté de m'enlever ce portrait?

— Vous m'avez bien enlevé ma fille !

Francis courba la tête sans répondre et s'éloigna accablé.

Quant à Stanislas, il se retira aussi tout en se disant à part lui :

— Pas gêné, le petit papa James Smith; il me filoute mon médaillon.

Enfin Georges resta seul avec le père d'Edith, qui lui dit brusquement :

— Je vous écoute, parlez.

— Veuillez d'abord lire ces deux lettres, répondit Georges.

— Celle-ci est destinée à mon frère le général Jonathan?

— Oui, vous pouvez l'ouvrir.

— Sir James brisa l'enveloppe et parcourut d'abord rapidement la lettre; mais au fur et à mesure qu'il lisait, le plus grand étonnement se peignait sur sa mâle figure et, parfois, il interrompit sa lecture pour jeter un regard sur le jeune homme.

Quand il eut terminé, il s'arrêta, puis fixant de nouveau ses yeux sur Georges, il lui dit après un certain temps de réflexion.

— Ainsi, vous êtes?...

— Le fils de Sarah Wilson...

— Ma sœur !

13.

— Oui.

— Ces papiers ne peuvent laisser aucun doute.

Sir James tendit la main au jeune homme et ajouta:

— Savez-vous, mon enfant, ce que votre mère écrivait au général?

— Non. Ma mère ne m'en a rien dit, et vous avez pu remarquer que le cachet de cette lettre était intact.

— En effet. — Alors écoutez ceci :

Et, reprenant le papier, sir James lut ce qui suit d'une voix profondément émue.

— « Mon frère, je vais mourir et je n'ai auprès de moi, pour adoucir mes derniers instants, que mon cher fils Georges. Mon mari a péri au milieu de nos funestes guerres civiles, nos biens ont été confisqués, et à cette heure, je meurs moins par suite de maladie, que de misère et de faim. »

— De faim! s'écria James interrompant sa lecture. De faim?... Ma sœur! Serait-il possible?

— Ma mère n'a rien exagéré, répondit Georges.

— Pauvre Sarah! fit sir James qui reprit ainsi sa lecture :

— « Vous le savez, mon frère, je ne vous ai jamais rien demandé ; mais à mon lit de mort j'ai une prière à vous adresser. Je voudrais que mon pauvre corps pût reposer à côté de nos chers parents, puisque je ne puis être auprès de mon mari enseveli sur le champ de bataille où il est tombé en héros. Accordez-moi cette grâce, mon frère. Vous qui êtes un des chefs puissants des Etats du Sud, obtenez que la proscription qui m'a frappée pendant ma vie, laisse passer en paix mon cercueil. Je vous envoie le baiser de pardon et d'oubli. Votre sœur, Sarah Wilson-Smith. »

Sir James resta quelques minutes sans pouvoir parler tant était vive son émotion.

Lorsqu'il l'eut dominée, il dit tristement :

— Ce vœu d'une mourante, c'est moi qui le réaliserai ; nous placerons cette chère dépouille dans le tombeau de notre famille.

— Ce tombeau est ici, répliqua Georges, sans cela ma mère se fut adressée de préférence à vous qui l'aimiez beaucoup, et qui n'avez pris aucun parti dans cette lutte fratricide. Maintenant s'il vous plaît de lire cette seconde lettre qui vous est adressée ?...

Sir James la lut lentement ; puis il dit à son neveu :

— Connaissez-vous le contenu de cette lettre ?

— Non.

— Votre mère m'adresse une prière ; elle me supplie d'unir un jour nos deux enfants.

Georges tressaillit et s'écria :

— Moi !... uni à miss Edith ?

— Votre cousine... oui.

Le jeune homme balbutia d'une voix tremblante:

— Ma mère a devancé mon vœu le plus cher. Je n'ai rien à vous apprendre en vous parlant de mon amour pour miss Edith ; mais je ne dois pas oublier que je suis un misérable proscrit, et que mes biens sont confisqués...

— Ma fille, est assez riche pour payer la rançon du proscrit et tailler deux dots dans sa fortune, l'une pour elle, l'autre pour son mari. Faites-vous aimer... cela ne vous sera pas difficile... et le vœu de votre mère sera bientôt exaucé.

— Ah ! monsieur !

— Vous me remercierez plus tard. Songeons au plus pressé.

Ne perdons pas de vue que vous êtes proscrit, mon cher enfant, et laissez-moi vous dire que je vous trouve insensé d'être venu dans un pays où chaque habitant se transformera pour vous en délateur ou en bourreau. Nous serons plus qu'heureux si vous n'êtes pas reconnu, trahi, arrêté et...

— Et pendu, ajouta Georges en riant.

— Précisément.

— Il y a deux heures, reprit le jeune homme, cela m'eut été parfaitement indifférent.

— Mais maintenant la perspective d'épouser ma fille vous raccommode avec la vie. Allons, tant mieux. Voici mes prescriptions. D'abord vous allez conserver votre incognito.

— Quoi ! même avec miss Edith ?

— Non, je vous permets d'être expansif avec elle. Je la connais assez pour ne rien redouter de son indiscrétion. Je vous laisse même le plaisir de lui révéler votre vrai nom. Pendant ce temps, je vais prier Morris de courir à la ville avec une lettre de moi pour un vieil ami tout-puissant auprès du funeste dictateur des Etats-Unis du Sud, Jefferson Davis.

Sir James appela un de ses valets, se fit apporter

ce qu'il lui fallait pour écrire, donna l'ordre de chercher William Morris, et dit tout bas à son neveu :

— Je ne vous croirai véritablement vivant que quand je tiendrai votre grâce.

Morris entra comme sir James terminait sa lettre.

— Vous me demandez ? fit-il.

— Oui, cher ami, un service ?

— Je suis prêt. De quoi s'agit-il.

— Pouvez-vous, malgré la nuit et l'obscurité, porter vous même cette lettre à sir Butler ?

— Le temps de seller un cheval et je pars.

— Merci. Notre vieil ami vous lira ma lettre qui vous mettra au courant. Maintenant, une dernière recommandation : ayez soin que personne ne vous voie sortir et que personne ne vous suive.

— Je vais seller mon cheval, et je passerai par la porte qui donne sur le bois. Chut! voici sir Fran cis, ajouta-t-il à demi-voix.

En effet, le métis venait d'entrer et s'était arrêté au fond.

Sir James ne parut pas s'être aperçu de son arrivée. Il pria Morris de donner une chambre à Georges et à son camarade parce que son intention était de leur faire faire le portrait d'Edith et le sien pour les placer à côté de l'image de Flavie.

Georges salua et sortit avec William ; Francis s'approcha.

Le mulâtre salua profondément le vieillard et entama la conversation par ces trois mots :

— Mon cher oncle...

— Appelez-moi monsieur, interrompit sèchement Smith.

Francis reprit sans se troubler, en homme qui avait prévu l'observation qui venait de lui être adressée :

— Je viens, dit-il, de causer avec sir William Morris, et j'ai appris par lui toutes les dispositions du testament de mon père soit à mon égard, soit en faveur de ma cousine Edith.

— Dites miss Edith, observa plus brusquement encore sir James, et allez sur-le-champ au but.

— Soit, répondit Francis, je vais tâcher d'obéir. Mon père me laisse plus d'un million, à peu près la valeur de ce domaine. J'ai pensé que, comme à moi, il vous serait pénible de voir la belle fortune de mon père ainsi mutilée et, bien que nos bonnes relations d'autrefois aient été jadis troublées par ma faute, je le reconnais, je viens vous supplier de m'accorder un pardon généreux et vous proposer, pour ne pas diviser le patrimoine de notre famille, de m'accorder la main de ma cous... la main de miss Edith.

— Vous avez fini ? demanda froidement le père.

— J'ai fini.

— Voici ma réponse : — Si je n'avais juré à votre père de ne pas vous casser la tête, vous ne sortiriez pas vivant de cette chambre. Mais ce que je ne lui ai point promis, c'est de ne pas vous chasser de chez moi comme un misérable si jamais je vous y rencontrais. Je ne veux pas vous voir une minute de plus sous le même toit que ma fille. Vous êtes chez elle, vous êtes chez moi, sortez !

— C'est donc la guerre que vous voulez avec moi? s'écria violemment le mulâtre ; bien, vous l'aurez ! vous l'aurez implacable ! prenez garde !

Sir James ne répondit rien ; il frappa sur un timbre, quelques valets entrèrent.

— Jetez ce drôle dehors, dit-il.

Francis lui lança un regard plein de haine et sortit tranquillement sans que les laquais osâssent mettre la main sur lui.

Une fois hors de l'Hacienda, le métis se retourna et murmura cette menace :

— Avant deux jours, tu seras trop heureux de me donner la main de ta fille.


III

LA BALLE DE SIR LUCOTT


Toute la nuit il y eut fête à l'Hacienda del Venado en l'honneur de miss Edith et de son père qui firent de larges distributions d'argent à leurs nouveaux esclaves. Le tafia et le café coulèrent à pleines calebasses, et les danses ne cessèrent que quand le jour apparut.

Qui n'a pas vu danser le nègre au milieu de ses congénères ne saurait se faire une idée exacte de la passion qu'il apporte à ce plaisir.

Ses deux danses favorites sont l'impétueux *bam-boula* et le gracieux *calenda,* exécutés au son du *banjo,* instrument d'origine africaine et de construction aussi singulière que sa mélodie.

Le *banjo* est une guitare à quatre cordes ; dans sa caisse est renfermé un petit tambourin. Le bruit produit par les cordes frappées dans cette peau d'âne tient tout à la fois du tambour et de la guitare. Ce mélange bizarre ne manque pas de charme.

Un nègre fait vibrer le *banjo,* un autre joue des castagnettes castillanes ; en voilà plus qu'il ne faut pour faire tomber tous les nègres d'une habitation dans un véritable délire.

Outre le *banjo* et les castagnettes, les musiciens jouent encore du *shakshak,* instrument taillé dans une calebasse, orné de fleurs et de rubans, et manié par les femmes. Le son, bien que peu harmonieux, se manie à merveille avec le tapage de l'orchestre.

Quant au batteur de tambour, placé à cheval sur son instrument, il joue le principal rôle, et tous les yeux sont fixés sur lui. Ses contorsions convulsives excitent les nègres.

A son appel, la danseuse s'élance en décrivant lentement un cercle et en imprimant à tout son corps un balancement étrange plein de voluptueuse sensualité et d'ardentes promesses.

Le danseur, pendant ce manége, tourne sur lui-même et frappe ses cuisses en cadence.

Graduellement, il s'anime et s'exalte. Alors la négresse serpente autour de lui en agitant son mouchoir. Cette femme, si laide une heure auparavant, paraît belle à cette heure sous cette passion qui la dévore. Ses gestes, ses poses, ses entraînements soudains tiennent du délire.

Les chants les plus naïfs accompagnent le bamboula, vrai chahut africain.

Parmi les danseuses les plus fêtées de cette nuit de fête, on distinguait Morinda et sa fille, la belle Juanita, parées toutes les deux de beaux colliers de corails donnés par Edith.

L'*Hacienda del Venado*, semblable sous ce point de vue seul, à nos vieux manoirs de la féodalité, avait été construite pour la défense. Elle était entourée de larges fossés que remplissait l'eau du fleuve et on n'y pouvait pénétrer qu'en passant sur un pont tournant assez inutile depuis que les attaques des Indiens étaient devenues plus rares.

D'un côté à l'est, une partie de l'habitation était élevée à pic sur la rive même d'un bras du fleuve rapide en cet endroit comme un torrent de la Suisse.

Ce torrent courait au pied d'un élégant pavillon dont la vue admirablement belle s'étendait au loin et n'avait pour horizon qu'une magnifique forêt ; c'était un site vraiment splendide selon l'expression américaine. Aussi ce pavillon avait-il été choisi pour en faire l'appartement d'Edith. Il était isolé ; mais inaccessible.

Un léger pont-levis, placé sur le torrent, reliait le pavillon de miss Edith à une cour intérieure protégée par de fortes palissades et par un des mille replis du bruyant cours d'eau.

Le lendemain qui suit les événements racontés par

nous dans le précédent chapitre, Riario, le commandeur, se promenait dans la cour intérieure dont nous venons de parler, et semblait examiner soigneusement les filets que les esclaves pécheurs faisaient sécher sous de vastes hangars à claire-voie.

Dès que les esclaves furent sortis pour se rendre les uns à la pêche, les autres à la chasse pour approvisionner l'Hacienda de gibier et de poisson, le terrible commandeur s'assura que personne ne pouvait le voir, puis il appela du geste Lucott qui traversait en ce moment, un chevreuil en travers de ses larges épaules et son rifle à la main.

Lucott, l'intrépide chasseur s'arrêta.

— Que me veux-tu, animal ? demanda-t-il au nègre

Riario lui répondit d'un ton mystérieux.

— On veut vous parler.

— Qui ?

— Attendez, massa.

Lucott se débarrassa du chevreuil qu'il venait de tuer et posa son rifle contre un pilier des hangards.

Alors Riario prit une perche, y attacha un mouchoir, et l'agita du côté de la rivière ; évidemment c'était un signal.

— Que diable fais-tu là ? demanda Lucott.

— Regardez, se contenta de répondre le commandeur.

Une barque glissait sur le Mississipi, peu après elle s'arrêtait derrière un massif de roseaux, puis Francis sautait à terre, amarrait son canot, et se dirigeait vers Lucott.

Dès qu'il fut entré, Francis questionna Riario.

— Ne peut-on me surprendre! dit-il en serrant la main de Lucott.

— Non, maître.

— Bien. Tu es sûr que miss Edith couche dans ce pavillon?

— Très-sûr.

— Ton échelle de corde est-elle prête?

— Elle le sera. Vous la trouverez sous ce monceau de filets à raccommoder.

— Veille à ce qu'on ne puisse nous surprendre; j'ai à causer avec sir Lucott.

— Le maître n'oubliera pas son fidèle serviteur? fit le nègre hésitant à sortir.

— Non, je te le promets.

— Ma liberté?

— C'est convenu.

— Puis?..

— Puis ce que tu pourras porter de dollars.

La figure du nègre s'illumina.

Il ajouta :

— Riario est fort.

— Francis est plus généreux encore que Riario n'est fort! répliqua son maître avec cet accent d'orgueil qui ne l'abandonnait jamais.

— Bien, répondit le commandeur ; mais après la liberté, après les dollars, qu'est-ce que le maître donnera encore à l'esclave qui lui apporte une fortune de roi et la femme la plus belle de l'Amérique?

— N'est-ce donc pas assez, coquin, s'écria Francis, et que veux-tu de plus ?

— Je veux Juanita.

— Juanita !... Tu en es amoureux aussi, toi ?

— Oui, amoureux ! à commettre un crime.

— Tant mieux, reprit Francis ; car alors tu ne reculeras devant rien ! Retiens bien ceci. Que miss Edith soit à moi cette nuit, et Juanita sera à toi demain.

— Miss Edith sera à vous cette nuit, maître, répondit Riario joyeux.

— Alors, va, et veille.

Le commandeur sortit.

Dès que Lucott fut seul avec son ami.

— Que veut dire cela ? s'écria-t-il ; l'ai-je bien entendu : tu veux enlever Edith ?

— Je veux encore davantage cher ami ?

— Quoi donc ?

— Que tu m'aides à cet enlèvement.

— Jamais ! un rapt ! je serais pendu ! jamais ! jamais ! jamais !

— Oh ! jamais ! avant cinq minutes, tu vas être le premier à me supplier de te faire mon complice.

Lucott fit le signe de dénégation le plus énergique.

Francis continua ainsi :

— Ta conscience se refuse à me servir, n'est-ce pas ?

— Certainement, et la peur de la corde aussi.

— Soit, je sais un moyen sûr de calmer ta frayeur

et ta conscience; il ne s'agit que d'y mettre le prix.

— Je ne suis pas à vendre.

— Non, mais à acheter.

Lucott voulut s'indigner.

— Ecoute-moi, reprit son ami tranquillement, et tu vas voir que tu seras de mon avis. Tu as deux créanciers?

— J'en ai plus de cent.

— Oui; mais tu en as deux qui sont impitoya-bles.

— Djinn et El-Mestizo?

— Précisément. Ils vont faire vendre ton domaine.

— Je ne le sais que trop.

— Je me charge de toutes tes dettes.

— Ah!

— N'est-ce pas? c'est gentil, et l'on peut s'entendre.

— Oui; mais si je suis pendu comme ton complice, la belle avance?

— Tu ne seras pas pendu, et tu rentreras dans toutes tes propriétés en maître et seigneur. Tu pourras chasser, jouer et te griser à ton aise.

— C'est tentant; pourtant je refuse.

— Vrai?

— Vrai!

— Alors autre chose.

— Tu ne réussiras pas mieux.

— Peut-être. Tu aimes ta femme?

— Oui.

— Tu en es jaloux?

— Oh ! oui. J'ai déjà échangé plus d'un coup de couteau pour elle.

— Si je t'offrais la preuve ?... hein ?

— La preuve de quoi ?

— La preuve que ?...

— Que quoi ?

— Que tu es ?...

— Sacrebleu ! t'expliqueras-tu ?

— Auparavant, faisons nos petites conditions.

— Lesquelles ?

— Si je te fournis la preuve que ta femme a un amant ?...

Lucott sauta au cou de son ami et se mit en devoir de l'étrangler ; mais comme il était, selon son habitude, à moitié hébété par une demi ivresse, Francis se débarrassa de son étreinte assez facilement et l'envoya rouler d'un coup de poing sur le sol.

Lucott se releva en rugissant.

— Il faut que je te tue ! criait-il.

— Moi, non, répliqua tranquillement Francis ; mais plutôt l'amoureux d'Alix.

— Et elle aussi, par l'enfer !

— Soit, tous deux. Maintenant, reprenons notre petit marché Si je te la montre avec son amant, engage-moi ta parole que tu m'aideras à enlever miss Edith cette nuit.

— Je te le jure ! je n'ai besoin ni que tu paies mes dettes ni que tu me fournisses de l'argent ; je veux seulement me venger ! hurla le mari malheureux.

— Fort bien. J'ai ta parole ?

— Ma parole d'honneur et de franc buveur, oui. Maintenant, tes preuves ?

Francis tira sa montre.

— Il est midi, l'heure de la sieste, dit-il ; tout le monde repose, hors les amoureux. Avant dix minutes, tu verras entrer ici ta femme et... et un monsieur. Fais alors ce que tu voudras ; je ne verrai rien, je n'entendrai rien, et si le shériff t'accuse, je jurerai que tu ne m'as pas quitté de la journée et que tu étais avec moi, là bas dans l'île d'où je viens.

Pendant qu'il parlait, Lucott avait repris sa carabine et il la chargeait avec autant de soin que de rage fiévreuse.

— Qu'est-ce que tu fais là ? lui demanda son ami.

— Tu le vois, je change mon plomb.

— Ah !

— J'avais des chevrotines pour cerfs et biches, je les remplace par deux balles ; une pour lui, la seconde pour elle.

— Admirable, fit Francis qui ajouta mentalement : Imbécile ! J'étais bien sûr que tu m'obéirais.

Lucott achevait de charger son rifle ; Francis reprit :

— Tu sais que mon oncle m'a chassé d'ici ?

— Il a eu raison.

— Tu trouves ?

— Parbleu ! tu as enlevé l'une de ses filles autrefois, la belle Flavie qu'il n'a revue que morte, et voilà que tu te prépares à lui voler la seconde ; tu es une fière canaille, mon vieux.

— De la morale dans la bouche d'un ivrogne, s'écria Francis.

— Pourquoi pas ? *In vino veritas*, comme chante notre ministre presbytérien. Tu es donc amoureux d'Edith ?

— Oui.

— Et Flavie ?

— Flavie et Edith, à mes yeux, ne sont qu'une seule et même femme. J'ai aimé Flavie à en devenir fou, je la retrouve dans sa sœur ; ce sont les mêmes traits, la même voix enchanteresse, le même charme ; comment n'en serais-je pas amoureux ? Ce n'est pas Edith qui est ici, c'est Flavie qui m'est rendue. Elle sera à moi ou je mourrai !

— Miss Edith consentira-t-elle à se laisser enlever comme sa sœur ?

— Flavie partageait mon amour et m'aidait à la faire échapper à un odieux mariage ; Edith ne sait rien.

— Et pourtant tu espères réussir ?

— Oui.

— De force alors ?

— De force s'il le faut.

— Ça n'est pas bête ; la petite est immensément riche.

— Je voudrais qu'elle fut pauvre et avoir des millions à mettre à ses pieds.

— Ah! des millions! voilà aussi mon rêve, soupira l'ivrogne. Et sir James? comment t'arrangeras tu avec lui ?

— Un faux avis va le forcer de s'éloigner ; sa fille doit être seule cette nuit.

— Ce pavillon sera gardé.

— Non ; car j'ai un moyen d'en écarter tous ses défenseurs.

—· Tu es donc sorcier ?

— Pas le moins du monde ; je n'emploie que des moyens humains. Ce soir, les nègres de l'habitation, excités en secret par Riario, se révolteront grâce à l'or et au tafia qu'on leur distribuera. Pendant qu'on se battra contre eux, j'agirai.

Francis s'interrompit pour montrer de nouveau le cadran de sa montre à son ami.

— Voilà sept minutes expirées. Tu as trois minutes pour te cacher et surveiller.

Lucott reprit sa carabine et fit un pas vers le fleuve.

— Je vais m'embusquer derrière les roseaux, et, au premier mot d'amour, paf ! pif !

— Au premier mot d'amour, riposta Francis en riant ; mais, cher ami, de l'observatoire marécageux où tu vas te cacher, tu n'entendras rien ; tu ne saurais donc pas si le couple de tourtereaux parle de la pluie, du beau temps ou de ses amours.

— Alors comment faire ?

— Si tu ne peux entendre, tu dois voir, je pense ?

— C'est certain ; mais que verrai-je ?

— Que sais-je, moi ? une main serrée amoureusement, un baiser...

— Un baiser ! s'écria Lucott ; au premier, baiser, pif ! paf !

14

— Pif! paf! c'est çà!

Lucott s'était éloigné, il revint d'un air un peu embarrassé.

— Dis donc, Francis, tu sais que si je te sers cette nuit, ce n'est pas par intérêt; mais seulement pour me venger?

— C'est dit.

Lucott poursuivit avec un embarras croissant.

— Tu as été témoin que, tout-à-l'heure, je t'ai refusé de me mêler de cette affaire pour de l'argent.

— Fort bien.

— C'est que je ne veux pas que tu croies...

— Je ne crois que ce que je vois.

Lucott ne bougeait toujours pas.

— Tu n'as plus qu'une minute, mon bon ami, lui observa le métis.

Lucott sembla prendre alors un grand parti et s'écria :

— Je te servirai pour me venger; mais çà ne t'empêchera pas de payer mes dettes.

— Ah!

— Du moment que je risque la corde, autant que l'aventure me profite. Tu solderas mes créanciers ou rien de fait !

— Je solderai tes créanciers. Cours à ton observatoire.

Lucott s'élança vers le fleuve en agitant sa carabine.

— Plus gredin encore que je ne le croyais, pensa Francis, après lui avoir dit :

— Ce soir, à minuit, devant le pavillon.

Un instant après Riario se glissait auprès du métis.

— Les voici, lui dit-il à mi-voix ; le maître verra si je lui ai dit la vérité.

Puis le commandeur s'assit devant des filets qu'il fit semblant de raccommoder, tandis que Francis se retirait dans son canot. Quant à Lucott, dissimulé derrière les roseaux, il était impossible de l'apercevoir ; il guettait.

Des éclats de rire rompirent le silence. Une jeune femme accourut, son chapeau de paille d'une main, un album de l'autre ; c'était Alix et Stanislas la poursuivait. Tous deux riaient de bon cœur.

— Rends-moi mon album, criait le peintre.

— Je veux voir les portraits de femmes que tu as dessinés.

— Jalouse !

— Pourquoi pas ? asseyons-nous ici et laisse-moi feuilleter.

— Soit.

Ils se placèrent sur une poutre côte-à-côte, elle regardant chaque dessin, lui la contemplant et se rappelant le passé, ce premier amour de sa jeunesse, cette ardente passion qui avait conduit la jeune fille au suicide, et il se demanda s'il n'eût point mieux fait de ne pas courir après la renommée qui ne vaut pas les peines que l'on prend à la conquérir. Le bonheur s'était placé tout près de lui, dans sa mansarde, sous les traits de la jolie fille de madame Aurélie, et il l'avait foulé aux pieds ; il soupirait. Peut-être aimait-il encore. Ce n'est jamais impunément qu'on se retrouve en face d'un premier amour.

Cette pensée était aussi celle de la jeune femme. Elle se reportait involontairement à ses premières années, à son honneur sacrifié à un égoïste, et malgré elle, cet égoïste, elle l'aimait encore.

Il y avait un peu de temps qu'ils avaient cessé de se parler; car ils restaient absorbés dans leurs réflexions; elle feuilletait machinalement l'album sans voir les dessins, lui fixait sur elle un regard attristé; leurs yeux se rencontrèrent, ils tressaillirent.

— Alix, fit d'une voix grave le peintre, Alix, j'ai été bien coupable envers toi, et je te demande pardon.

La jeune femme émue n'eut pas la force de répondre; elle se pencha vers lui pour lui donner son front afin qu'il y déposât un chaste baiser.

Ce mouvement fut-il deviné par sir Lucott, je ne sais; toujours est-il que sa carabine s'abaissa dans la direction des deux coupables, prête à faire feu.

Au moment où Alix allait tendre son front au peintre, elle aperçut Riario raccommodant ses filets; elle se rejeta en arrière.

La carabine de sir Lucott se releva et disparut dans les roseaux comme le fusil d'un braconnier qui guette un lièvre ou un lapin à l'affut.

— Nous ne sommes pas seuls, dit Alix en montrant le commandeur à Stanislas.

— Çà, répondit celui-ci, c'est un singe.

— Tais-toi! Il peut t'entendre.

— Vrai? Je prierai miss Edith d'en faire cadeau au jardin d'acclimatation du bois de Boulogne; il remplacera l'orang-outang. Dis-lui de ne pas bouger, je vais le croquer.

Il fera très-bien dans un paysage Américain ; couleur locale.

Alix cria au noir :

— Riario, reste tranquille ; le seigneur Stanislas fait ton portrait. Il te donnera une piastre.

Le commandeur ne bougea pas.

— Il m'a entendue, dit la jeune femme à son ancien amant.

— Je le crois bien, avec de pareilles oreilles. Elles feraient honte à celles des ânes de la porte Maillot et du Ranelagh qui nous servaient de monture dans notre jeune temps.

— Pas si haut ; tu vas te faire un ennemi de plus.

— J'en ai donc déjà ? j'arrive à peine. Bigre de bigre !

— Dame, tu ne fais que des sottises.

— C'est la mission de l'homme ici bas.

— Et celle de la femme ?

— Consiste à nous faire faire les plus grosses. Qui donc est mon ennemi ici ?

— Djinn, d'abord.

— Djinn ! quel est ce Djinn ?

— Un trafiquant d'esclaves, le vieux coquin à qui tu voulais arracher la pauvre Juanita.

En ce moment un homme se glissa mystérieusement dans la cour par dessus la palissade, et alla se cacher derrière un amas de planches posées le long du hangard.

Riario l'aperçut ; il ne sourcilla pas.

14.

Cet homme, c'était Djinn ; une fois caché, il sortit de sa poche un long coutelas, et il attendit.

Stanislas tout en continuant le portrait du commandeur, reprit la conversation.

— Je crois que tu te trompes quant au seigneur Djinn ; il m'a offert ce matin le calumet de la paix, c'est-à-dire une pipe que nous avons fumée pour cimenter notre éternelle amitié.

— Alors sois sûr qu'à la première occasion il t'enverra une balle de révolver ou un coup de couteau.

— Bigre de bigre ! çà me gênerait. Drôle de pays que ton Amérique ! on y parle révolver et couteau comme en France nous causons fraises et petits pois. Est-ce que tu te plais chez ces sauvages ?

— Pas beaucoup.

— Avant de te demander pourquoi tu ne les quittes pas, dis moi comment il se fait qu'après t'avoir laissée à Paris rue Saint-Paul, je te retrouve dans le Kentucky, et mariée ?

— J'ai eu, comme tant d'autres, mon roman.

— A cascades ?

— C'est ta faute.

— Je ne dis pas non. S'il n'y avait pas d'hommes, toutes les femmes seraient rosières. Conte-moi ton petit feuilleton pendant que je vais brûler une cigarette. Bon, pas une allumette. Eh ! noiraud, du feu.

Le commandeur continua de rester impassible.

— Riario, lui dit alors Alix, des cigares et un brasero pour le seigneur Stanislas.

Le nègre sortit.

— Voyons, chère amie, le roman de ta vie? demanda le peintre.

— Oh! il n'est pas long, Après ton départ, j'ai beaucoup pleuré.

— Moi aussi. Mais çà n'a pas duré ; parce que le soleil d'Italie, vois-tu, çà sèche vite. Continue, ma petite.

— Ma mère est morte de chagrin.

Stanislas tressaillit. Sa conscience lui reprochait la mort de cette digne voisine si bonne pour lui et si indignement trompée.

Alix reprit :

— Restée seule, j'écoutai les conseils des artistes du théâtre où ma mère était ouvreuse, et je débutai. J'avais une jolie voix, j'obtins un certain succès ; mais je pensais toujours à toi, Paris m'ennuyait, je demandai un engagement pour l'Italie, espérant t'y rencontrer.

— Pauvre enfant !

— Ne t'y trouvant pas, l'ennui me prit à Naples et à Florence tout comme à Paris, j'espérai pouvoir échapper à mes souvenirs en mettant une séparation de quelques milliers de lieues entre nous, et je demandai un engagement pour l'Amérique. Je débutai à Richmond avec un succès éclatant.

— Ils ont du goût à Richmond.

Alix sourit tristement à cette galanterie et continua ainsi :

— Parmi mes admirateurs les plus enthousiastes se trouvait un riche planteur, sir Lucott...

— Il s'éprit de la célèbre artiste.

— Et il m'épousa.

— Tu l'aimes aussi ?

— Je commence à m'habituer à sa figure.

— A sa figure seulement. Si tu mets autant d'années à t'habituer au reste...

— Vois-tu, Stanislas, on n'aime qu'une fois...

— Par jour... c'est une devise essentiellement parisienne, comme dirait ta mère.

— Pauvre femme ! Elle est morte trop tôt. Qu'elle eût été contente de me voir mariée !

— Et propriétaire de plantations de coton, de café et de tabac, elle qui aimait tant à priser et son café au lait le matin.

— Comme je serais heureuse de réaliser le rêve de toute sa vie !

— Qu'est-ce donc qu'elle pouvait rêver, la maman Aurélie ?

— Tu ne te le rappelles pas ?

— Non... Sans doute d'être rentière, duchesse ?

— Mais non... Tu sais bien ? Elle rêvait d'être la portière d'un bel hôtel.

— Toutes les ambitions habitent le cœur humain.

— J'aurais acheté un hôtel...

— Et tu aurais fourré ta mère à la porte ? Drôle d'idée !

Et Stanislas se prit à rire de bon cœur; Alix, blessée, laissa couler ses pleurs.

Le peintre lui saisit la main et, avec plus d'émotion qu'il n'eût voulu en laisser paraître :

— Pauvre Alix, dit-il, sans moi tu serais heureuse à cette heure ; tu ne te serais pas exilée, et ta mère existerait encore.

Et comme la jeune femme versait d'abondantes larmes, Stanislas l'attira vers lui et plaça sur son front le plus paternel des baisers.

Au même moment, Djinn, caché à quelques pas, s'élança sur le peintre le couteau levé ; un coup de feu retentit, et Djinn tomba foudroyé. La balle de sir Lucott, destinée au peintre, avait rencontré Djinn sur son chemin.

Lucott, habituellement sûr de loger son projectile là où il voulait l'envoyer, s'élança hors de son nid de roseaux pour jouir des dernières convulsions de son ennemi ; il recula terrifié en apercevant Djinn se tordant au milieu de la plus cruelle agonie.

— Tu m'as tué ! s'écria la victime en expirant.

Lucott comprit tout et, se tournant vivement vers Stanislas abasourdi.

— Monsieur, lui dit-il, ce misérable allait vous assassiner ; je vous ai sauvé !

Le peintre lui serra les mains avec effusion.

— Que de reconnaissance je vous dois, lui dit-il ; ah ! vous tirez joliment !

— J'espère vous montrer mieux, répondit Lucott.

Alix se pencha rapidement à l'oreille de son ancien amant et lui dit tout bas :

— C'est sur toi que mon mari a tiré.

— Bigre de bigre ! fit le peintre.

On transporta le corps de Djinn.

## IV

### LE DÉPART

Pendant que des nègres chariaient le cadavre du vieux Djinn, le rappel se fit soudain entendre bruyamment dans toutes les cours intérieures et des soldats se hâtèrent de retourner à leurs campements ; car depuis quelques mois, l'*Hacienda del Venado* était occupée militairement par un détachement de troupes du Sud.

William Morris était revenu après avoir accompli sa mission chez le vieux Butler et obtenu sa promesse qu'il intercéderait auprès de Jefferson Davis en faveur de Georges.

Sir James, Georges et Morris s'empressèrent de venir rassurer Edith installée dans son pavillon, et l'ornant déjà en compagnie de Morinda et de sa fille qui avaient dévalisé pour leur jeune maîtresse les plus belles fleurs des champs et des parterres.

— Que se passe-t-il ? demanda Edith à son père ; pourquoi ce bruit, ces tambours ?

— Ma chère enfant, lui répondit sir James, un avis secret (nous avons vu qu'il avait été envoyé par Francis dans le dessein d'éloigner le père d'Edith), un avis secret vient de me prévenir qu'un parti de Nordistes se dirige vers notre habitation dans l'espérance de la surprendre et de s'en emparer. J'ai communiqué cet avis au chef qui commande ici, et il rassemble ses hommes.

— On va donc se battre ?

— Oh ! assez loin ; de l'autre côté des montagnes.

— Tu ne ne me quittes pas ? questionna la jeune fille inquiète.

— Pour cette nuit seulement. Nous partirons dès que le soleil sera couché.

— Nous aurons un gros orage avant une heure, continua Edith ; vois comme le ciel est noir et chargé d'électricité. Ne peux-tu retarder ton départ jusqu'à demain ?

— Impossible, chère enfant, notre commandant ne connaît pas ce pays ; c'est notre maison, nos biens que ses soldats vont défendre, il est juste que je partage leurs dangers. D'ailleurs j'ai fait assez souvent la guerre contre les Indiens pour n'avoir peur ni des balles ni de la foudre. Nous serons de retour demain.

Lucott entra en ce moment ; il tenait sa carabine à la main.

— Par Dieu, Lucott, s'écria sir James, je suis charmé de vous voir un bon rifle sous le bras. C'est une arme terrible entre les mains d'un grand chasseur comme vous, et nous allons vous emmener avec nous.

— Désolé, sir James, répondit Lucott ; mais, par malheur, j'ai été fait prisonnier il y a trois mois par les Nordistes, et j'ai pris l'engagement de ne pas servir jusqu'à la fin de cette guerre. Ça été le prix de ma liberté.

— Vous eussiez aussi bien fait de rester en prison, grogna sir James mécontent ; alors pourquoi porter cette arme inutile ? quand vos frères se battent, ce n'est pas le moment de brûler sa poudre sur des chevreuils.

Lucott ne répondit rien ; il alla poser sa carabine le long du parapet du torrent.

Tout-à-coup une idée lumineuse traversa ce cerveau d'ivrogne.

— Si j'aidais à faire tuer ce monsieur, pensa-t-il en regardant Stanislas qui dessinait tranquillement assis sur ce même parapet à trois pas du rifle de Lucott.

Il se rapprocha de sir James et, lui montrant le peintre :

— Si vous tenez à avoir un brave compagnon, emmenez monsieur, lui dit-il.

— Impossible, répondit le père d'Edith, monsieur est français, et notre guerre civile ne regarde que nous.

Si sots que nous soyons de nous battre, nous ne sommes pourtant pas encore assez idiots pour souffrir la honte de voir des étrangers dans nos rangs. Tout étranger qui prend part à une guerre intestine mérite le sort des pirates, c'est-à-dire une bonne corde.

Sir James s'approcha alors de Georges et lui dit à mi-voix :

— Vous êtes officier dans l'armée du Nord, vous ne pouvez donc nous suivre. Je vous confie votre fiancée, ma fille ; veillez sur elle.

Pendant que sir James causait avec Lucott,

Georges et miss Edith, celui qui aurait suivi Alix des yeux l'aurait vue s'approcher doucement du parapet, prendre le rifle que son mari y avait déposé et, sans que personne la vit, faire glisser le plus doucement possible la fameuse carabine dans le torrent.

Stanislas seul l'aperçut.

— Hum ! se dit-il tout en continuant son croquis, un bain froid, et çà ne sait pas nager un fusil ! c'est çà qui va mouiller la poudre et enrhumer la carabine, bigre de bigre !

Cinq minutes après, sir Lucott cherchait son arme et la demandait à tous les échos.

— Avez-vous vu mon rifle ? disait-il.

Tout comme nos soldats de l'armée d'Afrique, après la victoire de l'Isly, demandaient la casquette du père Bugeaud.

Bientôt la nuit approcha, et sir James se disposa à suivre le détachement des soldats.

Il fit appeler Morinda, et lui recommanda sa fille.

— Je mourrai pour elle, s'il le faut, répondit simplement la quarteronne, comme je serais morte pour ma fille.

— Bien, je compte sur ton dévouement, lui dit sir James ; au besoin voilà qui te servirait

Et il lui remit son poignard.

Avant de s'éloigner, le père d'Edith la fit rentrer dans le pavillon, ordonna de lever le pont-levis que Stanislas comparait aux ponts du canal Saint-Martin, puis il partit éclairé jusqu'au dehors de l'habitation par des nègres porteurs de torches de résine.

15

La nuit était très-obscure. Par intervalles un éclair sillonnait le ciel, le grondement du tonnerre se répercutait de montagne en montagne, et le vent commençait à devenir assez violent. Tout présageait une terrible tempête selon la prédiction d'Edith.

Malgré l'obscurité de la nuit, si la jeune fille se fut mise à sa fenêtre, peut-être eût-elle pu apercevoir dans l'ombre grouiller une foule immonde de l'autre côté du torrent qui séparait le pavillon de la terre ferme.

Au milieu de cette foule, Riario circulait distribuant de fortes rasades de Mescal et de tafia pour animer les nègres, et distribuait à chacun sa tâche.

A l'écart, se tenait Francis, sombre, immobile et hautain.

Lucott vint bientôt le rejoindre ; il avait inutilement cherché son rifle.

A peine le départ de sir James eut-il été annoncé que Francis donna l'ordre à Riario de commencer les préparatifs de l'enlèvement d'Edith.

Malgré la violence du torrent, les nègres parvinrent à fixer quelques pieux, puis, à y amarrer des planches, et après un travail qui demanda plus d'une heure, Francis put traverser le cours d'eau sur un pont léger.

Lucott le suivit. Tous deux s'étaient munis d'instruments ; ils s'efforcèrent de faire sauter les serrures de la porte d'entrée, mais sans pouvoir réussir. Il fallut y renoncer.

Riario et quelques noirs grimpèrent alors le long de la muraille comme font les lézards et, après quelques chutes, l'adroit commandeur parvint à gagner le balcon de la chambre d'Edith ; il y attacha une échelle de corde, et la laissa glisser jusqu'en bas. Francis s'empara de l'extrémité qui flottait, la fixa à l'un des anneaux du parapet, et s'élança vers le balcon avec cette remarquable agilité dont nous avons été les témoins lors de l'incendie de la rue Joubert.

Deux minutes plus tard Francis, que l'orage déchaîné ne pouvait arrêter, brisait l'une des vitres de la chambre de miss Edith, ouvrait l'espagnolette et pénétrait auprès de la jeune fille.

Quant à Lucott il était resté en observation au bas du pavillon ; tandis que Riario se rendait dans les cases des nègres pour faire éclater la révolte.

## V

### DANS LA CHAMBRE D'ÉDITH.

En quittant son père, la jeune miss était rentrée chez elle. Sa chambre était simple : un lit avec baldaquin, quelques meubles assez grossiers ; au fond une fenêtre à balcon, fenêtre au bas de laquelle mugissait le torrent.

La jeune fille répondait sans doute à une interrogation de Morinda ; car elle lui disait :

— Non, ma bonne Morinda, je ne veux pas encore me coucher ; je ne pourrais dormir. L'orage me fait peur pour mon père.

Tout à coup elle parut écouter attentivement.

— N'as-tu rien entendu au dehors? demanda-t-elle.

— Non, miss, rien que la pluie, le vent, la tempête. Du reste, vous n'avez rien à craindre ici. Nous sommes à l'abri de tout danger.

Elle se trompait, car le bruit entendu par miss Edith n'était autre que celui causé par les nègres qui jetaient des planches sur le torrent.

Edith reprit :

— Tu as raison, ce doit être l'orage. Je ne sais pourquoi; mais tout m'impressionne cette nuit. Sans doute l'éloignement de mon père, et l'isolement de ce pavillon.

Elle tressaillit.

— Oh! cette fois, dit-elle, je ne me suis pas trompée; j'ai entendu...

— Oui, miss, répondit Morinda en souriant, vous avez entendu le torrent qui gronde au pied de ce pavillon, le vent qui fait craquer ces vieilles murailles. Ce ne sont pas les hommes que nous avons à redouter; mais la colère divine qui nous menace par la grande voix de son tonnerre.

Et la pauvre négresse, de la secte méthodiste comme toutes ses compagnes, tomba à genoux, et pria en se frappant la poitrine et heurtant le parquet de son front.

Au bout d'un instant, Edith inquiète reprit :

— As-tu fermé au verrou la porte du couloir qui communique avec le corps de logis ?

— Non, miss, on ne la ferme jamais.

— C'est imprudent. Nous ne sommes que deux

femmes incapables de nous défendre, et je n'oserais dormir si cette porte restait ouverte.

— Miss Edith veut-elle que j'aille pousser les verroux ?

— Oui, je t'en prie, ma bonne Morinda, mets les verroux. et apporte-moi la clef.

— J'y vais.

— Veux-tu que je t'éclaire ?

— Merci, miss ; je suis habituée à parcourir cette maison de nuit comme de jour depuis mon enfance ; car je suis née sur l'habitation. Je verrai si tout est fermé afin de vous tranquilliser. Moi, je suis habituée à ne m'effrayer de rien.

Morinda sortit, Edith resta seule.

L'orage était dans toute sa furie. La jeune fille, quoiqu'énergique, osait à peine regarder autour d'elle, lorsque tout à coup l'une des vitres de la fenêtre vola en éclats, la croisée s'ouvrit violemment, et un homme sauta dans la chambre.

Miss Edith s'élança vers la porte par laquelle était sortie Morinda ; mais l'homme la prévint et se plaça entre elle et cette porte en lui disant pour la rassurer :

— Ne craignez rien, miss, reconnaissez-moi ; je suis Francis.

— Francis ! s'écria Edith aussi surprise qu'épouvantée ; alors pourquoi vous introduire ainsi chez moi ?

Le mulâtre évita de répondre directement à cette question. Il se plaignit de la méfiance que lui témoignait sir James, défiance injuste, prétendait-il, et il suppliait miss Edith, sa cousine, d'intercéder auprès de son père pour obtenir sa grâce.

Tout cela était dit du ton le plus caressant et le plus humble.

Edith tremblante promit tout ce que lui demanda Francis ; mais ensuite elle lui répéta avec fermeté :

— Vous ne pouvez rester ici à une pareille heure, éloignez-vous.

Comme il cherchait à gagner du temps, elle se refusa à l'écouter, et voyant qu'il ne cédait pas à ses prières, elle lui ordonna de sortir.

Il lui rappela alors leur intimité d'autrefois, son séjour chez sir James au *Présidio del Norte*, leurs jeux d'enfance, et il osa lui dire qu'il avait toujours rêvé qu'elle serait sa femme, parce qu'il l'avait aimée depuis le premier jour où il l'avait vue.

A cet aveu, la jeune fille, indignée d'un pareil outrage, redressa la tête avec fierté.

— Pour la dernière fois, dit-elle, je vous ordonne de sortir, ou je vais appeler.

Elle fit un nouveau mouvement vers la porte, Francis l'arrêta par le bras ; elle se dégagea en frémissant.

Lorsque le mulâtre eut vu que tous ses efforts n'aboutiraient à rien, que la jeune miss ne l'écouterait pas, il changea de langage, et voulut essayer de la violence.

Edith épouvantée s'enfuit à l'extrémité de la chambre, une lutte s'engagea ; tout à coup une petite porte de dégagement s'ouvrit et Morinda rentra.

Elle se plaça résolument entre l'agresseur et la

victime, puis elle tira de son sein le poignard que sir James lui avait remis, et elle attendit froidement.

— Cette arme m'a été donnée pour protéger sa vie, dit-elle à Francis, elle défendra son honneur.

Le métis ne répondit rien ; mais avec la souplesse dont il avait donné tant de preuves, il s'élança sur la négresse et l'enlaça de son bras nerveux.

Morinda leva son poignard ; alors Francis, doué d'une vigueur inouïe et d'une agilité de chat sauvage, esquiva le coup, arracha l'arme des mains de la pauvre femme et la lui plongea dans la poitrine.

Morinda tomba. Avant d'expirer, elle eut encore la force de dire à Edith terrifiée :

— Protégez ma fille !

Ce meurtre s'était accompli si rapidement que miss Edith n'avait pas eu le temps de rien tenter pour sauver l'esclave. Elle essaya de fuir, mais Francis la saisit dans ses bras. Elle lui échappa de nouveau et, comprenant qu'elle ne pouvait espérer le secours d'aucun défenseur, qu'elle n'avait nulle chance de salut, elle tomba à genoux en criant :

— Grâce !

— Consentez à me suivre, et il ne vous sera fait aucun mal, et nul ne sera plus respectueux que moi envers vous ; mais il faut me suivre.

— Vous suivre ? moi ? où donc ?

— A la chapelle de l'Hacienda.

A cette heure de la nuit ? Etes-vous fou ? Qu'y ferais-je ?

— Vous y feriez le serment d'être ma femme et vous recevriez, en présence du clergyman, le ser-

ment que je serais pour vous le plus dévoué des serviteurs, le plus épris des époux.

— Oh! pour cette fois, vous êtes fou, mille fois
fou !

— Oui, miss, je suis fou si c'est de la folie que de
vous adorer ; je suis fou si c'est de la folie que de
risquer sa vie, son honneur pour devenir le mari de
la femme la plus aimée du monde et la plus respectée.

— Vous parlez de respects et vous êtes entré chez
moi comme un voleur, et vous y restez malgré moi,
malgré ce cadavre dont le sang crie vengeance contre vous.

— Ce meurtre est regrettable sans doute, répliqua Francis avec fermeté ; mais il doit vous montrer que je ne suis pas homme à reculer devant
quoique ce soit pour vous posséder. Votre père m'a
refusé votre main hier en plein jour ; voilà pourquoi je suis chez sa fille au milieu de la nuit. Oh ! je
ne veux pas vous outrager ; miss, rassurez-vous
donc ; mais je vous aime ; et je veux forcer votre
père de m'accorder votre main.

— Mais je ne vous aime pas, moi !

— Vous m'aimerez. A cette heure, un clergyman,
vieil ami à moi, nous attend ; la chapelle de l'Hacienda est prête ; des témoins sont réunis ; nous
seuls manquons encore à la cérémonie, venez de gré
ou de force, venez.

— Mon Dieu! fit la jeune fille désespérée.

Francis s'approcha d'elle pour l'entraîner ; elle le
repoussa.

— Laissez-moi, s'écria-t-elle, où j'appelle et mes cris seront entendus.

— Non, vos cris se perdront dans la nuit. Ne conservez aucune illusion ; personne ne peut venir, car j'ai pris le soin d'écarter de ce pavillon tous ceux qui auraient été tentés de vous venir en aide.

— Vous voulez m'effrayer, vous me trompez !

— Non. A cette heure, vos défenseurs luttent contre une partie de vos nègres révoltés. Vous doutez ? Tenez, approchez de cette fenêtre, et écoutez.

En effet, une rumeur terrible montait des cours de l'Hacienda jusqu'à la chambre d'Edith. Bientôt quelques coups de feu retentirent.

— Je suis perdue ! pensa Edith au désespoir.

— Venez donc, s'écria Francis employant la violence pour l'entraîner.

La jeune fille épouvantée s'élança sur le balcon et, se penchant au-dessus du gouffre, elle dit à son persécuteur.

— Vous n'êtes pas encore maître de ma personne, monsieur, vous ne le serez jamais !

Francis fit un pas vers elle.

Edith reprit :

— Si vous approchez, je franchis ce balcon.

Francis hésita.

Edith continua :

— J'aime mieux la mort que d'être la femme d'un lâche tel que vous !

Sa parole était tellement nette et résolue que le métis comprit qu'à la première tentative, Edith s'é-

15.

lancerait dans le torrent. Dès lors adieu ses convoitises d'amour et peut-être d'argent.

Francis s'arrêta.

— Je vous supplie, miss! s'écria-t-il.

Et il essaya de la calmer. Il lui fit envisager la mort sous ses aspects les plus cruels, son corps déchiré par le torrent contre les parois des rochers, puis entraîné vers le fleuve et allant s'échouer sur quelque rivage inconnu sans qu'une main pieuse pût lui donner la sépulture; rien ne pût apaiser la jeune fille.

— Elle est perdue pour moi, se dit le mulâtre.

Soudain une immense clameur s'éleva dans l'habitation, de nombreux coups de feu retentirent, et la voix des carabines se mêla aux grondements du tonnerre.

Il était évident qu'une lutte terrible et suprême était engagée entre les nègres révoltés et les défenseurs de l'Hacienda.

Tout à coup une lueur sinistre éclaira la chambre d'Edith; les esclaves avaient mis le feu à l'habitation pour détourner l'attention de leurs ennemis. Dans ce pays où les maisons sont presqu'entièrement construites en bois, les incendies se propagent rapidement; aussi en quelques minutes, la belle métairie fut-elle transformée en une ardente fournaise.

Du balcon où elle était placée, Edith n'avait pas tardé à voir les flammes apparaître, grandir, et se diriger vers son pavillon. Bientôt le feu courut jusqu'à la fenêtre où elle se tenait immobile et glacée de terreur.

Francis comprit que la place ne serait bientôt plus tenable; car une fumée épaisse commençait à envahir la chambre.

— Miss, dit-il alors à la jeune fille, ce n'est plus une menace, c'est une prière... Voyez... Les flammes montent jusqu'à nous... Dans quelques minutes elles nous envelopperont.

Il eut semblé que l'incendie voulait réaliser cette prophétie; car des lames de feu brillèrent à travers les joints mal unis de la porte.

— Mon Dieu! dit Edith à cette vue.

— Laissez-moi vous sauver! lui cria Francis qui n'osait avancer de crainte que la jeune fille ne s'élançat dans le torrent.

Elle ne répondit rien.

— Miss, un mot, un seul ; au nom du ciel, voulez-vous que je vous sauve?

— Oui, répondit faiblement Edith.

— Alors quittez ce balcon, et suivez-moi.

— Me voici, fit-elle de sa voix la plus douce et la plus calme.

Elle descendit du balcon comme ferait une statue de marbre, pâle, raide, les bras pendant inertes le long de son corps, et elle marcha vers lui d'un pas lent et saccadé.

Francis la regarda et recula terrifié.

En ce moment il crut revoir véritablement Flavie, Flavie au premier accès de cette folie qui devait la conduire dans l'établissement du docteur Ragueneau et, plus tard, la tuer.

Francis, couvert d'une sueur froide, tremblant,

prêt à défaillir, se laissa prendre le bras par Edith qui s'appuya sur lui et parut attendre ; il se sentait incapable d'agir ; il venait de tout comprendre.

Comme le lui avait dit le docteur Ragueneau, la maladie de la mère avait été transmise, épouvantable héritage, à ses deux filles ; Edith était atteinte du mal qui avait conduit sa sœur au tombeau. La vue des flammes avait produit sur elle la même impression que sur Flavie.

Cependant le danger pressait et bientôt Francis eut repris possession de sa lucidité habituelle ; il se rappela qu'au milieu de ses crises, Flavie obéissait aveuglément à toutes ses volontés, et il tenta l'expérience avec Edith.

— Venez, lui dit-il.

Elle le suivit.

Tout à coup une pensée frappa son esprit.

Autrefois Flavie lui livrait tous ses secrets pendant ses accès d'hallucinée, pourquoi n'en serait-il pas de même de sa sœur ?

Il songea à Georges, ce jeune homme qui avait accompagné sir James et sa fille, que le vieillard voulait d'abord renvoyer, puis qu'il avait gardé après la lecture des deux lettres mystérieuses.

Francis flairait un secret important, il résolut de chercher à le découvrir, et il se mit à interroger doucement la jeune fille tout en la conduisant vers la porte.

— Savez-vous, lui dit-il, ce que contenaient les lettres remises par sir Georges à votre père?

— Oui, mon père me les a fait lire.

— De qui étaient ces lettres?

— De la sœur de mon père, de la mère de Georges.

Francis tressaillit et, perdant son sang-froid ordinaire, s'écria :

— Ainsi Georges serait?

— Le fils de ma tante Sarah Wilson.

— Le proscrit?

— Oui; mais mon père a fait solliciter sa grâce. Elle nous sera accordée.

— Trop tard, murmura le métis qui reprit :

— Que disaient ces lettres?

— Dans l'une, ma tante demandait pour sa cendre une place dans le tombeau de notre famille ; dans l'autre, elle suppliait mon père de me donner Georges pour époux,

Francis tressaillit de nouveau. Il continua d'interroger.

— Georges vous aimerait-il?

— Oui.

— Et vous, l'aimez-vous?

— Oui.

— Votre père consentirait-il à ce mariage?

— Il attend la grâce de George pour nous unir.

— Elle ne viendra pas, se dit Francis; il faut que ce rival meure!

Il reprit :

— Où sont ces deux lettres?

— Avant de partir ce soir, mon père les a placées dans ce coffret.

— Celui ou vous serrez vos bijoux?

— Oui.

— Vous en avez la clef?

— La voici.

— Ouvrez ce coffret.

Elle ouvrit.

— Cherchez les lettres.

— Les voici.

— Bien.

Francis les prit et les serra soigneusement dans son portefeuille.

Il réfléchit une seconde, et il ajouta :

— Voulez-vous écrire ce que je vais vous dicter?

— Je le veux bien.

— Placez-vous devant cette table.

Elle obéit.

— Ecrivez : — « Georges Wilson, officier de l'armée du Nord et proscrit dans les États du Sud comme rebelle, est caché à l'Hacienda del Venado. »

Quand la jeune fille eut fini cette lettre, Francis la plia, la cacheta, et dit à Edith.

— Mettez l'adresse : — « Au général Lee. »

Elle écrivit.

Il serra la lettre dans sa poche en se disant :

— Maintenant, elle est à moi !

En ce moment un horrible craquement retentit. Il sembla que le pavillon s'écroulait, la porte vola en éclats et des flammes jaillirent de toutes parts.

Sir Lucott se précipita dans la chambre.

— Vite, cria-t-il, arrive ; la retraite va être coupée, hâte-toi !

— Me voici, répondit Francis.

— Attends, reprit Lucott à voix basse, nos hommes vont enlever la petite.

— Non, répliqua le métis, c'est inutile maintenant.

— Où allons-nous?

— A la chapelle.

## VI

### LA CHAPELLE DE L'HACIENDA DEL VENADO

Tandis que ces évènements se passaient dans la chambre d'Edith, des scènes toutes différentes avaient lieu dans l'intérieur de l'habitation.

Une partie des nègres, excités par Riario, séduits par de l'argent, enivrés avec du tafia et du mescal, s'étaient rués sur leurs camarades restés fidèles et sur les domestiques de sir James; une lutte acharnée s'était engagée avec des chances diverses.

Les valets et les nègres surpris n'avaient pu opposer qu'une faible résistance, et les révoltés se croyaient déjà vainqueurs, lorsque Georges, Stanislas et William Morris, suivis de quelques soldats demeurés à l'Hacienda par suite de maladie ou de blessures, survinrent fort à propos pour changer la face de la bataille.

Armés de bons rifles et de révolvers, ils couchèrent à terre quelques-uns des assaillants; les autres, forcés de fuir, mirent le feu à l'habitation pour mieux protéger leur retraite vers les montagnes.

Morris et Stanislas se lancèrent à leur poursuite avec un certain nombre de serviteurs fidèles pendant que d'autres s'efforçaient d'éteindre l'incendie.

Georges, inquiet pour Edith vers laquelle il lui avait été impossible de courir, puisque les révoltés lui avaient barré le passage du pavillon dès le début de l'action, Georges se hâta de se rendre à ce même pavillon. La nuit était sombre, et seulement illuminée par les éclairs de l'orage et les flammes de l'incendie.

Georges allait arriver au pavillon que le feu avait envahi, lorsque soudain une douzaine d'hommes se jetèrent sur lui, le renversèrent, et lui attachèrent les bras et les jambes avant qu'il eût le temps de se défendre.

Il essaya d'appeler; mais sur le champ il fut baillonné et jeté à terre comme une masse inerte ou un colis.

Ceci fait, ses agresseurs parurent attendre. Georges les examina attentivement; c'étaient des nègres.

Quelques minutes s'écoulèrent, les esclaves semblaient inquiets et impatients; un homme parut, la figure couverte d'un voile noir; il fit un signe, les nègres prirent Georges dans leurs bras, le transportèrent jusqu'auprès du torrent qui coulait au pied du pavillon, et le déposèrent sur le parapet.

Là, nouvelle station.

Georges supposa qu'on attendait un ordre pour le précipiter dans le gouffre; il ne se trompait pas. Un noir apporta une énorme pierre, l'assujettit avec du linge et des cordes aux pieds du patient, puis quatre hommes soulevèrent le corps, et le balancèrent au-dessus de l'onde bouillonnante pour le lancer le plus loin possible.

Involontairement, Georges ferma les yeux.

Une minute se passa qui parut longue au jeune officier ; enfin il regarda autour de lui.

Un nouveau personnage, également voilé, venait d'entrer en scène, et dictait des ordres à voix basse.

Aussitôt les hommes qui s'apprêtaient à jeter Georges à l'eau, le replacèrent sur le parapet, puis le chargeant sur leurs épaules, ils le portèrent dans la chapelle, toujours lié, toujours baillonné, et ils le déposèrent derrière un pilier où il était difficile de l'apercevoir, mais d'où il pouvait voir tout ce qui se passerait dans l'intérieur du temple.

La chapelle était éclairée ; plusieurs personnes y étaient installées ; un clergymann lisait sa bible devant une petite table sur laquelle était un grossier crucifix de cuivre.

Pendant que Georges se demandait pourquoi on l'avait épargné et pourquoi on l'avait placé où il était, tout à coup un étrange spectacle le glaça d'étonnement et de stupeur.

Edith venait d'entrer au bras de Francis.

Ils étaient suivis de Lucott, d'El-Mestizo et de quelques amis du métis.

Edith était pâle, comme Flavie après sa mort, pourtant elle semblait calme. Ses yeux démesurément ouverts, restaient fixes et hagards.

L'étrange et lugubre cortége traversa devant Georges, étendu sans pouvoir bouger puisqu'il était lié ; sans pouvoir crier, puisqu'il était bâillonné.

Qu'allait-il se passer? Ce fut ce que se demanda le jeune officier? L'avait-on jeté dans ce coin pour qu'il put assister à une scène imprévue, et quelle devait être cette scène ?

Pendant qu'il s'adressait mentalement des questions, Francis et Edith étaient arrivés auprès de la table devant laquelle le ministre presbytérien se tenait debout.

Alors le clergyman prononça cette phrase de la lithurgie anglicane pour les mariages :

— « *Qui donne la main de cette femme à cet homme ?* »

Un des assistants répondit à cette formule.

Edith, loin de protester, accepta d'être la femme de Francis, et le clergyman unit les deux époux.

Edith signa l'acte d'une main ferme.

Georges, un instant anéanti, fit d'horribles efforts pour briser ses liens et apparaître comme un spectre devant celle qu'il croyait coupable de trahison ; mais ses liens étaient solides ; ils pénétrèrent cruellement dans ses chairs sans se briser.

Quand la cérémonie fut terminée, quand Edith eut accepté d'être la femme de Francis, le cortége reprit la même route, et sortit de la chapelle ; puis, soudain les lumières s'éteignirent, le temple rentra dans l'obscurité, et un silence de mort régna autour de Georges. Par instants seulement l'incendie qui achevait de dévorer le pavillon projetait une lueur sinistre sur les vitraux de la chapelle.

Tout à coup, sans que Georges aperçut personne

et sentit aucune main, le froid d'un instrument d'acier glissa sur ses poignets et sur ses jambes ; puis, les cordes qui le liaient tombèrent, et le bâillon qui l'étouffait s'abaissa.

Il étendit vivement les bras pour saisir son libérateur ; mais il ne rencontra que le vide ; seulement une lueur de l'incendie venant soudain à éclairer une partie de la chapelle, Georges aperçut deux ombres qui s'enfuyaient.

Il était libre.

Il courut au pavillon espérant y retrouver Edith ; le pavillon n'existait plus, le feu l'avait dévoré.

Il s'empressa d'entrer dans l'habitation dévastée, et il y chercha Francis, la rage au cœur ; car il voulait le forcer de se battre avec lui ; mais le métis avait disparu.

Georges dut se résigner et attendre le retour de sir James.


## VII

### RUINES.


Le lendemain de la terrible nuit dont nous venons de raconter les péripéties, une foule d'esclaves étaient occupés à déblayer les ruines de la partie de l'Hacienda dévorée par l'incendie. Ce qui avait souffert le plus, c'était le pavillon d'Edith.

Les murailles, à demi noircies et démolies, paraissaient comme éventrées, les portes et les fenê-

tres en partie brûlées pendaient brisées hors de leurs
gonds ; des meubles calcinés gisaient sur le sol au
milieu des débris de poutres. A travers les murs entr'ouverts, on apercevait la rivière, et, dans le loin-
tain, les montagnes vertes et les bois touffus.

La toiture reposait à terre ; les balcons montraient
leurs torsades de fer tordues par la violence du feu,
l'aspect de ces misères rappellerait aujourd'hui la
vue terrifiante des rues Royale et de Lille à Paris,
après le passage de l'odieuse Commune.

Les esclaves révoltés avaient été ou tués ou chassés
dans les ravins et les bois ; ceux qui étaient restés
fidèles s'occupaient de déblayer les ruines. Il les
fouillaient avec le pic, la pioche et la pelle.

— Tout est éteint, dit l'un, refusant le seau d'eau
qu'un camarade lui apportait.

— Dis plutôt que tout est brûlé, riposta un autre.

— Oh ! non, ajouta un troisième, l'aîle du nord
reste intacte, ainsi que la tour.

En cet instant une immense rumeur s'éleva du
sein des décombres du pavillon ; les nègres coururent de ce côté.

L'un d'eux, en fouillant le sol, venait de découvrir un cadavre à demi calciné ; tous l'entourèrent
avec terreur.

C'était le corps de la malheureuse Morinda assassinée par Francis.

Le cadavre fut transporté hors du pavillon avec
soin et recueillement par les anciens camarades de la
pauvre femme ; car elle était fort aimée à cause de sa
bonté.

Soudain une voix fraîche et argentine se fit entendre à dix pas de là ; c'était celle de Juanita qui demandait sa mère.

Par un mouvement rapide, instinctif, la foule forma un cercle épais autour du corps de la mère dans le but de le cacher à la fille.

Celle-ci, voyant tant de monde rassemblé, s'approcha et, s'adressant à l'un des esclaves :

— Tom, dit-elle, n'as-tu pas vu ma mère ?

— Non, Juanita, répondit le vieux nègre en baissant les yeux avec embarras.

— C'est surprenant, s'écria la jeune fille ; ma mère a dû passer la nuit chez miss Edith, et je ne l'ai pas encore aperçue ce matin.

— Interroge miss Edith, lui répondit-on.

— Elle dort, observa Juanita.

Pendant qu'elle parlait ainsi, la belle esclave avait remarqué, avec étonnement, l'attitude embarrassée de ses compagnons, et leurs larmes.

Elle reprit :

— Qu'avez-vous à me regarder ainsi ? Tom, pourquoi pleures-tu ?

Tom n'eut pas le courage de répondre.

Juanita continua :

— Que se passe-t-il donc ? Pourquoi cet air consterné ? — que me cachez-vous là ?... où est ma mère ?

Par un mouvement rapide, l'enfant traversa la foule et recula d'horreur à la vue du cadavre ; puis elle se précipita sur ces restes défigurés avec des cris de désespoir.

— Ma mère ! ma mère !

Tous l'entouraient sans oser ni lui parler ni essayer de la consoler ; ils pleuraient.

— Ma mère, disait la pauvre petite, réponds-moi, ma mere adorée ; tu ne peux être morte. Ne me laisse pas seule ; j'ai tant besoin de toi. Je suis ta fille ; parle-moi. Oh ! que je t'entende seulement une fois encore me dire avec ta douce voix ; — Juanita, mon enfant !

Elle attendit un instant, soulevant la tête de sa mère et la couvrant de caresses ; puis elle la posa avec soin sur le sol, et l'inonda de ses larmes.

— Oh ! ma mère ! ma mère ! tu ne me répondras plus jamais ! jamais !

Et elle se coucha sur ce corps glacé par la mort.

Un des esclaves murmura :

— Çà vous remue le cœur de l'entendre.

— Elle aimait tant sa mère, répondit Tom.

— Tout à coup Juanita se releva vivement et jeta un cri d'horreur.

— Voyez, voyez, cria-t-elle, ce n'est pas le feu qui a tué ma mère ; ma mère a été assassinée !... voyez !

Et elle retira un poignard du sein de Morinda.

La foule se rapprocha par un mouvement de profonde horreur et de curiosité.

En cet instant, Alix entrainait son mari vers ces ruines.

— Venez donc, lui disait-elle. En vérité, on croirait que vous tremblez d'entrer dans ce pavillon.

En effet Lucott n'avançait qu'avec une extrême répugnance.

Juanita les aperçut et s'élança de leur côté.

— Tenez, leur cria-t-elle, regardez ! le poignard !... on a tué ma mère ! l'assassin ? où est l'assassin ?

Lucott recula épouvanté.

— Ce n'est pas moi, dit-il je jure que ce n'est pas moi !

Alix l'examina avec une profonde surprise ; ce trouble ne lui échappa point, mais elle se contenta de lui répondre :

— Eh ! monsieur, cette malheureuse enfant ne vous accuse pas ! qu'avez-vous donc depuis ce matin ?

Lucott se tut ; il quitta le bras de sa femme et alla, tout en chancelant, s'appuyer contre le parapet du torrent. Ses jambes ne le portaient plus, ses dents s'entrechoquaient, et une sueur froide inondait son corps. Il semblait plus ivre que d'habitude, et pourtant il n'avait pas eu la force de boire le matin.

En ce moment, un rire bruyant retentit du milieu des ruines et vint trancher brutalement sur le sombre de la situation ; une tête s'avança entre les pierres noircies et les poutres calcinées, et Stanislas, qui se hâtait de prendre un croquis de ce lugubre tableau, apparut subitement. Il avait assisté depuis le matin à toutes les scènes de déblaiement des ruines du pavillon, et rien n'avait pu le troubler ; mais à la vue de l'épouvante comique de Lucott, épouvante dont il ne pouvait deviner le motif, le crayon lui était tombé de la main et, avec sa gaîté de rapin, il avait rompu le silence.

— Bravo ! bravo ! sir Lucott, lui cria-t-il ; quelle bonne tête vous avez ! vrai, vous seriez l'assassin

que vous ne seriez pas plus pâle. Le masque de Pier-
rot n'est pas plus enfariné que votre visage. Ne bou-
gez pas, je vais vous croquer ; j'userai au moins deux
tubes de blanc d'argent à peindre votre figure.

Lucott grogna cette réponse de la plus mauvaise
humeur :

— Je n'aime pas les sottes plaisanteries, monsieur ;
vous autres Français, vous riez de tout.

— Même des coups de fusil qui se trompent d'a-
dresse, riposta le peintre, qui ajouta mentalement :
Attrape çà, toi !

Lucott n'osa répliquer.

Pendant ce temps, Alix, avec sa bonté naturelle,
s'empressait auprès de Juanita et s'efforçait d'apaiser
sa douleur en lui promettant qu'à son retour sir
James rechercherait et punirait l'assassin.

— Oui, n'est-ce pas Madame, dit la jeune fille,
ma mère sera vengée, son meurtrier sera châtié ?

— Il sera pendu, lui cria Stanislas, pendu d'après
votre loi de Lynch.. un arbre et une corde, pas vrai,
sir Lucott ?

— Oui, balbutia celui-ci d'un air hébété.

— Vous manquez de gaîté ce matin, mon bon
Lucott, lui dit le peintre.

Alix fit transporter le corps de Morinda dans une
des pièces que le feu avait respectée ; Juanita suivit
sa mère, et Stanislas descendit de ses pierres pour
faire admirer son croquis.

— Bigre de bigre ! voilà un dessin qui fera de
l'effet dans le journal illustré de San-Francisco, dit-
il gaiement à son ancienne maîtresse et à Lucott,

surtout quand on aura lu la petite légende que je compte y ajouter en regard. Écoutez-moi ça; c'est le sommaire de mon article; écoutez, écoutez!

Et il lut ceci sur son album :

— Incendie de la magnifique Hacienda del Venado, ancienne propriété du général sécessioniste Jonathan Smith. — Attaque de l'habitation par six mille nègres révoltés.

— Six mille, s'écria Alix, il n'y en avait pas cent.

— Peuh! répondit Stanislas, si je n'en inscrivais que cent, mon lecteur n'irait pas plus loin; tandis que six mille, c'est alléchant.

— Mais c'est un mensonge !

— Puisque c'est un article de journal, et de journal américain!... Vois-tu, chère amie, règle générale, tant plus il y a de cadavres, tant plus le lecteur est content. Donc, six mille révoltés! ah! combien y a-t-il eu de morts?

— Trois vaqueros, répondit Alix, et onze nègres.

— Que çà? fit le peintre, qui prenait des notes.

— Tu ne trouves pas que cela soit suffisant?

— Moi ! si; mais l'abonné pensera que c'est maigre... Mettons trente vaqueros tués, soixante-dix-sept péons blessés... presque tous mortellement... Quant aux nègres révoltés, leurs corps brûlés, éventrés, étaient tellement nombreux, qu'on n'a pu les compter. La rivière charriait les cadavres par centaines. L'onde si pure habituellement avait disparu sous une nappe de sang. Hein? Bigre de bigre! çà va donner la chair de poule aux petites dames?

— On n'écrit que pour leur plaire.

16

— Dame, elles nous lisent avec de si beaux yeux.
Écoutez le reste, mes enfants, écoutez : — cadavre
retrouvé ; — le doigt de la providence se faisant voir
clairement dans cette découverte miraculeuse ; horribles détails ! — reconnaissance de la victime par
sa fille ! — Trois poignards dans le cœur de la victime !

— Trois !

— Un seul raterait son effet, répliqua l'imper-
turbable neveu de Moyendoux. J'espère que voilà
un joli racontar !

— Trop beau !

— Et le poignard, hein? Le voici.

Il le ramassa; car les nègres n'avaient pas osé y
toucher.

Stanislas continua :

— Bonne pièce de conviction. Une fameuse arme
tout de même !

— Touchez-moi çà, sir Lucott ; comme cette
lame est bien trempée !

Lucott se recula avec une répugnance visible.

A cette vue le peintre se demanda s'il était possible qu'un homme si timide eût pu tirer sur lui.

Il continua de prendre des notes sur son album.

— Combien de chevaux brûlés? demanda-t-il.

— Pas un, répondit Alix.

— Et de bisons?

— Pas davantage.

— Bien. Alors je vais écrire onze chevaux ont
péri dans les flammes, ainsi qu'un beau troupeau de
bisons. Vois-tu, ma fille, un incendie de ferme sans

chevaux brûlés, c'est un feu d'artifice sans bouquet. On va s'arracher mon article et mon croquis. On criera hurrah pour sir Stanislas!... *Sir Stanislas fort ever* !

## VIII

### L'INTERROGATOIRE.

Un grand bruit se fit entendre, puis des clameurs et des cris de joie. Tous les nègres coururent vers la porte principale, et sir James fit son entrée à cheval à côté de l'officier qui commandait l'expédition.

William Morris alla au devant de lui et le mit au courant des événements qui s'étaient passés en son absence.

Sir James l'interrompit vivement.

— Ma fille? demanda-t-il avec anxiété.

— Miss Edith repose, répondit Morris ; elle a couru des dangers.

— Expliquez-vous.

Wiliam continua ainsi :

— Madame, dit-il en montrant Alix, madame a trouvé miss Edith évanouie à deux pas de la chapelle.

— Je vais voir ma fille,

— Je vous le répète, reprit Morris, miss Edith dort, et je crois que le plus sage est de ne pas troubler son sommeil. Je vous affirme qu'elle n'a aucun mal.

— Bien. Alors, fit sir James avec énergie, en attendant le réveil de ma fille, mettez-moi au courant, et, d'abord, qui a excité nos nègres à la révolte ?

— Riario, l'âme damnée de Francis.

— Ah ! j'aurais été surpris s'il n'avait pas trempé dans toute cette machination. Riario est-il arrêté ?

— On est à sa poursuite dans les montagnes.

— Bien. S'il est pris, on me l'amènera, Qu'on le prenne vivant, je veux l'interroger, ensuite on le fouettera, puis une bonne corde ! quant aux révoltés cinquante coups de rotin ; les plus coupables seront pendus. Quelle était leur intention en mettant le feu ?

— Nous l'ignorons encore. Nous pensons qu'une tentative a dû être faite pour enlever miss Edith.

Sir James fronça le sourcil et pâlit.

— Qui vous le fait supposer ? interrogea-t-il d'une voix tremblante.

— On a essayé de pénétrer chez elle.

— Morinda veillait, qu'on l'appelle.

— Morinda est morte.

— Morte !

— Assassinée.

— Ciel !

— Je pense qu'elle aura cherché à défendre sa maîtresse et que les misérables l'auront tuée.

— C'est probable.

— Voici l'instrument du crime.

Sir James examina le poignard que lui remettait Morris.

— Cette arme ne peut rien nous apprendre, dit-il :

c'est moi qui l'ai donnée à la pauvre Morinda pour défendre ma fille. Ne savez-vous rien de plus William?

— Rien, répondit Morris; mais sir Lucott et madame, pourront vous fournir quelques renseignements, car ce sont eux qui ont rencontré miss Edith évanouie auprès de la chapelle, interrogez.

— Je ne sais rien, se hâta de dire Lucott.

— Attendez au moins que je vous questionne, s'écria sir James avec mécontentement. Voyons, Lucott, puisque vous tenez tant à parler, veuillez me répondre; c'est vous qui avez trouvé ma pauvre enfant évanouie?

— Oui.

— A quelle heure?

— Onze heures de la nuit, je pense.

— Vous l'avez secourue.... je vous en remercie. Maintenant, expliquez-moi comment un heureux hasard vous a fait découvrir ma fille. Les moindres circonstances peuvent avoir leur importance.

Lucott, forcé de répondre, le fit avec une hésitation remarquable.

— Je venais, dit-il d'apercevoir l'incendie ; je sortis à la hâte de ma chambre. La lueur des flammes éclairait ce pavillon comme si l'on eût été en plein jour ! aussi, j'y accourus épouvanté. Tout à coup je me heurtai contre une masse inerte placée en travers de mon chemin... c'était le corps de miss Edith que je n'avais pu apercevoir dans l'obscurité.

— Qu'est-ce que vous nous contez-là, mon ami? observa sir James. Quelle obscurité? vous venez de

16.

nous dire que les flammes éclairaient le pavillon
comme si l'on eût été en plein jour, et la chapelle
est à cent pas du pavillon. Vous deviez y voir assez
pour ne pas vous heurter contre le corps d'une personne évanouie.

— Je voulais dire que, dans mon trouble, je n'a-
vais pas aperçu tout d'abord miss Edith..

— A la bonne heure. Votre trouble, en effet, devait être grand, car il dure encore. Dites-moi, Lucott, l'incendie ne faisait-il que commencer quand
vous vous êtes précipité hors de votre chambre pour
vous rendre au pavillon ?

— Je le pense ; car j'avais été réveillé en sursaut
et je me hâtais d'aller chercher du secours.

— Permettez, permettez, fit sir James avec impatience ; le danger vous avait donc fait perdre la
la tête ?

— Pourquoi ?

— Sans doute. Vous sortiez de la maison où vous
pouviez espérer trouver du secours, et vous vous
dirigiez vers la partie de l'habitation la plus déserte
et où vous ne deviez rencontrer personne.

— Je croyais... je... je, balbutia Lucott.

— Allons, allons, s'écria sir James impatienté,
l'émotion vous fait perdre le souvenir. Je vais m'adresser à madame ; les femmes conservent souvent mieux
que nous la tête dans les occasions périlleuses. D'ailleurs, j'ai à vous remercier, madame ; car vous avez
fait transporter ma fille dans votre chambre aussitôt
après l'événement, et vous l'avez soignée comme une
sœur.

— Miss Edith eût agi de même à mon égard, répondit simplement Alix.

— J'en réponds. Maintenant, ayez la bonté de me dire quelles ont été les premières paroles d'Edith en sortant de son évanouissement! Elles peuvent être précieuses et nous mettre sur la trace des assaillants, en admettant toutefois que ma fille ait été attaquée, ce qui parait à peu près certain; sans cela pourquoi aurait-on assassiné Morinda?

Alix répondit :

— Miss Edilh, en sortant de son profond évanouissement, n'a rien dit. Elle a promené sur les personnes qui l'entouraient, ses yeux un peu égarés; pour ne pas la fatiguer, personne ne l'a questionnée, et presqu'aussitôt le sommeil l'a prise. J'ai laissé ses femmes auprès d'elle, et la voyant calme, bien entourée je me suis retirée par discrétion.

— C'était agir prudemment. La secousse a été violente, surtout si la pauvre enfant a été temoin du meurtre de Morinda. Elle aura sans doute réussi à s'enfuir du pavillon après le crime. Dites-moi, madame, étiez-vous avec votre mari quand il a trouvé ma chère enfant évanouie.

— Non. Je fus effrayée de l'incendie et de la révolte, et c'est en cherchant mon mari que j'ai rencontré miss Edith sans connaissance.

— Sir Lucott venait donc de vous quitter?

— Oui, s'écria Lucott précipitamment.

— Non, répondit froidement Alix; si je parlais ainsi, je mentirais. Sir Lucott n'était pas encore rentré depuis votre départ ; je le croyais au jeu selon son habitude.

— Où donc étiez-vous alors, Lucott ? demanda sévèrement sir James, qui commençait à concevoir quelques soupçons.

— J'étais, balbutia Lucott interdit...

— Pas au jeu, reprit sir James ; car vos tristes compagnons sont partis ; vous ne veniez pas non plus d'être réveillé en sursaut comme vous l'aviez prétendu, puisque vous ne vous étiez pas couché ; enfin vous ne sortiez pas de votre chambre comme vous l'affirmiez, puisque vous n'y étiez pas encore entré. D'où veniez-vous ? où étiez-vous quand la révolte et l'incendie ont éclaté ?

Lucott essaya de retrouver son aplomb et répondit d'un ton arrogant :

— Suis-je donc accusé pour être ainsi interrogé ?

— Je ne sais encore ce que vous êtes, s'écria sir James avec une certaine violence ; mais ce que je sais, c'est que, depuis un quart d'heure, vous mentez impudemment, que je suis las de ces mensonges, et que si vous ne m'avouez la vérité sur-le-champ, je vais vous faire arrêter.

— Moi ?

— Oui, vous ! comme complice du meurtre de Morinda, comme fauteur de la révolte de mes esclaves, comme auteur de l'incendie de cette hacienda.

— Sir James !...

— La vérité, monsieur, la vérité à l'instant même ; je vous la demande, je la veux !

— Je l'ai dite.

Sir James fit un pas vers ses gens restés au fond, leur désigna Lucott, et leur dit :

— Arrêtez cet homme! qu'on l'enferme! que six d'entre vous veillent sur lui! s'il cherche à fuir, je vous ordonne de tirer sur lui, et de le tuer comme vous feriez d'un chien enragé! Morris, faites avertir le shériff!

Ce dernier mot sembla produire un effet magique sur Lucott.

Il arrêta du geste William qui sortait.

— Je vais parler, dit-il.

— Hâtez-vous.

— Je ne voulais pas compromettre un ami.

— Francis?

— Oui.

— Est-il sur l'habitation?

— On le trouvera dans l'île, caché dans la case de Riario.

Sir James écrivit rapidement au crayon sur son agenda, détacha la page, et la remit à un de ses valets en lui disant :

— Faites-vous accompagner par un nègre pour qu'il vous indique le chemin. Dites à sir Francis que s'il refuse de venir, je l'irai chercher moi-même dans son repaire. Allez.

— Il va bien, le vieux, murmura Stanislas qui avait commencé un nouveau croquis; il faut qu'il ait été juge d'instruction ou brigadier de gendarmerie.

Comme sir James venait de donner ses ordres,

Edith entra appuyée sur l'une de ses femmes. Elle se jeta dans les bras de son père.

Elle était encore pâle et faible ; n'apercevant aucun siége, sir James fut forcé de la faire asseoir sur l'une des poutres à demi calcinées.

— Pourquoi avoir quitté la chambre de mistress Lucott ? lui demanda-t-il avec douceur.

— J'ai appris ton retour ; il me tardait de t'embrasser. Eh bien, ton expédition ?

— L'ennemi ne nous aura sans doute pas attendus, car nous n'avons rien vu.

— Il aura fui devant vous.

— Ou bien nous aurons été les dupes d'un faux avis.

Pendant que sir James parlait, Edith promenait autour d'elle ses regards étonnés.

— Il y a donc eu le feu ici ? demanda-t-elle enfin.

— Ne le sais-tu pas ?

— Comment le saurais-je, répondit-elle ; personne ne m'a prévenue. Mais, attends donc, ces ruines ? on dirait le pavillon que j'habitais ?

— En effet, c'est lui.

— Ah ! mon Dieu, comment ce malheur a-t-il pu arriver ?

— Nous cherchons à le savoir. Dis-moi, mon enfant, es-tu restée dans ce pavillon après mon départ ?

— Je ne me suis pas couchée ; mais je n'ai pas quitté ma chambre.

— Tu y as passé la nuit ?

— Oh ! toute la nuit.

— C'est difficile à admettre; car le feu a commencé à onze heures.

— Alors, je dormais; car je n'ai rien vu, rien entendu.

— C'est tout aussi difficile à croire; car le bruit t'aurait éveillée, et de plus on t'a trouvée évanouie auprès de la chapelle. Qui donc t'y aurait portée?

Edith réfléchissait profondément. Quelques minutes de silence se passèrent; elle répondit :

— Je ne puis dire; je cherche en vain, je ne me rappelle rien.

— C'est surprenant, dit sir James. Voyons, je vais interroger tes souvenirs. Après mon départ, tu es rentrée dans la chambre du pavillon?

— Oui.

— Seule?

— Non, avec Morinda. Je m'étonne de ne l'avoir pas vue ce matin.

— Nous parlerons d'elle tout-à-l'heure. T'es-tu couchée?

— Je ne le pense pas, seulement, je me souviens que j'ai prié Morinda d'aller fermer toutes les portes, puis...

— Pourquoi hésites-tu?

— Parce qu'en ce moment, il me revient à la mémoire...

— Quoi donc?

— Un rêve assurément .. un bien mauvais rêve...

— Parle.

— C'est que vous vous moquerez de moi...

— N'importe, parle.

— Dans mon rêve, Morinda était allée fermer les portes... l'orage grondait... lorsque tout à coup les fenêtres de ma chambre volèrent en éclats et...

— Continue.

— J'ose à peine.

— Achève.

— Eh bien... toujours dans mon rêve... un homme venait de franchir le balcon de ma fenêtre.

— Ah! cet homme,.. le connais-tu?

— Oui, répondti Edith avec hésitation.

— Nomme-le.

— Oh! non, cher bon père, je t'en prie, ne me fais pas prononcer son nom... Les rêves sont bêtes... il ne faut y attacher aucune importance.

— Soit!... qu'a dit cet homme dans... ton rêve?

— Il me menaçait... moi j'appelais à mon aide... Il voulait m'entraîner quand soudain une femme se jeta résolument entre lui et moi.

— Une femme.

— Une arme brilla comme un éclair... la femme tomba... elle me cria même... Oh! c'est singulier!... Il faut que ce rêve m'ait puissamment impressionnée; car il me semble encore entendre la voix de la malheureuse me crier : — Protégez ma fille.

— Et cette femme?

— Elle avait le visage de Morinda.

Une rumeur générale s'éleva à ce nom.

Edith reprit alors avec un certain enjouement.

— Vous voyez combien le rêves sont absurdes. Cette bonne Morinda, appelez-la, et qu'elle vienne se moquer avec vous de moi et de mes songes creux.

Sir James éluda la question et continua son interrogatoire.

— Tout-à-l'heure, dit-il, tu m'as nommé la
femme courageuse qui te défendait, maintenant
pourquoi refuserais-tu encore de me nommer le
meurtrier... du moins celui qui, dans ton rêve, as-
sassinait Morinda?

Edith hésitait.

Un homme entra, Francis.

A sa vue, Edith ne put retenir un cri et, le désignant involontairement avec une sorte d'égarement,
elle s'écria :

— Le voici !

— J'en étais sûr, pensa sir James qui, marchant
résolûment vers le métis, lui dit :

— Assassin de Morinda, au nom de la loi, je vous
arrête !

— Vraiment! répondit Francis d'un air railleur et
sans s'émouvoir, vous m'arrêtez? Est-ce que vous
vous chargerez de me pendre de vos propres mains?

— Non ; mais je vais m'occuper de vous faire pendre par le bourreau.

— Bah !

— A moins que vous ne me prouviez votre innocence.

— Avant de pouvoir le faire, encore faudrait-il
savoir de quoi vous m'accusez.

— Je vous accuse d'avoir assassiné Morinda, d'a-
voir excité mes nègres à la rébellion, et de leur avoir
fait incendier cette habitation.

17

— Peste ! s'écria Francis en riant, trois crimes !
Pas plus ! Et trois crimes entraînant chacun la peine
de mort ; c'est gentil. Quel dommage que je n'aie
pas trois têtes et trois corps à faire danser au bout
de trois cordes. Par malheur, je n'en ai qu'une, j'y
tiens, et je saurai la défendre, même contre vos
haines.

— Vous prouverez votre innocence ?

— Moi ? allons donc ! me croyez-vous assez sot
pour plaider un alibi comme un défenseur de New-
York, et pour perdre mon temps à me justifier ?
non, non, admettons tout de suite que je sois coupable ; pensez-vous que je n'aurais pas prévu le cas
où je serais découvert et où l'on me demanderait
compte de ces trois peccadilles ; me croyez-vous assez
simple pour être revenu me livrer si je n'avais une
arme pour me défendre, un bouclier pour me protéger ?

— Parlez-vous par énigmes ? cette arme, ce bouclier ?

— Mes énigmes sont fort simples. Je ne crains
rien, parce que vous n'êtes pas homme à livrer au
bourreau qui déshonore un membre de votre famille.

— Vous, de ma famille ! un bâtard ! si c'est sur
ce titre que vous comptez ?

— Non, pas sur celui-là ! mais sur celui de votre
gendre.

— Mon gendre !... misérable ! je n'ai jamais reconnu votre mariage avec Flavie.

— Aussi ne s'agit-il pas d'elle ; mais de miss Edith.

— De moi ! s'écria Edith.

— Etes-vous fou ? dit sir James.

— Nullement. Si vous n'ajoutez pas foi à mes paroles, peut-être en croirez-vous davantage cet acte de mariage.

Francis tendit un papier à sir James.

— Cette pièce est fausse, s'écria celui-ci.

— Non, répondit tranquillement Francis, cette pièce est la copie d'un acte parfaitement valable signé du clergyman qui nous a unis, Joas Felmore, et de quatre témoins.

— Mais je n'ai pu vous épouser, s'écria Edith, je ne vous aime pas. Je ne vous ai jamais aimé.

— J'ignore le motif qui vous fait parler ainsi, miss, répliqua impudemment le métis ; mais il est de mon honneur de vous rappeler que notre amour avait commencé au Mexique chez votre père, et qu'il s'est réveillé en nous retrouvant. Vous n'avez pas osé vous adresser à sir James, parce que vous le saviez irrité contre moi, et, pour vaincre sa résistance, nous avons résolu, vous et moi, de profiter de son absence pour nous unir d'une manière indissoluble.

Tout ceci fut dit avec le sang-froid, l'audace d'un coquin qui joue sa destinée sur une carte, et qui s'est placé dans la nécessité de réussir ou de périr.

— Mais quand donc vous aurais-je épousé ? demanda Edith épouvantée de cette situation ?

— Hier au soir, au moment même où le feu dévorait ce pavillon.

— Ah ! vous mentez ! s'écrièrent à la fois sir James
et sa fille.

— Monsieur dit vrai ! affirma Georges qui était
arrivé presqu'en même temps que Francis et auquel
personne n'avait pris garde, tant l'attention de tous
s'était portée sur le métis dès son entrée dans l'habitation.

Francis dissimula un sourire de triomphe ; évidemment il avait compté sur ce renfort.

— Que dites-vous ?

— Je dis, miss, que cette nuit je vous ai vue à la
chapelle au bras de monsieur ; je dis que j'ai entendu un ministre de notre religion vous unir par
le mariage à cet homme ; je dis que je vous ai vue
signer l'acte que vous repoussez en ce moment.

— C'est infâme ! s'écria Edith.

— Ce qui est infâme, miss, c'est de se jouer de
l'amour d'un homme et de lui laisser croire qu'on
l'aime alors qu'on en aime un autre ; car j'affirme
avoir entendu sir Francis vous dire au sortir de la
chapelle : m'aimez-vous, Edith ? Et vous lui avez
répondu : je vous aime !

— Oh ! dit la jeune fille au désespoir, vous aussi
vous mentez !

— Moi ? Dans quel but ? quel intérêt ? je vous
aime, vous le savez, je vous l'ai dit ; pourquoi vous
livrerais-je à un rival ? Mais vous, miss, pourquoi
m'avoir laissé croire que vous m'aimiez ? pourquoi
me trahir aujourd'hui ? Dans quel intérêt ?

— Ne le devinez-vous pas, sir Georges ? dit alors
Francis d'un ton railleur. Ne comprenez-vous pas

quel intérêt madame et moi nous avons d'écarter un parent gênant qui eût pu nous enlever plus tard le tiers de l'héritage de mon père?

Georges tressaillit.

— Je ne saurais comprendre ces paroles, monsieur, dit-il, et, sûrement elles ne s'adressent pas à moi.

— Elles s'adressent à notre cousin Georges Wilson, fils de ma tante Sarah Smith, sœur du général Jonathan Smith, mon père, et l'oncle de miss Edith.

— Comment savez-vous ? s'écrièrent ensemble Georges, sir James et sa fille.

— Par ces deux lettres que vous avez remises à sir James, qu'il a confiées à miss Edith avant de partir, et qu'elle m'a données hier au soir avant de nous rendre à la chapelle.

Et Francis remit à Georges les deux lettres de sa mère.

— Mon Dieu! mon Dieu! murmura Edith ne trouvant aucune parole pour se défendre, mon Dieu! je suis perdue!

Quant à sir James, se rappelant à quel point il avait jadis été joué par Flavie, il se demandait si Edith ne le trompait pas comme avait fait sa sœur.

En ce moment, l'officier qui commandait le détachement chargé de garder l'Hacienda, se présenta et, s'adressant à sir James, il le salua courtoisement et lui dit :

— Je suis chargé d'une pénible mission, monsieur, mais, quelle que soit ma sympathie pour vous, je suis forcé de remplir mon devoir.

— Parlez, capitaine, répondit le père d'Edith surpris et inquiet.

— J'ai l'ordre d'arrêter l'un de vos amis, sir Georges Wilson.

— C'est moi, monsieur, fit Georges qui s'avança.

— Quel misérable a dénoncé ce jeune homme? s'écria sir James désolé.

— Je l'ignore; nous devons cette révélation au billet que voici, et qui a été porté la nuit dernière au général Lee.

Le capitaine tendit le billet à sir James qui le prit et le lut rapidement tout haut.

— « Georges Wilson, disait le billet, officier de l'armée du Nord et proscrit dans les états du Sud comme rebelle, est caché à l'Hacicenda del Venado. »

— Connaissez-vous cette écriture? demanda l'officier.

Sir James parut étudier la lettre et, à mesure qu'il la regardait plus attentivement, il était facile de suivre sur son visage expressif et mobile les traces d'une violente agitation.

Il tendit le billet à Edith, sans prononcer une parole.

A peine celle-ci y eût-elle jeté les yeux qu'elle s'écria :

— Mais ce billet est de mon écriture!

Et elle promena autour d'elle un regard plein d'anxiété.

— En effet, dit Georges qui avait ramassé le papier que la jeune fille venait de laisser tomber; il ne manquait à votre trahison que de m'envoyer à la mort.

— Monsieur, ajouta-t-il en s'adressant au capitaine, vous avez sans doute reçu l'ordre de me faire fusiller?

— Oui, monsieur, et sur-le-champ.

— Je suis prêt; marchons!

— Arrêtez! cria miss Edith.

— Je vous supplie de suspendre cette exécution, dit sir James d'un ton désespéré; j'ai des amis auprès du président Jefferson Davis; en ce moment même ils sollicitent la grâce de ce malheureux proscrit.

Accordez-moi seulement le temps nécessaire pour envoyer un message à Richmond.

Jefferson Davis était alors l'arbitre suprême des destinées dans les états sécessionnistes. Fils d'un maquignon du Sud, devenu le chef de l'aristocratie de l'esclavage, ambitieux, tenace, intraitable dans la vie publique, doux, simple et bon dans la vie privée, le fougueux dictateur, qui fut en définitive un véritable fléau pour sa patrie, disposait en despote des biens et de l'existence de ces compatriotes asservis.

A Richmond, il y avait deux partis, celui du retour à l'Union, *les pacifiques*, parti à la tête duquel on voyait le vice-président Stephens, et celui des *fire-eaters* (mangeurs de feu) qui reconnaissai Jefferson Davis pour son général.

Comme plus tard chez nous les chefs du parti des fous-furieux faisaient battre leurs concitoyens, mais ne se battaient jamais qu'en proclamations, et le jour du danger venu, ils se cachaient piteusement, comme fit Jefferson Davis, qui tenta de s'enfuir déguisé en femme.

Outrecuidance et lâcheté! Dans les deux mondes!

Sir James supplia si vivement le capitaine que celui-ci accorda un sursis, juste le temps d'aller à Richmond et d'en revenir avec la grâce, en admettant toutefois que le farouche dictateur consentit à la signer.

Dès que ce sursis à l'exécution de Georges eut été consenti, le capitaine se tourna vers le neveu du savetier Moyendoux.

— N'êtes-vous pas M. Stanislas? lui demanda-t-il.

— Parfaitement.

— J'ai aussi l'ordre de vous arrêter.

— Et de me faire fusiller?... ah! mais, non, non! bigre de bigre! je proteste! on ne casse pas comme çà la tête à un Parisien... Je suis sujet français; je me réclame de mon ambassadeur. Je ne suis pas tout seul; j'ai derrière moi la France!

— Je le sais, monsieur, aussi je suis seulement chargé de vous arrêter. Engagez-moi votre parole de ne pas chercher à vous échapper, et je vous laisse libre provisoirement.

— Je vous engage toutes les paroles que vous voudrez; mais, bigre de bigre, je vous fais avant tout un autre serment, c'est d'obtenir la grâce de mon ami Georges; je pars pour Richmond; je vais trouver votre dictateur...

— Restez, mon cher monsieur, lui dit sir James, restez, et laissez partir William Morris; il est lié avec les généraux qui commandent à Richmond, il a été l'aide-de-camp de mon frère mort pour la cause du Sud, il obtiendra ce qui vous serait certainement refusé.

— Je pars sur-le-champ, s'écria Morris; car nous n'avons pas une minute à perdre.

William donna l'ordre à une vingtaine de valets de sceller des chevaux, de s'armer et de le suivre; car les routes étaient moins que sûres pendant cette guerre civile.

Francis, remarquant que personne ne le surveillait, se rapprocha de Lucott et lui glissa rapidement ces mots à l'oreille :

— Il ne faut pas que Morris revienne.

Lucott inclina la tête en signe d'adhésion et, profitant de ce que les nègres chargés de le garder, s'étaient éloignés au moment de l'arrestation de Georges, il s'esquiva silencieusement.

Dix minutes plus tard, William Morris sortait par la grande porte de l'Hacienda suivi de ses valets.

Au même moment, une autre troupe, commandée par Lucott, quittait l'habitation sans bruit par une porte dérobée, et partait au galop en prenant un chemin de traverse.

Cependant, un homme avait épié Lucott, c'était un jeune garçon nommé Mancilla, le valet de chambre de Morris.

Dès qu'il eut vu sortir Lucott et sa bande, supposant avec raison qu'ils avaient conçu de funestes desseins contre son maître, il sella rapidement un cheval et s'élança dans la direction prise par William afin de le prévenir.

Seulement arriverait-il à temps? il l'espérait.

Pendant que ceci se passait au dehors, Stanislas abordait le capitaine, et lui disait :

— Bigre de bigre, mon officier, je vous donne toutes les paroles du monde de ne pas chercher à m'évader ; mais de votre côté, il faut me permettre de partager la captivité de mon ami.

— Rien ne s'y oppose, monsieur, répondit courtoisement l'officier.

Un quart d'heure après, George et le peintre se voyaient enfermés dans une salle dont les fenêtres, émaillées de barreaux de fer, défiaient toute tentative d'évasion.

Quatre sentinelles veillaient au dehors avec ordre de tirer sur les prisonniers s'ils tentaient de fuir.

A cette heure, la vie de Georges Wilson se trouvait donc à la merci de William Morris.

Si ce dernier revenait porteur de la grâce, le prisonnier était sauvé; s'il ne rentrait pas, ou s'il arrivait trop tard, Georges était perdu.

Or, nous avons vu que Lucott galopait avec ses gens dans le but de prendre les devants et d'empêcher William de gagner Richmond. C'était un vrai steeple chase avec la vie d'un proscrit pour enjeu.

A peine les soldats eurent-ils emmené Georges et Stanislas que Francis s'approcha de sir James d'un air respectueusement ironique.

— Cher bon père, lui dit-il, ne vous plairait-il pas de me faire arrêter aussi? je suis à votre disposition.

— C'est inutile pour le moment, lui répondit sir James sèchement ; ce n'est pas une prison que je vous destine, c'est le gibet ; ce n'est pas le géôlier qui vous attend, c'est le bourreau.

## IX

### LE DAHCOTA

Tandis que Morris et ses hommes suivaient la route qui conduit à Richmond, Lucott et ses gens prenaient un sentier qui coupait la montagne et abrégeait de beaucoup le chemin.

Lucott devait forcément devancer son adversaire ; mais comme il supposait avec raison que Morris saurait se garder prudemment, et qu'il ne se laisserait pas égorger sans résistance, l'ami de Francis, assez peu brave de sa nature, resolut d'agir par la ruse.

Il fit faire halte à sa bande afin de laisser aux chevaux le temps de manger et de se reposer, puis il appela auprès de lui un Indien de la tribu des Dahcotas, renommé pour son astuce et sa vaillance.

La nation, jadis puissante, des Dahcotas habite encore à cette heure sur les bords du Mississipi entre Saint-Paul et Monroë, toujours en guerre avec ses terribles voisins les Chipeonays au Nord, les Foxes au Sud, les Joways à l'Ouest, et les Américains de tous les côtés.

Les Dahcotas suivront le sort commun à toutes
les peuplades barbares, ils disparaîtront s'ils ne
savent ou ne peuvent se transformer. En attendant,
une partie des Peaux-Rouges, abandonnant les bois
et les plaines de ses ancêtres, est entrée dans la
circulation américaine. Elle y trouve son pain et
l'eau-de-vie dont elle est très-friande ; en échange,
elle lui apporte son contingent de vices et de dé-
gradation.

Le Dahcota que Lucott venait de mander auprès
de lui était l'un de ces Indiens dégénérés qui ont
renoncé à la vie de leurs aïeux pour se mettre au
service des blancs et de leurs passions.

Le dialogue suivant s'établit entre eux.

— Tu aimes l'argent ? dit Lucott.

— Les blancs l'aiment aussi, répondit le sauvage.

— Veux-tu que je t'en fasse gagner beaucoup ?

— A quel jeu ?

— A un jeu où celui qui perd gagne la mort.

— Ah !... Et celui qui gagne à ton jeu n'y trouve-
il pas la potence ? demanda le sauvage à demi civilisé.

— Les sots seuls se laissent prendre, riposta Lucott, et le Dahcota est un homme adroit et fort.

— C'est possible, quand le Dahcota est bien payé.

— Il sera largement récompensé, s'empressa de répliquer le blanc. Mon frère veut-il savoir de quoi il
s'agit ?

— Il le sait déjà.

— Ah !

— Le Grand-Esprit l'a éclairé.

— Très-bien. Voyons si la réputation du Dahcota est justement méritée. Quelle doit être la victime ?

— Sir William Morris.

— C'était facile à deviner. Ensuite ?

— Mon frère veut que je lui rapporte le scalp de sa tête.

— C'est vrai. Je préférerais même la tête entière ; on s'y reconnait mieux.

— Mon frère le blanc aura la tête entière.

— Parfait! Comment le Dahcota fera-t-il pour tenir sa parole ?

— Il amenera, par la ruse, sir William Morris, à la place même où le rio de Buffalo se jette dans le James-River ; là mon frère aura préparé une embuscade où il nous attendra.

— Je comprends. L'embuscade sera préparée.

— Quelle somme d'argent mon frère compte-t-il donner au Dahcota en échange d'un aussi grand service ?

Lucott hésita ; enfin il répondit :

— Deux mille piastres.

— Soit, fit l'Indien ; mais mon frère le blanc y ajoutera un fusil, de la poudre, des balles, un cheval de guerre, et de l'eau de feu.

— Accordé. Maintenant il me vient un scrupule, ajouta Lucott.

— Lequel?

— J'ai besoin moi-même de présenter un gage à celui qui me fait agir et je ne puis lui apporter ni la tête de son ennemi ni même sa perruque ensanglantée. Or sir Morris porte à l'un de ses doigts un anneau d'or qui ne le quitte jamais et qui lui vient de sa fiancée la belle Flavie ; quand William Morris sera mort, j'exige que le Dahcota m'apporte cet anneau d'or.

Le Dahcota l'apportera.

— Et comment s'y prendra mon frère pour réussir?

— Le Grand-Esprit l'inspirera, répondit l'Indien peu soucieux de révéler son plan. Que les visages-pâles préparent leur embuscade, le Dahcota y conduira la victime s'il n'a pu la frapper auparavant.

Sir Lucott et sa bande reprirent leur route à travers les montagnes, tandis que le Peau-Rouge, après avoir sifflé son cheval et l'avoir caressé, suivait un chemin encore plus court, mais dangereux, à travers des précipices.

Après une course à fond de train de huit heures, le sauvage arriva sur la route que Morris devait suivre forcément.

Là, l'Indien mit pied à terre au plus haut d'une éminence d'où il pouvait voir fort loin, puis il s'assit et laissa son cheval paître en liberté pendant que lui-même buvait quelques gorgées de Mescal et se mettait à fumer.

Par instants, il se baissait et approchait son oreille de la terre pour écouter.

Tout-à-coup il tressaillit et regarda plus attentivement vers les montagnes voisines.

Un nuage de poussière encore imperceptible annonçait l'apparition de cavaliers ; aussitôt le Dahcota siffla et son cheval accourut se placer docilement devant lui.

C'était un magnifique animal à la robe noire comme la plume du corbeau, à l'œil fier, aux naseaux largements ouverts, aux membres aussi élastiques et vigoureux que ceux de l'antilope. Il hennit doucement en regardant son maître, et il attendit que celui-ci voulut bien le monter.

L'Indien fixa sur ce fidèle ami du désert et des dangers un regard plus attendri qu'il n'eût voulu, et il sembla hésiter. Pour la première fois peut-être depuis sa naissance, ce sauvage éprouvait un sentiment de tendresse et de pitié ; il le laissait voir parce que personne n'était là pour épier sur son visage les émotions de son cœur.

Ce moment de faiblesse passé, le Peau-Rouge, farouche et cruel comme tous ceux de sa race, saisit son terrible tomahawh, le brandit rapidement au-dessus de la tête du cheval et frappa violemment le noble animal.

Le cheval fléchit sur ses jarrets et voulut se redresser.

Un second coup, aussi violent, le jeta sur le sol ; un troisième l'acheva.

La pauvre bête avant d'expirer, laissa tomber sur son maître un regard de reproche et de tendresse, râla quelques minutes, et cessa de vivre.

Ceci fait, le Dahcota se hâta de passer son tomahawh sur le sable fin de la route afin d'effacer toute trace ; puis il s'assit sur un débris de rochers à deux pas de son cheval, et il attendit.

Dix minutes plus tard, William Morris et ses gens arrivaient.

## X

### LA TÊTE D'UN HOMME ET L'ANNEAU D'OR
### D'UNE FEMME

En quittant l'*Hacienda del Venado*, Morris et ses hommes avaient lancé leurs chevaux au galop en gens qui savent que la vie d'un ami dépend d'une minute.

William, en sa qualité d'ancien d'officier de l'école de West Point, se gardait comme en pays ennemi.

Trois de ses valets marchaient en avant pour éclairer la route, trois autres suivaient et formaient l'arrière-garde.

Un des premiers cavaliers aperçut le Dahcota assis et le montra à ses camarades.

Ils s'arrêtèrent.

Comme à cette époque de guerre civile, tout inconnu pouvait être un ennemi, les cavaliers visitèrent leur armes, puis ils piquèrent des deux vers le sauvage.

— C'est un Indien, dit l'un des valets.

— Qui es-tu ? demanda un autre.

— Et que fais-tu là ? interrogea le troisième.

Le Peau-Rouge resta impassible.

— Pourquoi ne réponds-tu pas, chien ? cria le premier.

— Parce qu'un chef ne parle qu'à un chef, fit gravement l'enfant des déserts.

— Voici le nôtre, répliqua l'un des cavaliers.

En effet Morris accourait.

— Pourquoi vous arrêtez-vous? demanda-t-il vivement.

— Nous interrogions cet Indien que nous avons trouvé assis sur ce rocher; mais il ne veut répondre qu'à notre maître.

Pendant ce temps Morris examinait le sauvage toujours immobile et impassible.

— Que fait là mon frère? lui demanda-t-il en se servant du langage habituel des Peaux-Rouges avec lesquels il s'était trouvé en relations fort souvent. Le Dahcota répondit :

— Il attend que les hommes du Nord qui lui ont tué son fidèle compagnon reviennent pour le tuer aussi.

Et le sauvage montra le cadavre de son cheval.

— Pourquoi les hommes du Nord ont-ils tué le fidèle ami de mon frère?

— Parce qu'ils savent que le grand chef l'Aigle-des-Neiges est l'ami des guerriers du Sud et l'ennemi des chiens du Nord.

En parlant ainsi, le rusé Dahcota savait flatter sir Morris qui appartenait au parti du Sud.

En effet, dès ce moment le ton de William devint plus doux et sa méfiance disparut.

Il reprit la parole.

— Les hommes du Nord ont-ils donc des soldats de ce côté?

— Oui.

— Nombreux ?

— Comme les grains de sable dans le désert.

— S'il y a eu combat de ce côté, d'où vient que je n'en aperçois pas les traces ?

— Le grand chef du Sud a demandé un ami, dévoué pour porter un message important ; L'Aigle-des-Neiges, qui sait planer dans les airs comme le roi des montagnes ou ramper sous l'herbe comme le serpent, s'est offert.

Il a laissé son cheval ici pour se glisser sans bruit ; mais au retour il n'a plus trouvé que le corps de son ami. Il le vengera.

Morris ne pouvant supposer une trahison de la part d'un homme qu'il rencontrait pour la première fois, et le voyant seul tandis qu'une nombreuse escorte l'entourait, Morris espéra obtenir de ce sauvage des renseignements sur la position des armées du Nord dans la Virginie afin de leur échapper.

Le danger ne l'effrayait pas ; mais il pensait avec raison, qu'une fois prisonnier, il ne lui serait plus possible de pouvoir sauver Georges.

Il lui fallait donc éviter soigneusement de tomber au milieu d'une troupe ennemie.

En revanche, il eut souhaité fort de rencontrer un des corps de l'armée du Sud. Ayant servi dans ses rangs depuis le début de la guerre de sécession, ayant été aide-de-camp du général Jonathan Smith, il comptait de nombreux amis parmi les officiers des armées de Jefferson Davis, et il avait lieu d'espérer qu'on faciliterait son voyage à Richmond, voyage difficile et périlleux.

En effet, on était alors au mois de mars 1865, et la situation, nettement dessinée, faisait prévoir la fin prochaine de cette lutte fratricide.

Battus de tous côtés et refoulés dans la Virginie, les derniers corps des confédérés étaient aux abois.

Les fédérés du Nord formaient autour de Richmond une véritable ceinture de fer et de feu. Il ne restait plus à Jefferson Davis qu'une armée digne de ce nom, celle du général Lee sur le James-River, dans les retranchements de Pétersburg.

Richmond était enveloppé par les soldats du Nord ; leur ligne était épaisse et presqu'infranchissable ; il fallait que Morris la traversât s'il voulait obtenir du dictateur du Sud la grâce et la vie de Georges Wilson.

Sir William résolut d'interroger l'Indien.

— Mon frère, dit-il, sait-il où campent les armées du Nord ?

— Là, répondit le Peau-Rouge, en indiquant la route que devait suivre Morris.

Celui-ci parut vivement contrarié.

Il reprit après un instant de réflexion.

— Mon frère peut-il m'indiquer un passage libre de tout ennemi ?

— Oui, de ce côté.

Et le Dahcota tendit le bras vers les plaines qui se prolongent jusqu'à la rivière de Buffalo du côté où il savait devoir retrouver Lucott.

Cette réponse ne satisfaisait sans doute pas Morris, car il répliqua :

— Mon frère est-il sûr de ce qu'il avance ?

— Un chef ne répond point légèrement, riposta fièrement l'Indien.

— C'est juste, fit William qui craignait de mécontenter son interlocuteur et qui connaissait la susceptibilité des sauvages, c'est juste, et j'ai confiance entière dans la parole de mon frère.

Le Dahcota garda le silence.

Morris continua ainsi :

— J'ai besoin d'entrer dans Richmond, mon frère l'Aigle-des-Neiges qui est un allié des guerriers du Sud pourrait-il m'y conduire ?

— Si mon frère le Visage-Pâle va à Richmond en ami, je lui servirai de guide.

— J'y vais comme ami, répondit William ; car je suis officier dans l'armée du Sud.

— Alors je suis prêt à accompagner mon frère le Visage-Pâle, fit le sauvage réprimant sa joie en voyant son ennemi tomber dans le piège qu'il venait de lui tendre avec tant d'habileté.

Un incident remit tout en question.

Au moment où Morris faisait donner un cheval au Peau-Rouge et où l'on allait partir, un des valets que William avait placés en sentinelle, cria aux armes et signala un cavalier au loin.

La petite troupe se mit rapidement sur la défensive.

Morris tira sa lunette d'approche et aperçut alors le cavalier accourant à bride abattue.

Comme cet homme était seul, William attendit sans faire aucun préparatif de défense, et bientôt il eut reconnu, dans ce cavalier, son valet de confiance, Mancilla.

Sans la halte que Morris venait de faire, jamais le valet de chambre ne serait parvenu à le rejoindre.

Mancilla prit son maître à l'écart et lui fit savoir le départ de Lucott.

Morris se promit alors d'agir avec plus de prudence et recommanda à ses gens de veiller.

On allait se remettre en chemin lorsque Mancilla aperçut le Dahcota; il désira savoir quel était cet homme.

On lui raconta ce qui venait de se passer.

Pendant ce récit, le valet de chambre se demandait où et quand il avait déjà rencontré ce sauvage dont les traits ne lui étaient pas inconnus; mais la peinture dont les Peaux-Rouges ornent leur visage est un masque difficile à déchiffrer, et Mancilla ne put jamais se rappeler dans quelles circonstances il s'était trouvé avec ce bandit.

Il l'avait trop peu vu en effet pour se souvenir que cet Indien était, avec le commandeur Riario, l'un des employés les plus dangereux de Francis.

— Je ne puis indiquer où j'ai rencontré ce coquin, dit Mancilla à son maître; mais je vous engage à vous méfier de lui.

— Quel intérêt aurait-il à me trahir? demanda sir William.

— Je l'ignore, répondit le valet de chambre; mais cette physionomie peinte à l'ocre et au vermillon ne m'inspire aucune confiance, et si monsieur voulait me permettre d'interroger cette face rouge ?...

— Soit ! répliqua Morris, mais fais vite ; nos minutes sont comptées et nous avons déjà perdu beaucoup trop de temps.

Mancilla marcha droit au Dahcota.

— Eh ! le sauvage, dit-il familièrement, qui est-ce qui paie la goutte aux amis ce matin ?

Et il lui tendit la main.

Le Dahcota le toisa de la tête aux pieds avec une froide dignité et lui répondit d'un ton méprisant :

— Depuis quand l'esclave ose-t-il regarder un grand chef et lui parler ?

— Mancilla éclata de rire.

— Ah ! parbleu, s'écria-t-il, j'étais certain de le reconnaître à la voix. Toi, chef, drôle ! toi qui volais si bien les bouteilles de whisky dans notre office, et qui tournais la broche au coin de la cheminée de notre cuisine pour un verre de tafia ! Ah ! canaille !

Un éclair de rage et de haine brilla dans l'œil fauve de l'Indien qui sut conserver un sang-froid apparent, et qui reprit :

— Le Visage-Pâle est-il sûr de ne pas mentir ?

— Mentir, chien de sauvage, mentir ? non , non, je ne mens pas. Je te reconnais, vermine, et si mon maître veut suivre mon conseil, il va me permettre de t'envoyer une balle de révolver dans la tête.

Et joignant le geste à la parole, Mancilla arma son révolver et ajusta l'Indien qui ne broncha nullement.

William arrêta son valet de chambre ; il était temps. Puis il dit au Dahcota.

— Que répondra l'Aigle-des-Neiges à cette accusation ?

— L'Aigle-des-Neiges ne connaît pas cet homme ; il ne l'a jamais rencontré sur son chemin.

— Et ne connais-tu pas non plus l'Hacienda del Venado où je t'ai vu ivre si souvent ? ne connais-tu pas sir Francis, ton maître ? sir Lucott ?...

— J'entends ces noms pour la première fois, répondit l'impassible sauvage ; mais si mon frère le Visage-Pâle, qui est un grand chef comme moi, doute de ma parole, qu'il suive la route qu'il lui plaira. S'il me croit traître, qu'il me tue. L'Aigle-des-Neiges est seul ; mon frère a vingt guerriers derrière lui, j'attends la mort.

Et le Dahcota offrit sa poitrine aux coups des blancs avec cette intrépidité et ce mépris de la vie qui distinguent les hommes de cette race étrange.

La nature de sir Morris était chevaleresque ; il lui répugnait de croire à la perfidie, et encore plus de frapper quelqu'un sans défense ; cependant les indications de son valet de chambre étaient trop précises pour être dédaignées.

— Je ne suis pas un assassin, répondit William ; mais je puis être un juge. Que mon frère m'explique comment il se fait que ce valet ait pu ou cru le voir à l'Hacienda del Venado ou l'Aigle-des-Neiges prétend n'être jamais entré ?

— L'Aigle-des-Neiges n'a pas menti, répliqua froidement l'Indien ; jamais il n'est venu dans l'Ha-

cienda del Venado. Mais, pour son malheur, un de
ses frères a jadis quitté sa tribu et son wigham ; il
leur a préféré les villes des Visages-Pâles et l'eau-de-
feu.

Ce frère de l'Aigle-des-Neiges a son visage, sa
taille, sa voix ; il est le fils de son père et de sa mère ;
pourtant si l'Aigle-des-Neiges le rencontre, il le
tuera.

Tout ceci était dit avec une telle assurance que
non-seulement William, mais encore Mancilla hésita. Après tout, que pouvaient redouter vingt
hommes armés d'un misérable sauvage? Au besoin,
on pouvait le surveiller et le frapper à la moindre
apparence de trahison.

Mancilla se chargea de cette surveillance; il se
promit de ne pas perdre le Dahcota de vue une seule
minute et de lui loger un coup de poignard dans la
poitrine ou une balle dans la tête à la moindre tentative de fuite ou de trahison.

Tous partirent au galop sur le chemin indiqué par
le Dahcota dans la direction de la rivière de Buffalo.

En arrivant non loin des bords du James-River
un lamentable spectacle les attendait. Cachés derrière un épais bouquet de bois, ils virent défiler un
convoi de malheureux prisonniers fédéraux presque
nus et mourant de faim, que leurs gardiens pous-
saient devant eux en les frappant à coups de crosse,
et en les traitant de chiens d'yankees.

On les dirigeait sur Richmond où la prison de
Libby attendait les officiers ; là régnait la terreur et
le major Turner.

On enfermait quelques centaines de prisonniers dans des chambres sans feu en hiver, sans vitres aux croisées; ils y étaient tellement pressés qu'ils ne pouvaient s'y mouvoir; quand un captif s'approchait d'une fenêtre pour respirer, les sentinelles prenaient plaisir à tirer dessus.

La ration quotidienne des officiers était un morceau de pain de maïs pesant environ une demi-livre si dur qu'on le nommait le vaisseau cuirassé, *iron clad*, et tellement plein d'ordures et de vers que le cœur se soulevait à sa vue; les prisonniers étaient forcés de le râper pour pouvoir le manger.

La famine décimait ces malheureux trop heureux de ronger les os que les chiens avaient dédaignés.

A *Belle-Isle*, petit et stérile ilot de la rivière James, près Richmond, dix à douze mille captifs gisaient entassés comme des pourceaux dans une sorte de corral d'un ou deux hectares. Là, pas une cabane, pas une hutte, pas un toit, pas un abri ni été ni hiver. Pas de manteaux, pas de couvertures, pas de souliers; des loques, des haillons pleins de vermine pour vêtements. Aussi les cadavres s'entassaient-ils chaque jour à coté des vivants.

Par les rudes nuits d'hiver, on voyait les misérables prisonniers se serrer les uns contre les autres sur la neige et la glace, comme avait fait nos soldats lors de la retraite de la campagne de Russie, et le matin venu, les hommes placés aux extrémités étaient trouvés morts ou gelés.

Dans ce camp maudit, les captifs recevaient douze onces de pain de maïs moisi par jour, quelquefois

18

une soupe saumâtre visitée par de dégoûtants insectes, rarement de la viande, et une bouchée au
plus.

Un jour, un chien eut la malencontreuse idée de
s'aventurer parmi ces crèves-de-faim; en un clin
d'œil il fut tué, découpé et dévoré *cru*. Le fait est
historique.

Comme nous l'avons dit, Morris avait disposé sa
petite troupe en trois groupes, l'un pour éclairer les
devants, l'autre pour protéger les derrières. Sir William marchait en tête du corps principal, et son valet de chambre, le pistolet au poing, ne quittait pas
de vue le Dahcota.

L'avant-garde en arrivant sur les bords du James-
River avait essayé de visiter les roseaux qui crois-
sent sur les bords ; mais ils étaient tellement épais et
formaient un rideau si inextricable qu'il fallut y renoncer. On s'engagea sur un terrain marécageux
afin de gagner une crique où l'on espérait trouver
quelques canots cachés dans les herbes par les Indiens.

Soudain un sifflement aigu se fit entendre et, au
même instant, une décharge d'armes à feu partit des
roseaux, et coucha par terre cinq des hommes placés
à côté de sir Morris.

L'embuscade préparée par Lucott était parfaitement choisie; la hauteur et l'épaisseur des herbages
de la rivière ne permettait ni de les fouiller, ni de
rien apercevoir dans leurs profondeurs.

Un hasard miraculeux avait sauvé William, le
vrai but des assaillants. Au moment où la décharge

meurtrière avait éclaté, un de ses valets, ayant
aperçu briller le canon d'un rifle à travers les roseaux
s'était jeté entre son maître et le coup. Le maître vi-
vait, l'esclave était tué.

Au bruit de la fusillade, le Dahcota avait rapidement porté la main sur son tomahawh avec l'intention de frapper Morris ; mais le canon du révolver
de Mancilla dirigé vers lui l'avait arrêté. Il attendait
une occasion plus favorable.

La petite troupe de sir William, un instant troublée par cette attaque imprévue, avait été vivement
ramenée par son chef intrépide et lancée vers la rive;
mais il fut impossible de pénétrer à travers les roseaux et les lianes. De nouveaux coups de feu se firent entendre, tuant un homme, en blessant deux
autres, et traversant les habits de Morris sans qu'on
put seulement entrevoir l'ennemi invisible qui les
tirait.

Willam donna l'ordre de battre en retraite.

Cependant il était de toute nécessité de traverser
le James-River fort large et rapide en cet endroit;
Morris se hâta de suivre le cours de la rivière et de
chercher une crique où il pourrait trouver quelques
canots cachés.

Une journée entière s'écoula sans rien rencontrer;
ce fut seulement au début de la nuit suivante que
l'on parvint à découvrir une vieille barque assez large
pour contenir toute la troupe.

Morris y fit placer son monde, et on se dirigea,
dans l'obscurité, vers la rive opposée.

Enfin il put aborder. Il allait sauter à terre lorsqu'un coup de feu retentit et l'un de ses hommes tomba à deux pas de lui; de nouvelles décharges retentirent, mais inutilement, il fallut fuir au plus vite.

Morris essaya trois fois de débarquer sans pouvoir y parvenir; partout il rencontrait un ennemi insaisissable et invisible qui tuait ses hommes sans courir aucun danger. William était désespéré; car la délivrance de Georges devenait presque impossible.

Furieux de voir toutes ses espérances sur le point d'être anéanties, Morris prit un violent parti.

La nuit était obscure, il résolut de gagner la rive opposée à la nage. Il était certain qu'on ne verrait pas un homme isolé. Il comptait dérober facilement sa trace à ses ennemis et gagner Richmond seul.

Il convint avec Mancilla que celui-ci continuerait de se tenir dans le canot avec l'escorte pendant une ou deux journées. Leurs adversaires ne s'apercevraient pas de la disparition de William qui aurait ainsi quelques jours d'avance.

Ce plan arrêté, Morris fit un paquet de ses vêtements, y glissa son poignard et son révolver, fixa solidement le tout sur sa tête avec une courroie, et se laissa glisser doucement dans la rivière.

Au moment où William disparut, Mancilla lui jeta involontairement un dernier regard, regard empreint d'inquiétude.

Le Dahcota profita de cette minute de distraction qu'il épiait; il poussa son cri de guerre, bondit brandissant son tomahawh, et fendit la tête du pauvre valet de chambre, puis il disparut dans le flot aux yeux stupéfaits des hommes de Morris.

En tombant Mancilla jeta un cri terrible de douleur et d'angoisse; ce cri fut entendu par sir William qui, n'étant encore qu'à dix pas du canot fut témoin du drame qui s'y passait. Un instant après il aperçu le Dahcota nageant vers lui le tomahawh à la main.

Morris comprit qu'il allait se trouver en face d'un ennemi implacable, et qu'il fallait le tuer ou être tué par lui; avec son intrépidité habituelle, il accepta cette lutte sans hésitation.

Par malheur, le combat était inégal.

Sir William, ne pensant pas qu'on put l'attaquer dans l'eau, avait placé ses armes dans les vêtements attachés sur sa tête, et il fallait les y reprendre sans cesser de nager. Cependant le Peau-Rouge s'avançait rapidement.

Dès qu'il fut à deux ou trois brasses seulement, Morris se laissa couler au fond, le courant l'entraîna au loin, et il ne remonta à la surface que quand le manque d'air l'y força.

Grâce à l'obscurité et à la surprise qu'éprouva le sauvage qui ne s'attendait pas à cette ruse, William eut un moment de répit dont il profita pour dénouer ses vêtements et prendre ses armes.

Il avait à peine terminé qu'il aperçut le Dahcota nageant de nouveau vers lui; cette fois, Morris armé n'eut plus besoin de fuir, tout au contraire il poussa droit à son ennemi.

Dès que l'Indien fut à trois pas de lui, William

18.

ralentit sa course, l'ajusta et fit feu; mais le révolver mouillé rata six fois successivement.

Morris le rejeta et saisit aussitôt son poignard qu'il avait conservé dans sa main gauche; mais ces divers mouvements, exécutés dans l'eau, étaient forcément assez lents et, avant qu'il put être en défense, un coup de tomahawh le blessa grièvement à l'épaule.

Furieux de cette blessure et voulant hâter le dénouement de cette lutte avant que la perte de son sang ne l'eût affaibli, Morris résolut de tenter un coup décisif.

Pour la seconde fois il se laissa couler au fond de la rivière puis remontant rapidement avant d'être aperçu par son ennemi qui le cherchait plus loin, il le saisit d'une main à la poitrine et de l'autre lui plongea son poignard dans le corps.

Le Dahcota poussa un rugissement devant cette attaque imprévue et son arme s'échappa de ses mains.

C'en était fait de lui si Morris avait pu redoubler; par malheur sa blessure l'affaiblissait, puis il lui fallait remonter à la surface pour pouvoir respirer. Alors l'Indien l'enlaça dans ses bras vigoureux, paralysa ses mouvements, et l'empêcha de reparaître au-dessus de l'eau pour reprendre sa respiration.

William se sentit perdu, sa tête était en feu, sa poitrine serrée comme dans un étau; il tenta un effort suprême pour se dégager et reprendre un peu d'air; mais son terrible adversaire ne lui en donna pas le temps. Il le força de rester sous l'eau, et deux minutes après Morris épuisé coulait au fond de la ri-

vière comme une masse inerte; le Dahcota l'avait
noyé.

Le lendemain le Peau-Rouge apportait à Lucott
deux trophées, la tête de sir William Morris et l'anneau d'or de sa fiancée Flavie.

Il avait gagné les deux mille piastres.

Lucott n'était cependant pas suffisamment rassuré
par la mort de son ennemi; il lui paraissait encore
nécessaire de se débarrasser de l'escorte de Morris
afin d'éviter dans l'avenir toute accusation de meurtre.

Par ses soins la barque qui portait ces pauvres dia-
bles fut recherchée, découverte et coulée bas.

Un seul homme de l'équipage, excellent nageur,
réussit à s'échapper malgré les poursuites de Lucott
et les coups de fusil tirés sur lui pendant qu'il cherchait à gagner le rivage.

Lucott reprit le chemin de l'Hacienda porteur de
l'anneau d'or de William Morris, mais fort inquiet
en songeant qu'un de ses gens était encore vivant.


# XI

## VOLTE-FACE


Nous devons maintenant revenir aux événements
qui s'accomplissent dans l'intérieur de l'Hacienda
del Venado.

Nous y avons laissé Georges condamné à mort et
n'ayant plus désormais qu'une planche de salut, la

grâce que Morris est allé chercher ; or nous savons que Morris ne reviendra jamais.

Un matin, les hôtes de l'Hacienda virent arriver Lucott ; mais Francis seul connut les nouvelles qu'il apportait.

Deux nuits plus tard, un homme s'introduisait par-dessus les palissades et parvenait secrètement auprès de sir James ; cet homme, blessé, les vêtements en lambeaux, mourant presque de faim, c'était le seul survivant de la barque de Morris.

Il raconta à sir James l'horrible drame qui s'était accompli sous ses yeux et par quel miracle il avait pu fuir sous les balles de Lucott et de ses bandits ; sir James le fit cacher dans son propre appartement, et dissimula, même à sa fille, le retour de ce malheureux.

Cependant le délai fixé par l'officier était écoulé ; Edith apprit que l'exécution de Georges était fixée au lendemain matin ; elle résolut de le sauver.

Francis seul pouvait l'aider dans cette tâche difficile ; elle s'adressa à lui, malgré sa répugnance.

— Monsieur, lui dit la jeune fille, Georges doit être fusillé demain, vous le savez ?

— Oui.

— Je veux le sauver ; vous seul pouvez me venir en aide.

— Toute tentative d'évasion est impossible.

— Vous savez bien le contraire, répartit la jeune miss avec vivacité.

— Moi ?

— Oui, vous, et je vais vous le prouver.

— J'écoute.

Elle reprit :

— Dans un endroit de la chambre où Georges est enfermé et que l'on n'a pu me désigner.. mais que vous connaissez... il existe une porte secrète, admirablement dissimulée dans les panneaux de la boiserie.

— Ah !

— J'en suis sûre. Cette porte ouvre sur un passage qui conduit au bord de la rivière. Mon oncle avait fait construire ce souterrain pour pouvoir échapper aux Indiens s'ils venaient à s'emparer de cette maison. M'a-t-on bien renseignée ?

— Parfaitement.

— Alors vous ne niez pas l'existence de ce passage ?

— Je ne la nie pas.

— Vous savez où il est ?

— Je le sais.

— Et vous refusez sans doute de m'indiquer sa place ?

— Je ne refuse rien de ce qui peut vous être agréable.

— Eh bien, veuillez m'expliquer comment je puis découvrir cette porte secrète ?

— Elle est placée derrière le panneau de la grande glace, qui fait face à la cheminée.

— Très bien.

— Des deux côtés de cette glace, vous avez dû remarquer une série de petits portraits de famille ?

— En effet.

— En pressant un bouton au bas du cadre du troisième portrait de gauche et en appuyant en même temps l'autre main sur un second bouton caché dans le haut du cinquième médaillon, on agit sur un ressort qui, en s'ouvrant, met une serrure à découvert.

— A toute serrure, il y a une clef.

— Il en existe également une pour celle-ci.

— Vous l'avez?

— Je l'ai. Mon père me l'a confiée en partant.

— Vous ne me la donnerez pas?

— La voici.

— Engagez-moi votre parole que Georges pourra franchir ce passage sans danger.

Francis sourit et répondit :

— Au bout de ce passage, il y a une sentinelle.

— Et cette sentinelle?

— A l'ordre de tirer sur quiconque chercherait à fuir.

— C'est l'officier qui a placé cette sentinelle?

— Non.

— Qui donc?

— Moi.

— Vous !

— Comme vous le voyez, miss, j'agis franchement.

— Oh! franchement.

— Oui, franchement. J'ai prévu que le hasard ou la trahison devaient faire découvrir l'existence de ce souterrain. Ne pouvant supprimer ni le passage, ni la porte, j'ai pris le parti de mettre un bouchon au bout du goulot.

— Et pourquoi agissez-vous avec tant de franchise en ce moment ?

— Je pourrais vous répondre que c'est parce que je tiens par dessus tout à vous être agréable ; mais j'aime mieux continuer de vous dire la vérité. Je vous révèle ceci, parce que du moment où vous connaissiez l'existence de la porte secrète, vous l'auriez bientôt découverte, et quand vous l'auriez découverte, vous l'auriez facilement brisée. Dès lors à quoi bon le mystère ?

— Vous oubliez une partie de votre franchise en route, fit miss Edith avec ironie.

— Comment cela ?

— Vous auriez dû ajouter que, grâce à la sentinelle placée par vous au bout du passage et prête à faire feu sur qui le franchirait, il ne me sert de rien de briser cette porte ou de connaître le secret qui le fait s'ouvrir.

— Vous devinez merveilleusement, miss.

— Eh bien, je ne vous demande plus seulement de me livrer le secret de ce passage, je vous demande encore de faire retirer votre sentinelle.

— Impossible.

— Je vous en prie.

— Je regrette de ne pouvoir vous accorder ceci.

— Vous refusez ?

— Oui.

— Pourquoi ?

— Parce que c'est vous donner la vie d'un homme qui vous aime et que je hais, et que cet homme doit mourir.

— Je vous achète sa vie.

— A quel prix ?

— Ma part dans l'héritage de votre père.

— J'ai mieux.

— Mieux ?

— Grâce à mon mariage avec vous, cette part que vous m'offrez est à moi.

— Mais ce mariage est un mensonge odieux !

— Ce mariage est parfaitement valable, je vous le ferai voir avant peu.

— Ainsi vous me refusez la vie de Georges ?

— Georges sera mort avant deux heures. Tenez, miss, ajouta-t-il avec une joie cruelle, regardez.

La jeune fille se pencha à la fenêtre et recula avec horreur.

Un détachement de soldats traversait la cour; il venait chercher le condamné.

Edith tomba accablée sur une chaise et les sanglots étouffèrent sa voix.

Un instant après l'officier qui commandait à l'Hacienda entrait suivi de quelques soldats, puis de sir James, Georges et Stanislas.

Stanislas était assurément plus pâle que son ami; quant à celui-ci, fixé sur le sort qui l'attendait, il restait parfaitement calme.

Dès que le silence fut établi, et Dieu sait s'il était profond et si les cœurs battaient, l'officier commandant prit la parole, et s'adressant à son prisonnier :

— Sir Georges Wilson, lui dit-il, vous êtes libre.

Il y eut un moment de stupeur et d'hésitation indicibles; personne, et encore moins le condamné, ne pouvait croire à cette parole.

— Libre ! s'écria Stanislas. Bigre de bigre ! ne plaisantons pas !

— Je ne plaisante nullement, monsieur, répliqua l'officier, sir Wilson est bien libre.

— Morris est donc de retour ? demanda Edith.

— Morris est mort ! s'écria sir James. Qui donc a obtenu la grâce de Georges ?

— Personne, monsieur, répondit l'officier; mais le général Grant a écrasé la dernière armée des confédérés du Sud à la bataille des cinq-fourches (five-forks); Richmond est aux mains de nos vainqueurs, le général Lee a capitulé le 9 avril dernier, et le dictateur Jefferson Davis est prisonnier. Mon parti est vaincu, et j'en remercie presque Dieu, puisque notre défaite sauve la vie d'un brave officier.

Le commandant Sudiste tendit la main à Georges qui la lui serra les larmes aux yeux. Dix minutes après, ce commandant quittait l'Hacienda avec ses hommes, et ils étaient remplacés par un détachement de troupes du Nord.

Francis et Lucott stupéfaits se hâtaient de sortir de l'habitation, lorsque sir James, suivi de ses valets armés, leur barra le passage.

— Messieurs, leur dit-il, vous êtes mes prisonniers.

— Nous ! s'écrièrent les deux complices, et de quel crime nous accuse-t-on ?

— Du meurtre de mon ami sir William Morris.

— Calomnie !

19

Sir James fit un signe et l'on vit s'avancer le malheureux qui accompagnait Morris dans sa dernière expédition et qui avait échappé aux balles de Lucott et de ses bandits.

Francis et Lucott courbèrent la tête, et cessèrent de nier.

Sir James donna l'ordre de les enfermer dans la tour de l'Hacienda que l'incendie avait respectée.

## XII

### AU BOUT D'UNE CORDE

La délivrance de Georges n'avait pu ramener la joie et le calme parmi les habitants de l'Hacienda.

Georges, qui ne pouvait comprendre par quel mystérieux événement Edith avait trahi sa présence dans l'habitation et pris Francis pour époux, Georges avait décidé qu'il fuirait à tout jamais cette femme qu'il adorait et haïssait tout à la fois.

Stanislas avait déclaré de son côté qu'il ne se séparerait pas de son ami, et il avait fait ses adieux à Alix.

Edith était au désespoir du départ de celui qu'elle aimait.

Quant à sir James, le plus vieux et le plus sage, sûr de l'innocence de sa fille, prêt à croire plutôt à de la magie et à de la sorcellerie, il cherchait par quel moyen il pourrait arriver à mettre en lumière l'innocence de sa fille.

Il espéra avoir trouvé ce secret en séduisant Lucott, Lucott l'âme damnée de Francis, son ami, son complice et qui devait être instruit de tout.

Lucott avait été enfermé avec Francis dans une sorte de tourelle attenant à l'Hacienda, bâtie sur un rocher qui dominait la vallée, et élevée d'une cinquantaine de mètres.

Au pied de cette tourelle, construite en prévision des attaques incessantes des Indiens, coulait le torrent impétueux et bruyant.

Cette tourelle avait deux étages.

Au rez-de-chaussée, pour les besoins de la guerre de sécession et de la petite garnison de l'Hacienda, les troupes du Sud avaient établi un fort dépôt de poudres qui y était encore.

Au premier étage, logeaient les soldats du Nord venus pour remplacer le détachement des Sudistes.

Au deuxième étage enfin étaient enfermés Francis et Lucott, avec faculté de pouvoir se réunir quand ils le voulaient.

Des sentinelles veillaient assidûment jour et nuit.

Francis avait conservé toute son énergie; il ne songeait qu'à la lutte contre sir James; Lucott, au contraire, se montrait accablé.

Chaque jour un soldat de la petite garnison leur apportait des vivres et nettoyait les deux chambres.

Comme il était permis de faire parvenir aux prisonniers toutes sortes de provisions bien que personne ne pût les visiter, Alix envoyait à son mari presque chaque jour du whiskey et du mescal, ses liqueurs favorites.

Or, un matin que le soldat venait d'apporter une bouteille de whiskey, Lucott en déroulant le journal dans lequel elle était enveloppée, aperçut un billet, et le fit voir à Francis.

Dès que le soldat fut sorti les deux captifs lurent avec empressement cette lettre. Elle ne contenait que ces mots :

« On s'occupe de votre délivrance, mais n'en dites rien à Francis. »

Lucott reconnut l'écriture de sa femme.

A part lui, il fut désolé d'avoir communiqué le billet à son ami; mais, tout haut, il lui promit chaleureusement de ne lui rien céler et de l'associer à sa future délivrance.

Francis fit semblant d'ajouter foi à cette parole; mais il se promit de surveiller ce coquin.

De son côté Lucott se jurait de bien cacher les nouveaux avis qu'il pourrait recevoir.

Deux jours après, apparut une bouteille de mescal enveloppée, et Francis, qui faisait semblant de lire son volume, vit son ami dissimuler un billet dans la manche de son habit.

Ceci fait, Francis leva les yeux de dessus son livre et demanda du ton le plus naturel s'il n'y avait pas de lettre nouvelle avec la bouteille.

— Non, rien, répondit Lucott avec assurance.

Certain dès lors que son féal ami le trahissait, Francis attendit que le mescal et le tabac eussent engourdi le lourd cerveau de Lucott, et il perça, à l'aide d'une vrille, un trou dans la légère cloison qui séparait sa chambre de celle de Lucott. De cet observatoire, il pouvait tout voir dans cette dernière pièce.

Après le déjeuner, Francis rentra dans sa chambre et se mit aux aguets. Il aperçut son ami relire le billet et le serrer précieusement dans son porte-feuille.

Une heure après Francis revenait, portant un fla-con de whiskey-bourbon et des cigares, et proposait une partie de dés acceptée avec empressement.

Au deuxième verre de whiskey-bourbon, Lucott se plaignait d'un violent mal de tête; au troisième, il ronflait comme une toupie d'Allemagne.

— Allons, pensa Francis, décidément j'ai sage-ment fait de me munir d'un peu de morphine pour faciliter son sommeil.

Francis prit le portefeuille de son ami, y trouva le billet; il contenait ces mots :

« Les gentlemen du voisinage, indignés de l'as-sassinat de sir Morris, ont résolu d'appliquer la loi de Lynch à vous et à Francis dans toute sa ri-gueur.

« Dans trois nuits, vous serez enlevés tous deux de votre prison, jugés sur l'heure, et pendus.

« A ma prière, sir James consent à vous sauver; mais vous seul.

« Il met une condition à votre délivrance; c'est que vous lui révélerez par quels moyens sir Francis a pu épouser miss Edith.

« Si vous consentez, écrivez tout ce que vous sa-

19.

vez, cachez votre réponse dans la doublure de votre pardessus, et donnez ce pardessus au soldat qui vous sert en lui recommandant de le faire raccommoder. Je me charge du reste.

« Demain, on vous fournira des moyens d'évasion. »

Francis remit le billet dans le portefeuille et le portefeuille dans la poche du dormeur; puis il chercha des yeux le pardessus dont parlait la lettre.

Il était sur une chaise.

Francis le prit, le palpa, et il eut bientôt découvert la réponse de son ami.

Cette réponse contenait la relation détaillée des événements que nous avons racontés, et qui avaient amené le mariage d'Edith, l'incendie de l'Hacienda, et l'arrestation de Georges.

Après cette lecture, Francis complétement édifié sur le dévouement de son ami, replaça la réponse là où il l'avait trouvée et, se penchant vers le dormeur :

— Cher ami, murmura-t-il, voilà une trahison qui ne te fera pas vivre cent ans.

A son réveil, Lucott donna son pardessus au soldat pour qu'il le lui fît raccommoder; s'il eût examiné Francis en ce moment, il eût été effrayé du regard que celui-ci lui jeta.

Au déjeuner, le soldat vint apportant une bouteille. Francis tournait la tête du côté opposé à Lucott pendant que ce dernier déroulait le papier enveloppant la bouteille; Lucott crut donc pouvoir lire sur-le-champ le nouveau billet qu'il venait d'apercevoir.

S'il eût mieux regardé Francis, il eût vu ce-lui-ci sortir de sa poche une petite glace à l'aide de laquelle il pouvait suivre tous les mouvements de son compagnon.

Il le vit serrer la nouvelle lettre dans son porte-feuille comme la veille.

A la fin du déjeuner, Francis proposa une partie de dés et sortit pour chercher des cigares. Il resta un peu longtemps absent.

A son retour, il offrit un cigaretto à son camarade qui, après avoir aspiré une demi-douzaine de bouf-fées, s'endormit profondément sous l'influence de la morphine.

Francis s'empara du portefeuille, ouvrit le billet et lut :

« Vos aveux vous sauvent.

« Sir James, et Georges sont, grâce à vous, éclairés sur l'innocence de miss Edith et sur l'infâme con-duite de Francis.

« Cette nuit, la loi de Lynch sera appliquée à ce misérable.

« Vous trouverez ci-joint un ressort de montre pour scier les barreaux de votre fenêtre.

« Sous votre pardessus raccommodé, j'ai caché une corde à nœuds assez longue pour se développer jusqu'au torrent.

« Ce soir, restez seul dans votre chambre et ayez scié les barreaux.

« A minuit, vous verrez apparaître un feu rouge sur la chapelle; placez alors une lumière devant la croisée pour indiquer que vous êtes prêt.

« Immédiatement, un second feu rouge brillera. Alors descendez au plus vite.

« Une barque se trouvera au-dessous de votre fenêtre pour vous recevoir.

« La sentinelle qui montera la garde de minuit à une heure est à nous.

« Suivez exactement ces indications et vous êtes sauvé. »

Tout ceci était de l'écriture d'Alix.

Francis replaça la lettre et le portefeuille en murmurant :

— Non, non, tu n'es pas encore sauvé, mon bon ami.

A dix heures du soir Lucott prétexta une violente migraine et se mit au lit ; Francis le quitta, rentra dans sa chambre, et, quelques minutes plus tard, il paraissait dormir du plus profond sommeil.

Bientôt Lucott entra muni d'une lanterne sourde laissé par le soldat de garde et il s'approcha du lit de son ami ; il l'écouta ronfler et se retira discrètement.

Sur-le-champ il se mit à scier les barreaux de sa fenêtre avec le ressort de montre qu'Alix lui avait envoyé ; la lueur pâle de sa petite lanterne l'éclairait.

S'il eût pu voir à travers la cloison, il eût aperçu Francis se lever et venir se placer devant son observatoire ; mais Lucott ne songeait qu'à briser les barres de fer et à descendre sur le coup de minuit. Aussi y allait-il d'un cœur !...

Minuit venait de sonner que Lucott avait scié tous ses barreaux et qu'il attendait.

Il tressaillit, une lumière rouge apparaissait sur la chapelle ; c'était le signal.

Alors il attacha solidement la corde à nœuds au seul barreau de fer qu'il avait conservé, puis il plaça sur sa table devant la croisée sa petite lanterne comme la lettre le lui recommandait.

Aussitôt une deuxième lueur rouge se montra ; Lucott n'hésita pas une minute, il n'alla pas réveiller son ami pour lui faire partager sa délivrance, il se laissa glisser hors de la fenêtre, se suspendit à la corde au-dessus du gouffre, et se lança résolûment dans l'espace.

Il avait déjà franchi près de deux étages et les mugissements du torrent grondaient avec plus de fracas sous ses pieds ; il entrevoyait même dans l'ombre au-dessous de lui une barque luttant contre le courant, lorsqu'il lui sembla que la corde au bout de laquelle il pendait venait de s'arrêter et même remontait.

Il se crut d'abord le jouet d'un rêve et il continua de descendre ; mais bientôt il arriva à l'extrémité de la corde, et cependant il lui restait encore cinq à six mètres à franchir.

C'était folie que de le tenter ; il eût été englouti et brisé contre les rochers par la violence du courant.

Il hésita sur ce qu'il devait faire.

Il avait mesuré la corde dans sa chambre, il l'avait essayée en la faisant glisser le long de la tour jusqu'à l'eau, et il l'avait trouvée beaucoup trop lon-

gue ; comment pouvait-elle n'être plus que trop
courte?

Il se le demandait sans arriver à une solution.

La voix de Francis lui révéla cet énigme.

— Bonne nuit et bon voyage, cher, lui cria le métis
du haut de la fenêtre que Lucott venait de quitter.

En même temps il se sentit remonter de quelques
mètres.

Lucott eut un éblouissement de frayeur telle qu'il
faillit lâcher la corde.

Francis reprit :

— Sais-tu, mon bon ami, que c'est peu gentil à
toi de t'envoler ainsi sans moi?

Lucott balbutia quelques excuses banales, et pro-
testa de son amitié.

— Moi aussi je t'aime, riposta Francis, je t'aime
même tellement que je n'ai pas le courage de me séparer de toi. Reviens, reviens, ô le meilleur de mes
amis!

Et Francis, qui avait enroulé la corde autour de
l'appui de la croisée, se servit d'un barreau de fer
comme d'un moulinet pour forcer le malheureux de
remonter encore trois ou quatre mètres.

Lucott désespéré pria, supplia.

Alors Francis fit semblant de se laisser attendrir,
et il descendit son camarade de quelques mètres en
lui disant :

— Va, cher Lucott, je me dévoue, je mourrai
seul, sois libre.

— Merci! merci, généreux ami, cria Lucott qui
se dit à part lui avec joie :

— Je suis sauvé !

Et la corde descendit encore.

Au moment où Lucott se préparait à sauter dans la barque, la corde s'arrêta, trop haut pour franchir la distance.

— Décidément, fit Francis, je n'ai pas le courage de mourir loin de toi ; nous nous aimons trop pour que l'un survive à l'autre. Remonte, ô mon ami, remonte, et soyons pendus de compagnie.

Et Lucott perdit quatre ou cinq mètres.

Ce jeu cruel dura plus d'une heure ; la barque s'était retirée.

Tantôt Francis paraissait prendre en pitié les supplications et les larmes de son compagnon de débauches et de captivité, et alors il lui lâchait quelques brassées de corde ; tantôt il jurait qu'ils devaient périr ensemble, et il le forçait de remonter.

Lucott terrifié, épuisé, ne s'accrochait plus au cordage que d'une main défaillante ; il n'avait plus assez de force pour gagner la fenêtre à la vigueur des poignets, et il n'osait se laisser choir dans le torrent où il se serait brisé contre les rochers.

Tout-à-coup un nouveau danger se présenta.

Une heure s'était écoulée depuis que Lucott était suspendu entre la vie et l'abîme ; or, comme l'avait averti le billet, la sentinelle qui montait la garde de minuit à une heure était seule gagnée.

Un nouveau factionnaire vint remplacer son camarade.

Il aperçut cet homme accroché en l'air, il l'ajusta et lui envoya une balle.

Le projectile rasa la tête du fugitif sans l'atteindre, mais en lui causant une épouvantable terreur.

En même temps la sentinelle cria :

— Aux armes !

Le poste entier sortit et tout aussitôt le malheureux Lucott servit de cible.

Par bonheur pour lui, les soldats, n'étant plus en guerre et sachant qu'ils ne pouvaient être surpris par un ennemi qui n'existait plus, avaient vidé les nombreuses bouteilles que sir James leur avait envoyées pour favoriser la fuite de Lucott, et la précision de leur tir s'en ressentait.

Cependant quelques balles avaient déjà entamé la peau du prisonnier, lorsqu'il adjura de nouveau son ami Francis de le sauver.

— Grâce ! pleurait le misérable, grâce !

— Lâche ! lui cria l'implacable métis, lâche ! Tu m'as trahi, tu m'as vendu ! meurs comme un chien !

— Grâce ! pitié !

— Pas de pitié pour les Judas, fit Francis. Mais on ne te voit pas bien dans l'obscurité de la nuit, cher ami ; je veux que ces soldats aperçoivent mieux le but pour qu'ils plantent plus facilement leurs balles dans tes chairs. Je vais t'éclairer.

Alors Francis prit la lanterne que Lucott avait placée sur la table comme signal, il en passa l'anneau dans la corde, et il la fit glisser jusqu'au fugitif.

Une décharge générale retentit, trois balles traversèrent Lucott; le misérable se sentit mourir. Il se cramponna avec désespoir à la corde; mais ses forces l'abandonnaient. Une de ses mains, mutilée par le plomb, lâcha le lien, et il tourbillonna dans l'espace, suspendu au bout du cordeau et hurlant de rage, de douleur et d'effroi.

Soudain une pensée infernale traversa son cerveau.

Il se souvint que le dépôt des poudres était placé dans la salle du rez-de-chaussée et, comme il était à quelques pas seulement de cette pièce, l'esprit de vengeance lui rendit suffisamment de force pour accomplir son dessein.

Il brisa une vitre de sa lanterne, saisit la bougie allumée, et la lança dans la chambre aux poudres.

— Je ne mourrai pas seul, Francis! s'écria-t-il.

Un cri de rage lui répondit.

Au même moment, une épouvantable explosion retentit.

La tour, remuée jusque dans ses fondations, sembla se soulever et s'engloutit dans le gouffre bouillonnant.

Le lendemain, on retrouvait les cadavres de Francis et de Lucott presque défigurés.

Trois ans se sont écoulés depuis ces événements.

Aujourd'hui Stanislas, rentré en France, est l'un de nos peintres les plus à la mode. Il a épousé Alix, et leur petite fille porte, comme sa grand-mère, le nom d'Aurélie. Il attend avec impatience la venue d'un garçon afin de lui apprendre son juron familier : Bigre de bigre!

Sir James a conduit sa fille à Paris d'après les conseils de Stanislas. Le docteur Ragueneau, après la mort de Flavie, avait dit au peintre : — « S'il me tombe désormais une pareille maladie entre les mains, j'ai la certitude de la guérir. » — Il a tenu parole; la science du bon docteur Ragueneau a opéré une cure miraculeuse et, dans huit jours, miss Edith, dont la santé est redevenue florissante, épouse Georges. La sœur morte aura sauvé la sœur vivante.

FIN

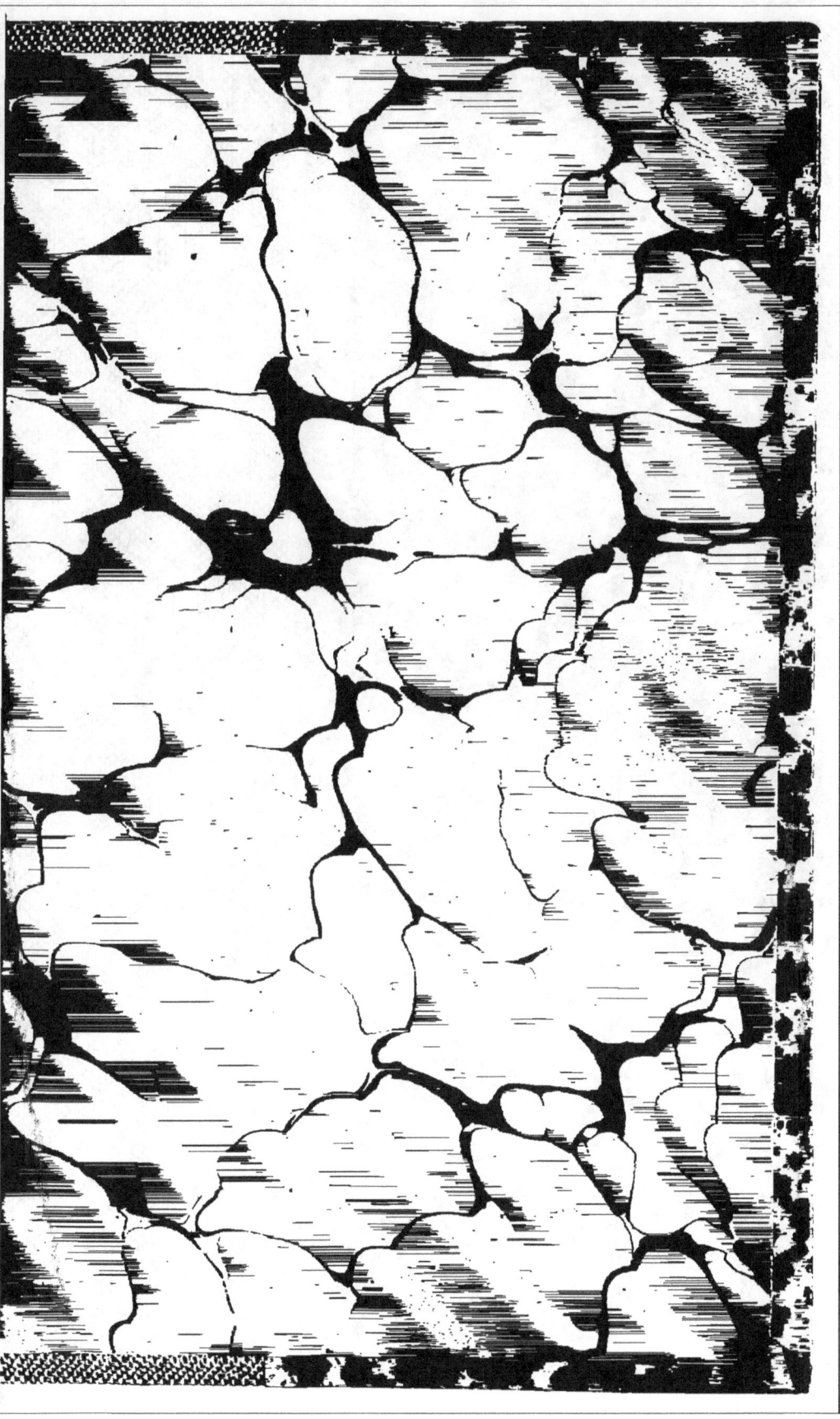

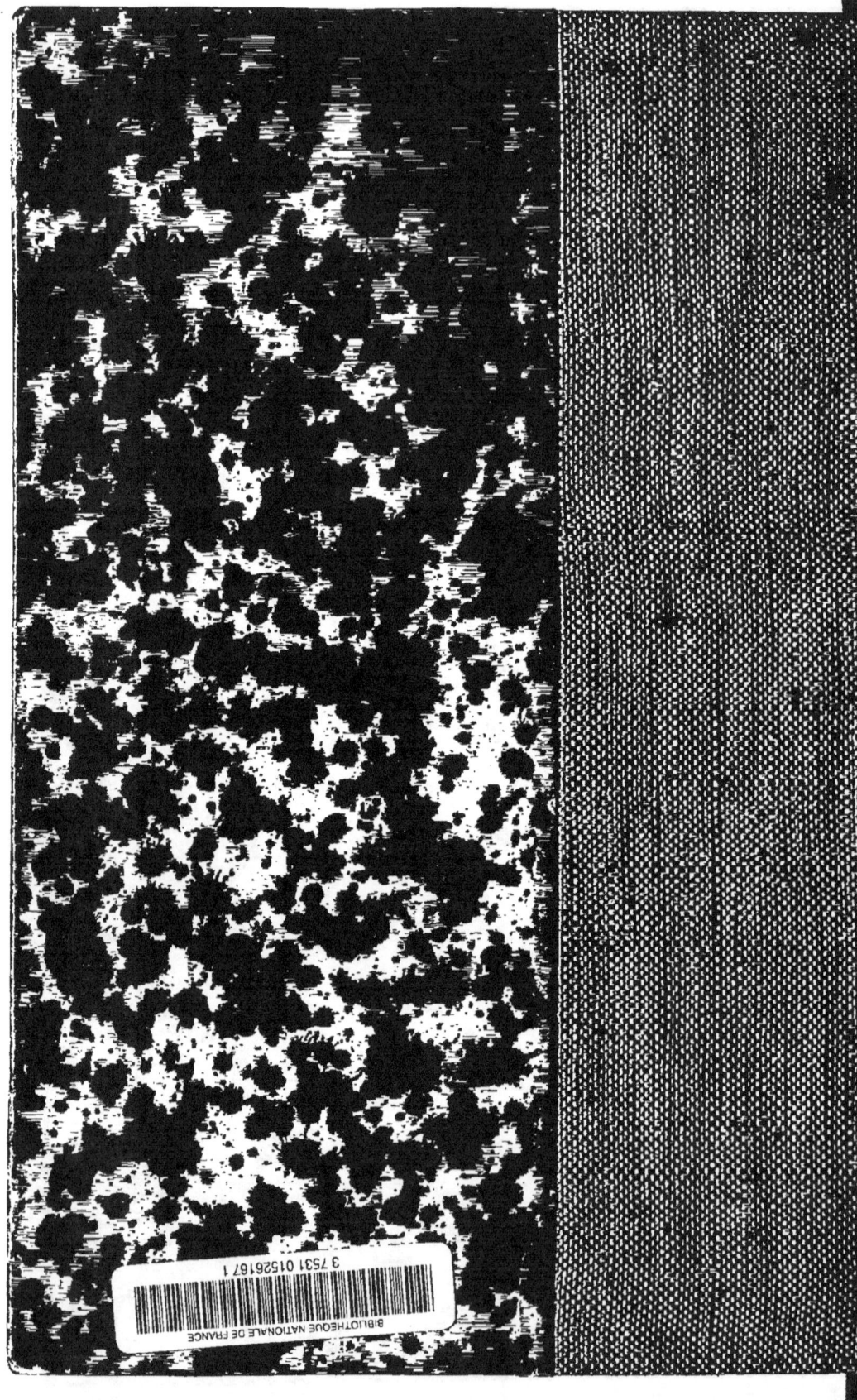

www.ingramcontent.com/pod-product-compliance
Lightning Source LLC
Chambersburg PA
CBHW060936030726
47503CB00003B/614